人间词话

（评注版）

王国维 著

张 煜 评注

上海教育出版社
SHANGHAI EDUCATIONAL
PUBLISHING HOUSE

图书在版编目（CIP）数据

人间词话：评注版 / 张煜评注；王国维著. — 上海：
上海教育出版社，2023.10
（中小学生阅读指导目录）
ISBN 978-7-5720-2351-4

Ⅰ. ①人… Ⅱ. ①张… ②王… Ⅲ. ①《人间词话》
Ⅳ. ①I207.23

中国国家版本馆CIP数据核字(2023)第203239号

责任编辑　李声凤
封面设计　海未来

人间词话（评注版）
王国维　著　张　煜　评注

出版发行　上海教育出版社有限公司
官　　网　www.seph.com.cn
地　　址　上海市闵行区号景路159弄C座
邮　　编　201101
印　　刷　上海商务联西印刷有限公司
开　　本　700×1000　1/16　印张 14.5
字　　数　193 千字
版　　次　2023年10月第1版
印　　次　2023年10月第1次印刷
书　　号　ISBN 978-7-5720-2351-4/I·0175
定　　价　48.00 元

如发现质量问题，读者可向本社调换　电话：021-64373213

出版说明

大语文时代，阅读的重要性日益凸显。中小学生阅读能力的培养，已经越来越成为一个受到学校、家长和社会广泛关注的问题。学生在教材之外应当接触更丰富多彩的读物已毋庸置疑，但是读什么？怎样读？仍然是一个处于不断探索中的问题。

2020年4月，教育部首次颁布了《教育部基础教育课程教材发展中心 中小学生阅读指导目录（2020年版）》（以下简称《指导目录》）。《指导目录》"根据青少年儿童不同时期的心智发展水平、认知理解能力和阅读特点，从古今中外浩如烟海的图书中精心遴选出300种图书"。该目录的颁布，在体现出国家对中小学生阅读高度重视的同时，也意味着教育部及相关专家首次对学生"读什么"的问题做出了一个方向性引导。该目录的推出，"旨在引导学生读好书、读经典，加强中华优秀传统文化、革命文化和社会主义先进文化教育，提升科学素养，打好中国底色，开阔国际视野，增强综合素质，培养有理想、有本领、有担当的时代新人"。

上海教育出版社作为一家以教育出版为核心业务的出版单位，数十年来致力于为教育领域提供各种及时、可靠、实用、多样的图书产品，在学生阅读这一板块一直有所布局，也积累了一定的经验。《指导目录》颁布后，上教社尽自身所能，在多家兄弟出版社和相关机构的支持下，首期汇聚起其中的100余种图书，推出"中小学生阅读指导目录"系列，划分为"中国古典文学""中国现当代文学""外国文学""人文社科""自然科学""艺术"六个板块，按照《指导目录》标注出适合的学段，并根据学生的需要做适当的编排。丛书拟于一两年内陆续推出，相信它的出版，将会进一步充实上教社已有的学生课外阅读板块，为广大学生提供更经典、多样、实用、适宜的阅读选择。

编　者

前　言

王国维(1877年—1927年),字静安,晚号观堂,浙江海宁人。是中国近现代学跨中西的大学者,在文学、史学等多个领域成就突出。1894年,王国维考入杭州崇文书院,对于新学产生了浓厚兴趣。1898年,他来到上海,入《时务报》馆与东文学社。1901年,王国维赴日本东京物理学校学习。仅四个月即因病回国,开始编译各种西人著述。1903年,应张謇先生之聘,任通州师范学校(今南通师范高等专科学校)教习。醉心哲学、文学,后又任教江苏师范学堂。《人间词话》手稿大致完成于1908年夏秋之季。1911年辛亥革命爆发,王国维携全家随罗振玉东渡日本,侨居四年有余,开始转向研究经史之学。1916年,王国维回国。1923年到北京充任逊帝溥仪的南书房行走。1924年起,王国维开始在清华大学国学研究院任教职。1927年6月2日自沉于颐和园昆明湖。

因为此书自问世以来版本众多,所以需要先作一些简单的介绍。首先,大家较早读到的是1908年11月至1909年2月的《国粹学报》(总第47、49、50期)本,共有64则。其次是1915年1月连载于《盛京时报》的31则。1926年北平朴社据《学报》本又出版了单行本。1960年人民文学出版社出版的由徐调孚、周振甫注,王国维次子王仲闻详加校订的《人间词话》,其中已有对手稿本的利用。自20世纪80年代以来,越来越多的学者有机会读到藏于国家图书馆的手稿本。1981年,齐鲁书社出版了滕咸惠先生的《人间词话新注》,所用底本即是手稿本,共有一百二十五条。2005年浙江古籍出版社对手稿本进行了影印。2011年中华书局出版的彭玉平《人间词话疏证》所用底本也是手稿本。

这次上海教育出版社的《〈人间词话〉（评注版）》，我们也采用了手稿本作为底本。主要目的是为了吸收学界近年来的《人间词话》研究成果，为高中生与古典文学爱好者提供一个较新的读本。我们参考的相关著述还包括：陈鸿祥《〈人间词话〉〈人间词〉注评》（江苏古籍出版社 2002 年）、周锡山《〈人间词话〉汇编汇校汇评》（北岳文艺出版社 2004 年）、沈文凡、张德恒《名家讲解〈人间词话〉》（长春出版社 2011 年）、施议对《〈人间词话〉译注》（上海古籍出版社 2016 年）、黄霖、邬国平、周兴陆《〈人间词话〉鉴赏辞典》（上海辞书出版社 2017 年）、邓菀莛《百家点评〈人间词话〉》（上海古籍出版社 2017 年）等。一些相关的作品出处，主要参考了《全宋词》《词话丛编》《唐宋词鉴赏辞典》《唐诗鉴赏辞典》等。《人间词话》通行本与手稿本的篇目对照，周锡山《〈人间词话〉汇编汇校汇评》后有附录，需要的读者可以自行参照，本书中也有简要的说明。

王国维《人间词话》不仅仅是一本词学著作，其实也是一部诗学著作、美学著作。除了谈论词学外，文中多喜诗词互证，甚至引用西方美学观念来讨论更高层面的美学问题。他所提出的"境界"说，比传统的"神韵"说更进一步，能够较多谈到实处，且不仅仅是从中国传统诗学发展而来，甚至还受到了德国古典美学的影响。《人间词话》论词多能切中要害，其中诸如"隔"与"不隔"、"有我之境"与"无我之境"等，都触及了艺术的一些本质问题。王国维推崇五代、北宋词，对于南宋姜夔、吴文英等人都评价不高，对于清代的浙西词派、常州词派也都是贬过于褒。这在当时甚至现在，与一般文学史家的观念都是有较大差距的。希望读者朋友能够更多地从他提出的"一代有一代之文学"的角度来理解，并不一定要作无保留的接受。

本书在写作过程中，与西南师范大学的夏志颖师弟、责任编辑李声凤女士、上海作协的学生王云多有讨论，在此一并表示感谢。尤其是夏师弟发表在《中国图书评论》2023 年第 3 期上的《〈人间词话〉版本称谓的几个误区》一文,对以前并不一定很科学的"未刊稿""删稿""通行本"的叫法进行了厘清。另外王氏在写作时,由于记忆错误,征引的文献不少和现在通行的版本有差别,如果大家在阅读中发现正文和注中的引文文字存在差异,还请理解。本人自1998年考入南京大学中国古代文学专业硕士,就听导师张宏生老师讲授清词。过去20多年的研究,虽然主要研究领域是在诗歌,但对于词学一直关注与喜爱。这次终于能够有机会,借这本小书,把自己一些诗学与词学的想法写出来,与大家分享。2022年12月份,疫情防控解除。本书的最后一些部分,是在由阳转阴的过程中写成的,也是一段难得的人生体验。虽然周围病倒的人不少,但大家都经受住了疫情的考验,相信一切都会好起来。

张　煜

2023年9月

目　录

第一则(24)

　　《诗·蒹葭》[1]一篇,最得风人深致[2]。晏同叔[3]之"昨夜西风凋碧树。独上高楼,望尽天涯路"[4],意[5]颇近之。但一洒落[6],一悲壮耳。

[1]《诗经·秦风·蒹葭》篇:"蒹葭苍苍,白露为霜。所谓伊人,在水一方。溯洄从之,道阻且长。溯游从之,宛在水中央。蒹葭萋萋,白露未晞。所谓伊人,在水之湄。溯洄从之,道阻且跻。溯游从之,宛在水中坻。蒹葭采采,白露未已。所谓伊人,在水之涘。溯洄从之,道阻且右。溯游从之,宛在水中沚。"(程俊英、蒋见元著《诗经注析》)蒹葭:细长的水草。

[2]风人:在这里是诗人的意思。深致:深远的意趣。

[3]晏殊(991—1055),字同叔,抚州临川(今江西抚州)人,北宋著名词人。长于小令,风格清丽婉艳,有《珠玉词》。与其幼子晏几道合称"大晏""小晏",又与欧阳修并称"晏欧"。

[4]出自晏殊词作《鹊踏枝》:"槛菊愁烟兰泣露。罗幕轻寒,燕子双飞去。明月不谙别离苦。斜光到晓穿朱户。　昨夜西风凋碧树。独上高楼,望尽天涯路。欲寄彩笺兼尺素。山长水阔知何处。"(唐圭璋编《全宋词》)

[5]意:意境或境界。

[6]洒落:洒脱。

　　《人间词话》手稿第一条,从《诗经》的《秦风·蒹葭》入手,探讨什么是"风人深致"。秦国地处西北，民风刚健剽悍，王国维偏偏选取了这一篇有点缥缈朦胧的为代表，应该主要是觉得此诗意境与词有相通之处。在一个秋天的早晨，诗歌的主人公，穿过细长的水草，冒着严霜，在流水潆洄的洲岛间寻找自己心中的爱人。道路弯曲，时光流逝，太阳升起，连叶面的露水都已经快要晒干了，但那一位"伊人"，却仍是"瞻之在前，忽焉在后"，可望而不可即。难得的是主人公既没有放弃之意，也没有戴望舒式的《雨巷》的惆怅。希望就在眼前，就算不能得到，这种探寻的过程，本身已经构成了一种诗意。道路还是那么迂回，而那位远方的"伊人"，就这样在这种不懈的追寻中若隐若现地定格。这里使用了《诗经》当中的特有的"兴"的手法，因为很难说蒹葭和白露与作品的主题有什么直接的关联，关键是起到了一种烘托气氛的作用。作品反复强调道路的阻远，正是为了衬托主人公对于自己理想的执着追求。整个作品有一点淡淡的哀怨，但是绝没有剑拔弩张的感觉，整个风格是一种蕴藉的抒情，主人公那种锲而不舍的精神带给读者很大的感动。

晏殊是北宋婉约词的代表人物，王国维却偏偏从里面读出了悲壮。整个词作是写一位女主人公对于自己远方爱人的思念。请注意：这里是一名男性作家在用女性的口吻书写内心的思念，我们把这叫作"代言体"。男性为什么不直接书写自己的内心感受，而要把自己的情感隐藏在女性的外壳下来表达呢？这一方面是因为"词为艳科"（《花间集序》），它的产生与娱乐的功能密不可分；另一方面，男性在现实生活中，也有种种的不得意，尤其是在功名仕途方面，有时这种期待与失落，与恋爱中的女性有某种相似性，而用词可以更加曲折委婉地表达。这首《鹊踏枝》上阕主要通过景物的烘染来描写别离之苦，下阕风格突变，境界一下子变得悲壮起来。在一个秋天的晚上，凛冽的西风突然吹尽了那些盛夏长成的碧绿而又浓密的树叶，女主人公登高远眺，顿感视觉开阔，似乎可以一直看到天的尽头。但是即便如此，她仍然不知道自己所爱之人身在何处，想要鱼雁传书，也是绝无可能。这种悲痛与绝望，当然要比《蒹葭》中的"宛在水中央"更加尖锐与强烈。因为《蒹葭》的作者，对于自己的理想，尚抱有一丝温情与幻想；而《鹊踏枝》中的女主人公，却有着十二分的清醒。明知无望，只能用淡淡的"知何处"三字作结。所以王国维认为，两首作品意境有相通之处，而词作更加悲壮。

第二则（26）

古今之成大事业、大学问者，罔不经过三种之境界[1]："昨夜西风凋碧树。独上高楼，望尽天涯路"，此第一境界也。"衣带渐宽终不悔。为伊消得人憔悴"[2]（欧阳永叔）[3]，此第二境界也。"众里寻他千百度。回头蓦见，那人正在，灯火阑珊处"[4]（辛幼安）[5]，此第三境界也。此等语皆非大词人不能道。然遽[6]以此意解释诸词，恐为晏、欧诸公所不许也。

[1] 境界：这里有阶段、层次的意思。

[2] 出自柳永词作《凤栖梧》："伫倚危楼风细细。望极春愁，黯黯生天际。

草色烟光残照里。无言谁会凭栏意。 拟把疏狂图一醉，对酒当歌，强乐还无味。衣带渐宽终不悔。为伊消得人憔悴。"（唐圭璋编《全宋词》）此词一般认为是柳永所作。

［3］欧阳永叔：欧阳修（1007—1072），字永叔，号醉翁，晚号六一居士，吉州庐陵（今江西吉安）人，北宋著名文学家，诗词文皆擅。

［4］出自辛弃疾词作《青玉案·元夕》："东风夜放花千树。更吹落，星如雨。宝马雕车香满路。凤箫声动，玉壶光转，一夜鱼龙舞。 蛾儿雪柳黄金缕。笑语盈盈暗香去。众里寻他千百度。蓦然回首，那人却在，灯火阑珊处。"（唐圭璋等编《唐宋词鉴赏辞典》）

［5］辛幼安：辛弃疾（1140—1207），字幼安，号稼轩，山东东路济南府历城县（今山东省济南市历城区）人，南宋豪放派词人的代表人物。

［6］遽（jù）：匆忙，立即。

境界是《人间词话》中的核心概念，这里第一次出现，却并不是在谈论诗词的意境或者审美，而更多是指人生的取向以及所能到达的高度。王国维在这里把事业和学问并置，可见并不单单是在谈为学，而是也包括事功。《左传》里谈三不朽，有所谓"太上有立德，其次有立功，其次有立言，虽久不废，此之谓不朽"的说法。如果只是谈论诗艺如何，尚处于立言的层次，这是王国维无法接受的，所以必须取法乎上。可以认为，这里的三个境界，和《左传》里的三不朽一样，是有高低之分的。

第一种境界，所引词句在第一则中已经出现过。据蒲菁说，王国维本人对第一境的解释是"世无明王，栖栖皇皇"。（靳德峻笺证、蒲菁补笺《人间词话》）那位登上高楼，眺望自己心上人的女子，其实并不知道对方在哪里。张爱玲说过："出名要趁早。"对于大部分人来说，在步入人生的最初阶段，甚至连自己想做什么，都不一定有清醒的自觉。能够登高远眺，可见其志不小，并不希望庸庸碌碌地度过一生，但是心中的不安与焦虑也是跃然纸上的，说到底还没有找到自己的自性，幸与不幸还是掌握在别人的手上。这是第一种境界，可以大致地理解为立志。

第二境，王国维的解释是"知其不可而为之"。这句话出自《论语》中守门人对于孔子的评价。孔子在春秋礼崩乐坏之际，追求仁的理想，以五六十岁的高龄周游列国，到处碰壁，无怨无悔，靠的就是这种锲而不舍的精神。《凤栖梧》的男主人公，为了自己所爱之人，饱受相思之苦，就算形容憔悴，也甘之如饴。柳永在功名与科举的道路上，并不顺利，相反和一些歌妓反倒是形影不离的知心好友。这种做派是被当时很多封建士大夫所看不惯的，他为此受到了世人的冷眼，却不改初衷。所以第二种境界，其实就是一个人在确立了奋斗目标之后，必须转化为行动，哪怕要经受很多的苦难和考验，也绝不轻言放弃。

第三境，王国维的解释是"归与归与之叹"，三种境界都与《论语》有关。这里讲的是孔子晚年在陈国时，心生倦意，想要回祖国鲁国，去教育家乡的子弟们。一个人漂泊得再远，最后也仍然会想回到港湾，为心灵找寻到一个可以安栖之处。王国维这里借用《元夕》词，写出了元宵佳节看灯会的热闹场景，而主人公真正心有所属的那个人，就在灯火暗淡之处。一旦找见，那种快乐，就和禅宗里的明心见性一样，其实是一种发现自我的快乐。《荀子·劝学》："无冥冥之志者，无昭昭之明；无惛惛之事者，无赫赫之功。"一个人只有经过艰辛的努力和探索，才能到达光明澄澈之境。

第三则（10）

太白[1]词纯以气象[2]胜。"西风残照,汉家陵阙"[3],寥寥八字,独有千古。后世唯范文正公[4]之《渔家傲》、夏英公[5]之《喜迁莺》,差堪继武[6],然气象已不逮矣。

[1] 太白:李白(701—762),字太白,号青莲居士,绵州昌隆(今属四川江油)人。唐代著名诗人,与杜甫并称为"李杜"。诗风豪迈奔放,想象丰富。

[2] 气象:境界中的一种,与境界实质并无大差别。

[3] 出自李白《忆秦娥》:"箫声咽,秦娥梦断秦楼月。秦楼月,年年柳色,灞陵伤别。　乐游原上清秋节,咸阳古道音尘绝。音尘绝,西风残照,汉家陵阙。"(唐圭璋等编《唐宋词鉴赏辞典》)

[4] 范文正公:范仲淹(989—1052),字希文,谥文正。江苏吴县(今属苏州)人。北宋文学家。所作《渔家傲·秋思》词云:"塞下秋来风景异,衡阳雁去无留意,四面边声连角起。千嶂里,长烟落日孤城闭。　浊酒一杯家万里,燕然未勒归无计,羌管悠悠霜满地。人不寐,将军白发征夫泪。"(唐圭璋编《全宋词》)

[5] 夏英公:夏竦(985—1051),字子乔,江州德安(今属江西九江)人,封英国公。北宋词人。所作《喜迁莺》词云:"霞散绮,月沉钩。帘卷未央楼。夜凉银汉截天流。宫阙锁清秋。　瑶阶曙。金盘露。风髓香和烟雾。三千珠翠拥宸游。水殿按凉州。"(唐圭璋编《全宋词》)

[6] 继武:足迹相接,承继前人。

这一则出现了一个新的概念：气象。如果分开来解释，气，在中国古代哲学中，可以说是一个最重要的范畴。西方人经常会纠结于气到底是物质的，还是精神的，或者是一种能量？（史华慈《中国古代的思想世界》）我们也可以简单地把气理解为一种生命力。象，则带有物象的意思。南朝刘勰《文心雕龙·神思》中说："窥意象而运斤。"唐司空图《二十四诗品·雄浑》中说："超以象外，得其环中。"把气和象连起来解释，气象就是一种精神和物质的总和，就是生命和元气，就是境界。

这里所引的李白《忆秦娥》，也有论者认为作者是存疑的。因为"西风残照，汉家陵阙"，境界虽然阔大，却有一种衰飒之气，更像是出自晚唐的手笔。但《人间词话》的《国粹学报》本里面，称这八字为"遂关千古登临之口"。古人讲"登高必赋"（《韩诗外传》），这首词竟然使得此后的同类作品，没有能够超越的。从这点来讲，如果没有李白的仙才，谁会有这样的胸襟和气魄？

后面所引两首北宋范仲淹、夏竦的作品，应该说也都是不俗之作，但与《忆秦娥》相比，却总是差了那么一层。范仲淹曾任陕西经略安抚副使兼知延州（今陕西延安），作品描写镇守边关，自然环境的恶劣，以及将士生活的艰苦。欧阳修曾称他为"穷塞主"。夏竦的作品，是在真宗景德年间应制即兴而作。"夜凉银汉截天流""三千珠翠拥宸游"，写盛夏夜间宫中的大摆宴席，歌舞不休。"水殿按凉州"，此处的凉州，当是指凉州乐。凉州即今天的甘肃武威，处在西北河西走廊的重要位置。从南北朝以来，外国商队在进入长安之前，多会在凉州歇息。所以这里也是中外文化交汇的一个重要场所，曾经有大量的外国人寓居，音乐也富于西域情调。但不管怎么说，这仍是一首歌功颂德的作品,甚至可以说是用来讨好统治者的。所以两者都无法和李白的作品相提并论。因为李白的作品,写出了一种穿透历史的苍凉感,直达中国古代文学作品的最高境界,更符合王国维的悲壮之美的审美观。范、夏作品固然也都是杰作,但更多关注眼前的苦与乐,气象不如李太白。

第四则(11)

张皋文[1]谓飞卿[2]之词"深美闳约"[3]。余谓此四字唯冯正中[4]足以当之。刘融斋[5]谓飞卿"精艳绝人",差近之耳。

[1] 张皋文:张惠言(1761—1802),字皋文,江苏武进(今属常州)人。清代常州词派的代表人物。

[2] 飞卿:温庭筠(812—约870),字飞卿,太原(今山西祁县)人。词风秾艳精致,为"花间派"之鼻祖。

[3] 深美闳约:情感深致,语言华美,境界阔远,内容含蓄。

[4] 冯正中:冯延巳(903—960),又名延嗣,字正中,广陵(今江苏扬州)人。南唐著名词人。

[5] 刘融斋:刘熙载(1813—1881),字伯简,号融斋,江苏兴化人。著有《艺概》。

张惠言是清代常州词派的代表人物,所编《词选》,在序言中提出词要有"比兴寄托"。他对温庭筠的词作,评价尤其高,属于选得最多的，认为他对"花间派"产生了很大的影响。温庭筠的词作工于体物，词藻华艳，多写女子闺情，有宫体余风。张惠言称温的词"深美闳约"，王国维认为不确切，所以这条其实是对常州词派的一个打击。常州词派的影响，一直延续到清末而不衰，《人间词话》的问世，某种意义上就是源于对传统论词风气的不满。所以我们首先要弄明白，为什么张惠言对温词情有独钟？"深美闳约"是很高的评价，比如温庭筠的《菩萨蛮》"小山重叠金明灭"，写闺阁中寂寞的少妇，衣着华丽，弄妆梳洗，并没有过多的情感表达，但一切尽在不言中，就像一幅精工的仕女画。张惠言甚至从中读出了这是温庭筠在慨叹自己的仕途蹭蹬，就像这位女子正值盛年，却无人垂怜一样。这样的解读，从好处说，是丰富了词的内涵，提高了词的品位。因为大量的花间词作，内容都是在写男女之情，所以这涉及同类型的一大批词作怎么解读和评价的问题。从不好的方面说，有点过度阐释的嫌疑。王国维为了反对当时最主流的常州词派，显然是不赞成这样来阐释的。他的这种出击是从重新评价温庭筠词开始的。

王国维认为"深美闳约"用来评价五代的冯延巳要更加恰当。冯的词风介于花间与北宋之间，更加注重情景交融，清新疏淡，符合王国维重视北宋词的审美趣味。所以冯词在《人间词话》中其实占据着一个非常重要的位置。他紧接着又引刘熙载的意见，把温庭筠的词定位在艳词，称之为"精艳绝人"。更多注重的是温词在刻画方面的描写精工，而抽掉了张惠言赋予温词思想方面的更深内涵。刘熙载是晚清著名的文艺批评家，他的意见当然值得重视，对王国维也产生了很大的影响。这一则留给我们的启示是，作品的内涵，到底是由谁说了算？因为作者本人已经在九泉之下，我们无法把他们再叫出来问一下答案。孟子为我们留下了"知人论世"的解读方法,也就是说,为了更加准确地理解作者的原意,我们需要对作者的身世有一定的了解。但这里我们就算对温庭筠的身世有了解,也无法确定温在一些艳词里,有没有自己身世之感的投射。常州词派的谭献还有一句很著名的话:"作者之用心未必然,而读者之用心未必不然。"(《〈复堂词录〉序》)所以这个问题就看读者如何把握好阐释的尺寸。因为中国古代本来就有"诗无达诂"(董仲舒《春秋繁露》)的传统,我们更多应该关注的是:王国维在重新定位温词的过程中,有没有为我们提供了一些新的知识。

第五则(13)

南唐中主[1]词:"菡萏香销翠叶残,西风愁起绿波间"[2],大有众芳芜秽[3]、美人迟莫[4]之感。乃古今独赏其"细雨梦回鸡塞[5]远,小楼吹彻玉笙寒",故知解人[6]正不易得。

[1] 南唐中主:李璟(916—961),本名景通,字伯玉,徐州(今属江苏)人。五代南唐开国君主李昪之子,在位十九年,史称中主。

[2] 李璟《摊破浣溪沙·山花子》:"菡萏香销翠叶残。西风愁起绿波间。还与韶光共憔悴,不堪看。 细雨梦回鸡塞远,小楼吹彻玉笙寒。多少泪珠何限恨,倚阑干。"(唐圭璋等编《唐宋词鉴赏辞典》)菡萏:未开的荷花,这里就是荷花的意思。

[3] 众芳芜秽:语出屈原《离骚》:"余既滋兰之九畹兮,又树蕙之百亩。畦留夷与揭车兮,杂杜衡与芳芷。冀枝叶之峻茂兮,愿俟时乎吾将刈。

虽萎绝其亦何伤兮，哀众芳之芜秽。"（朱熹《楚辞集注》）

［4］美人迟莫：语出屈原《离骚》："日月忽其不淹兮，春与秋其代序。惟草木之零落兮，恐美人之迟暮。"（朱熹《楚辞集注》）

［5］鸡塞：即鸡鹿塞，在今内蒙古磴口西北哈隆格乃峡谷口，是古代贯通阴山南北的交通要冲。汉时筑城塞于此。

［6］解人：能够真正理解、懂得欣赏的人。

　　此则主要是谈对于南唐中主李璟《摊破浣溪沙》词的上阕与下阕两句词的不同理解与评价问题。历史上很多人都激赏此词下阕"细雨梦回鸡塞远，小楼吹彻玉笙寒"这两句，写出了思妇思念远方驻守边关的亲人，在秋雨蒙蒙的夜晚，从梦中惊醒，无法继续入眠，只得以玉笙排遣相思之情。彻，既是指夜已深，也是指情之切；寒，既是形容乐声凄清，也写出了主人公内心的苦楚。这里使用了通感的手法，将音乐与内心的感受和寒夜打并作一气，难怪冯延巳与王安石都曾经称引过这两句。而王国维在此处却偏偏要打破传统的解读，把读者的注意力从下阕转到上半阕。

　　上阕前两句写深秋西风凛冽，池塘的荷花已经枝叶凋零，主人公也不禁愁从心起。中国古典诗歌的一大主题是写节候的转变，如梁钟嵘的《诗品》，就写到"若乃春风春鸟，秋月秋蝉，夏云暑雨，冬月祁寒，斯四候之感诸诗者也"。伤春、悲秋尤其是最常见的主题，最早甚至可以追溯到宋玉的"悲哉！秋之为气也。萧瑟兮，草木摇落而变衰"。（《九辩》）敏感的主人公联想到自己的身世，年轻和美貌，连同曾经拥有的理想，就和那些曾经婀娜多姿、风华绝代的荷花一样，已经枯萎飘零，成为过眼烟云。王国维这里引用的《离骚》中的众芳芜秽、美人迟暮，也正有屈原时不我待、担心最后与小人同流合污的焦虑。

应该说王国维在这里，仍然是用比兴在论诗，与常州词派很难完全割绝。他之所以更加重视上阕，是因为上阕让人感受到了人类在时间面前的无力与悲剧。在上阕里，我们可以听到一个更加强大的传统的回声，与更多的文本形成一种互文关系。相比较而言，下阕刻意精工，而上阕更加直击心灵。南唐(937—975)小朝廷历史短暂，传三世，历一帝二主，享国三十八年，在十国中是版图最大的政权。祖孙三代都富于文学上的才能，虽然治理国家的能力一般，却都是十分优秀的词人。

第六则(19)

冯正中词虽不失五代风格，而堂庑[1]特大，开北宋一代风气。中后二主[2]皆未逮其精诣。《花间》[3]于南唐人词中虽录张泌[4]作，而独不登正中只字，岂当时文采为功名所掩耶？

[1] 堂庑：堂及四周的廊屋。这里指作品的境界和气度。

[2] 后主：指南唐后主李煜(937—978)，字重光，籍贯徐州彭城(今江苏徐州)，生于江宁(今江苏南京)，中主李璟第六子，南唐末代君主。精书法，工绘画，通音律，与父李璟汇刻有《南唐二主词》。

[3] 《花间》：《花间集》十卷，选录唐末五代词五百首。五代后蜀赵崇祚编，以蜀人为主。词藻工丽，篇章优美。

[4] 张泌：五代后蜀词人，生卒年不详，是花间派的代表人物之一。当指南唐淮南词人张佖，此处王国维可能误记。

此篇末句通行本作"与中后二主词皆在《花间》范围之外,宜《花间集》中不登其只字也。"继续写五代南唐冯延巳词的境界高远,但并没有给出具体的实例,并认为他的词对北宋词影响巨大,非当时著名的词集《花间集》所能笼罩。首先我们要知道,《花间集》是一部什么样的书? 这是一部中国文学史上最早、规模最大的晚唐五代文人词的总集。成书于后蜀广政三年(940),编选者赵崇祚是后蜀孟昶的中书令、开国功臣赵廷隐的儿子。当时由于地理隔绝,所选词人以蜀地为多,晚唐则以温庭筠、皇甫松、韦庄为主。词集编定之时,冯延巳 38岁,李璟 25 岁,所以没有选南唐诗人,主要是因为地理的原因,也有一部分是因为时间关系。

至于《花间集》的内容,当时后蜀的欧阳炯,曾有一篇著名的序言。里面写道:"绮筵公子,绣幌佳人。递叶叶之花笺,文抽丽锦。举纤纤之玉指,拍按香檀。不无清绝之辞,用助娇娆之态。"很多都是关于君臣宴乐,男欢女爱的。当时的后蜀,由于群山阻隔,处于相对安定的状态。但这种偏安的生活是朝不保夕的,所以刺激了人们及时行乐的享乐思想。王国维认为,南唐二主,尤其是冯延巳,词的境界要高于《花间集》,而冯延巳又要高于二主。这几乎是给了冯一个最崇高的地位。这可能和王自己在创作上也受到冯的影响有关。至于说《花间集》收录张泌,而不收冯词,是因为冯的文采为功名所掩,这个判断是存在一定问题的。首先张泌不是南唐人,这里王国维可能搞混了。其次二主和冯的词没有进入《花间集》,更多是因为当时编者闻见有限。并不完全是因为功名或者词学观念不同的原因。

最后我们来了解一下冯延巳这个人。他仕于南唐烈祖、中主二朝,三度拜相,三起三落,官终太子太傅,卒谥忠肃。在政敌的眼中,他

被视作"谄媚险诈"（陆游《南唐书·冯延巳传》），但也有一些人认为他
其实是个宽以待人的人。他和中主李璟之间，还有一段广为传诵的
有趣的对答。语出马令《南唐书·冯延巳传》：

> 元宗乐府词云"小楼吹彻玉笙寒"，延巳有"风乍起，吹皱一
> 池春水"之句，皆为警策。元宗尝戏延巳曰："'吹皱一池春水'，干
> 卿何事？"延巳曰："未若陛下'小楼吹彻玉笙寒'。"元宗悦。

冯延巳作为臣子，当然不便与君主抢风头。但千载之下，王国维
独具只眼，认为冯在词学方面的成就要高于二主，也可谓是勇于立论。

第七则(56)

　　大家之作，其言情也必沁人心脾，其写景也必豁人耳
目。其辞脱口而出，无矫揉装束之态。以其所见者真，所知
者深也。持此以衡古今之作者，百不失一，此余所以不免有
北宋后无词之叹也。

　　此则脱离具体作品，泛论优秀的文学作品所应该具备的基本品
质，颇具文艺学之意味。王国维认为，要想成为公认的大家，首先作
品要有感情，而且这种感情要能够打动人，所谓"沁人心脾"。刘勰的
《文心雕龙》其实是杂文学的概念，里面同时讨论了很多应用文体的
写作；而王国维在这里，显然要讨论的更多是纯文学。再说得具体

些，用这一点去衡量古今作品，比如儒家最重视的五经中，《周易》《礼记》《尚书》《春秋》恐怕都不够格；即使是《诗经》中，主要也不是指《大雅》和《颂》，而是十五国风与《小雅》中富于情感的那一部分。史传文学里，除了司马迁的《史记》以及像《世说新语》这类富于文学意味的优秀之作，大多恐怕也难以列入。子部的哲学类著作中，《庄子》当然是最富于文学性的，而先秦诸子中那些不以文采情感见长，而是更富于逻辑思辨的，比如《墨子》，大概率也难以入选。集部若以诗歌而言，那些诸如魏晋玄言诗、北宋理学家的击壤体、清代宋诗派注重学问的考辨类的诗歌，都已被排除在外。这些王国维虽然没有明说，我们看一下他自己创作的《人间词》，就会一目了然。

又论写景需要"豁人耳目"，仍然是在强调景色描写要为主题服务，需要具有打动人的力量，最起码要有新意。关于情和景之间的关系，古人有很多这方面的讨论。王夫之有很多重要的论述，比如他在《姜斋诗话》里说过："夫景以情合，情以景生，初不相离，唯意所适。"换句话说，如果所写之景，不能传达写作者的内心世界，这样的环境描写就有多余或者失败的嫌疑。因为在古人的世界里，主客观世界更多是融为一体的。没有完全独立于主体以外的客观世界，也没有完全不受客观世界影响的主体。另外写境需要有新意，能够脱俗。这方面唐代的王维是高手。康熙朝的王渔洋所选《唐贤三昧集》，尤其推崇王维。他觉得王维的山水诗能够超出流俗与他全方位的艺术修养是分不开的，尤其是绘画、音乐以及禅宗哲学方面。

在语言上，王国维又提出不能矫揉造作，需要清新自然。类似的观点他在1912年成书的《宋元戏曲考》中也表达过："然元剧最佳之处，不在其思想结构，而在其文章。其文章之妙，亦一言以蔽之，曰：

有意境而已矣。何以谓之有意境？曰：写情则沁人心脾，写景则在人耳目，述事则如其口出是也。古诗词之佳者，无不如是，元曲亦然。"总之，感情需要真挚，思想需要深沉。回到词上面来，主要还是为了抬高北宋词，想要改变晚清南宋词尤其吴文英词一统天下的局面。

第八则(33)

美成[1]词深远之致不及欧、秦[2]。唯言情体物，穷极工巧，故不失为第一流之作者。但恨创调之才多、创意之才少耳。

[1] 美成：周邦彦(1056—1121)，字美成，号清真居士，钱塘(今浙江杭州)人。精通音律，宋徽宗时一度提举大晟乐府，负责谱制词曲，供奉朝廷。

[2] 欧、秦：指欧阳修与秦观。秦观(1049—1100)，字少游，一字太虚，号淮海居士，高邮(今属江苏)人。北宋婉约派词人。

此篇涉及对于周邦彦词的评价问题。周邦彦的主要活动时代是宋徽宗时期，其作品在婉约词人中长期被尊为"正宗"，旧时词论称他为"词家之冠"。(《四库全书总目提要》)王国维在这里承认他是第一流的，但觉得他在情感、意境的深远方面，不如欧阳修和秦观。据说王国维晚年，对此是感到后悔的。他在《清真先生遗事》里曾说："词中老杜，断非先生不可。"(俞平伯《读词偶得》)说明对于周邦彦的词又有了新的理解。总的来说，是评价越来越高，甚至可以说是第一人也不为过。所以此条也可以理解为是他年轻时的一种论断。

　　这里也很概要地点出了周邦彦词的特点，那就是"言情体物，穷极工巧"。王国维没有给出具体的例子，我们可以在这里大致介绍一下清真词的特点。比如有的论者认为他擅长铺叙（陈振孙《直斋书录解题目》），这是指他长于描摹，经常会对一件事物进行反复渲染，有时甚至还会打乱时空的顺序。铺叙本来是赋常用的一种手法，周邦彦将其带入词的写作中。又比如有的论者认为他擅长勾勒（周济《宋四家词选目录叙论》），所谓勾勒就是能够用健笔写柔情。这些都是一般的词人不容易做到的事情。

　　这里又说到他创调之才多、创意之才少。这涉及周邦彦词的另外一个特点，就是他在音乐方面有很深的造诣，尤其是在慢曲方面多有开创，对南宋词人产生了很大的影响。同时他又善于化用唐诗入词，能够做到浑然天成，不露痕迹。另外他的词作内容，多喜欢写男女情事，这其实也是他比较顺利的生活的真实反映，但毕竟题材过于狭窄，所以年轻气盛的王国维在这里批评他创意之才少。这当然多少是有一点不公平的，比如晚清陈廷焯《白雨斋词话》就认为清真词"沉郁顿挫"。

第九则（35）

　　沈伯时[1]《乐府指迷》[2]云：说桃不可直说桃，须用"红雨"[3]、"刘郎"[4]等字；说柳不可直说破柳，须用"章台"[5]、"灞岸"[6]等事。若惟恐人不用替代字者。果以是为工，则古今类书[7]具在，又安用词为耶？宜其为《提要》[8]所讥也。

［1］沈伯时：即沈义父，字伯时，南宋末词论家。

［2］《乐府指迷》：沈义父所著《乐府指迷》："炼句下语，最是紧要。如说桃，不可直说破桃，须用'红雨''刘郎'等字；如咏柳，不可直说破柳，须用'章台''灞岸'等字。又咏书，如曰'银钩空满'，便是书字了，不必更说书字；'玉箸双垂'，便是泪了，不必更说泪。如'绿云缭绕'，隐然鬓发，'困便湘竹'，分明是簟，正不必分晓。如教初学小儿，说破这是甚物事，方见妙处。往往浅学俗流，多不晓此妙用，指为不分晓，乃欲直捷说破，却是赚人与耍曲矣。如说情，不可太露。"（唐圭璋编《词话丛编》）

［3］红雨：这里指代桃花。

［4］刘郎：《幽明录》里面记载有一则故事，讲东汉时期，刘晨和阮肇二人到天台山采药，迷路回不到家，采山上桃子充饥。遇到两位仙女，留下刘晨和阮肇居住了半年。回家后，世上已过七世。

［5］章台：西汉长安城街名，乃歌妓聚居之所。

［6］灞岸：指灞陵岸。在长安东，灞水流经，古人多于此折柳送别。

［7］类书：古人采摭群书，辑录某类资料用以备查的工具书。

［8］提要：这里指《四库全书总目提要·乐府指迷》条。

　　这条主要用来指陈晚清词学发展的一些不好的倾向，因为《乐府指迷》主要阐发了吴文英的词学思想，作了很好的概括。晚清词坛，吴文英的影响仍然很大，这条主要讨论了不直说、用替代字来求雅的问题。王国维对此是表示反对的，因为他一直强调自然，而这种用别的字或典故来替代的做法，就像在做文字游戏一样，而且说白了并无什么特别高深之处。这里且以沈义父《乐府指迷》中的桃、柳为例来加以说明。诗词作品中，多喜以"红雨"来指代桃花或桃树，最早是因为李贺在《将进酒》中，写了这样的诗句："况是青春日将暮，桃花乱落如红雨。"(《全唐诗》)用纷纷坠落的桃花，来形容青春的一去不复返，给人以强烈的心理冲击，被世人目为名篇。同时代的刘禹锡也写有"花枝满空迷处所，摇落繁英坠红雨"(《百舌吟》)。后来大家都觉得这个比喻贴切，用"红雨"指代桃花就慢慢流行开来，尤其是在宋词中，可以增加文字的雅致。但用多了以后，就变成了一种俗套。王国维认为这是不足取法的，需要打破。

再比如用"刘郎"来指代桃花，除了《幽明录》里面的二名男子入山遇到仙女的艳遇故事以外，还因为唐代诗人刘禹锡（772—842）曾经写过两首很有名的诗歌。一首叫《元和十年自朗州至京，戏赠看花诸君子》："紫陌红尘拂面来，无人不道看花回。玄都观里桃千树，尽是刘郎去后栽。"(俞平伯等编《唐诗鉴赏辞典》)这首诗借桃花讽刺当时的朝廷新贵，诗一出立即遭到了政敌的报复。后来刘又作《再游玄都观》："百亩庭中半是苔，桃花净尽菜花开。种桃道士归何处，前度刘郎今又来。"借桃花来表达自己的不向恶势力低头的斗争精神。正好刘禹锡也是姓刘，所以后来用"刘郎"来指代桃花就越来越多了。

用"章台"指代柳，是因为唐代诗人韩翃曾给自己的爱妾柳氏写有一首这样的诗句："章台柳，章台柳，往日依依今在否？纵使长条似旧垂，也应攀折他人手。"(《寄柳氏》)当时正好安史之乱爆发，两人被迫分离，诗歌表达了韩翃对柳氏的关切。后来柳氏被番将沙咤利所夺，韩翃惨凄，幸得义士出手相助，两人重新团圆。(许尧佐《柳氏传》)这个令人荡气回肠的故事，使得更多人喜欢用"章台"来指代柳。因为用典可以增加文本的内涵，表达出比一般植物学意义上的柳树更多的意义。"灞岸"则出自王粲的"南登霸陵岸，回首望长安"(《七哀

诗》），"柳"和"留"谐音，古人在灞桥送别，经常折柳相赠，以表依依
不舍之情。总之，这些文化密码，其实背后都有着巨大的文本的超
链接。当然也应避免过度使用同一个典故，毕竟文学需要不断地
创新。

第十则（34）

词最忌用替代字。美成《解语花》之"桂华流瓦"[1]，境界
极妙，惜以"桂华"二字代"月"耳。梦窗[2]以下，则用代字更
多。其所以然者，非意不足，则语不妙也。盖语妙则不必
代，意足则不暇代。此少游之"小楼连苑"、"绣毂雕鞍"[3]，所
以为东坡[4]所讥也。

[1] 周邦彦《解语花·元宵》："风销焰蜡，露浥烘炉，花市光相射。桂华流
　　瓦。纤云散，耿耿素娥欲下。衣裳淡雅。看楚女、纤腰一把。箫鼓喧、
　　人影参差，满路飘香麝。　　因念都城放夜。望千门如昼，嬉笑游冶。
　　钿车罗帕。相逢处、自有暗尘随马。年光是也。唯只见、旧情衰谢。
　　清漏移、飞盖归来，从舞休歌罢。"（唐圭璋编《全宋词》）

[2] 梦窗：吴文英（约1200—1260），字君特，号梦窗，四明（今浙江宁波）人。

[3] 秦观《水龙吟》："小楼连苑横空，下窥绣毂雕鞍骤。朱帘半卷，单衣初
　　试，清明时候。破暖轻风，弄晴微雨，欲无还有。卖花声过尽，斜阳院
　　落，红成阵、飞鸳鸯。　　玉佩丁东别后。怅佳期、参差难又。名缰利
　　锁，天还知道，和天也瘦。花下重门，柳边深巷，不堪回首。念多情，但
　　有当时皓月，向人依旧。"（唐圭璋等编《唐宋词鉴赏辞典》）

［4］东坡：即苏轼（1036—1101），字子瞻，号东坡居士，眉州眉山（今属四川）人。

此则仍然是在讨论词用代字之弊，主要针对的对象也仍然是周邦彦和吴文英。周邦彦主要是以他的《解语花·元宵》为例来加以说明的。王国维认为"桂华流瓦"的意境很好，但用"桂华"来代月则不佳。"桂华"在这里就是月亮的别称。此词之妙，全在"花市光相射"，写出了元宵夜灯光月光交相辉映的特有场景。因为传说中月中有桂树，以桂华代月，其实也无不可。但王国维认为，如果意足语妙，则不应该在文字上过分地进行这样的雕琢，因为这样做失去了自然之美。这里真正针对的，可能不是周邦彦而是学吴文英的那些人。

王又举秦观《水龙吟》的首两句为例，据说苏东坡曾经开玩笑说"十三个字只说得一个人骑马楼前过。"（《历代诗余》卷五引曾慥《高斋词话》）大意是说词意重复。但也有学者认为这条说得没有道理："东坡此语殊误。'绣毂'乃车，非骑马过也。'绣毂'犹云朱轮，亦非代词，静安以东坡为是，何不思之甚也。"（吴世昌评《人间词话》，据《词学论丛》）诗词里面使用替代，其实是一种常见的创作方法。《诗人玉屑》卷十曾引《冷斋夜话》语云："用事琢句，妙在言其用而不言其名。此法惟荆公、东坡、山谷三老知之。荆公曰：'含风鸭绿鳞鳞起，弄日鹅黄袅袅垂。'此言水、柳之名也。……《苕溪渔隐》曰：荆公诗云：'缫成白雪桑重绿，割尽黄云稻正青。''白雪'即丝，'黄云'即麦，亦不言其名也。"有时这和禅宗里面的"不犯正位"有异曲同工之妙，不能一概以陈词滥调视之。总之对于这一条，还是需要具体问题具体分析。

处。对于南宋词，浙派尊姜夔、张炎，常州词派主张"问途碧山（王沂孙），历梦窗、稼轩，以还清真之浑化"（周济《宋四家词选》）。接下来的一个问题是，稼轩词到底好在哪里？为什么要学稼轩词？

王国维认为近代人喜欢效法南宋词而不是北宋词，主要因为南宋词好学，而北宋词没法学。这颇有点像诗歌领域，有的人认为宋诗好学，唐诗没法学；杜甫好学，李白没法学一样。而学南宋词的人，又多学姜夔、吴文英，而不学辛弃疾，一样是因为白石、梦窗易于模仿，而辛词难于学像学好。就算勉强地去学习辛弃疾，也只能学到他的一些粗豪、滑稽的地方，而学不到他的佳处。就连姜夔、刘过都是如此，更不用说其他人了。至于辛词的好处，王国维在这里举了四首作品，并总结说俊伟幽咽，独有千古。通行本的词句在这里小有不同，说"幼安之佳处，在有性情，有境界。即以气象论，亦有'横素波、干青云'之概，宁后世龌龊小生所可拟耶？"总之，这都是当时那些推崇吴文英的人所缺乏的气象。这里还引了萧统《陶渊明集序》中的语句，"横素波""干青云"，给予辛词极高的评价。并直斥吴文英辈为龌龊小生，浙西词派、常州词派的传人读到这些，肯定都是会不悦且无法接受的。

再来看看所举的几首词，除了《青玉案·元夕》第二则已经引过外，《摸鱼儿》是写伤春的，但是把对国事的忧虑也融入其中；《贺新郎·别茂嘉十二弟》是写送别的，却笔力矫健，充满了北宋亡国之痛；《祝英台近·晚春》写闺中少妇惜春，让我们看到稼轩词的婉约的一面，然而婉约中却仍然暗含了壮志难申的沉痛。这样的心胸，这样的境界，确实有姜夔、吴文英难以达到处。但如果因此就认为白石无情、梦窗龌龊，也多少有点失之偏颇。

第十二则（49）

周介存^[1]谓：梦窗词之佳者，如"水光云影，摇荡绿波，抚玩无极，追寻已远"^[2]。余览《梦窗甲乙丙丁稿》中，实无足当此者。有之，其唯"隔江人在雨声中，晚风菰叶生愁怨"^[3]二语乎？

[1] 周济（1781—1839），字保绪，一字介存，江苏荆溪（今宜兴）人。清代常州词派重要词论家与词人。

[2] 见周济《介存斋论词杂著》："梦窗非无生涩处，总胜空滑。况其佳者，天光云影，摇荡绿波，抚玩无极，追寻已远。"（唐圭璋编《词话丛编》）

[3] 吴文英《踏莎行》："润玉笼绡，檀樱倚扇。绣圈犹带脂香浅。榴心空叠舞裙红，艾枝应压愁鬟乱。　午梦千山，窗阴一箭。香瘢新褪红丝腕。隔江人在雨声中，晚风菰叶生秋怨。"（唐圭璋等编《唐宋词鉴赏辞典》）

此条仍然是关于对吴文英词的评价问题，王国维对于吴文英可以说全无好感。但吴在浙西词派、常州词派甚至晚清，都有着很高的地位。他到底有哪些地方吸引了这么多人，又让王国维觉得讨厌呢？常州词派的周济，认为梦窗词就算生涩，也比那些空洞油滑的要来得强。他觉得梦窗词耐人寻味，可爱高远，值得把玩，犹如天光云影，摇荡绿波一般。王国维则认为，此评不确，他觉得梦窗词只有"隔江人在雨声中，晚风菰叶生愁怨"这两句还不错。下面我们就以吴文英的这首《踏莎行》为例，来看一下梦窗词都有一些什么样的特点。

　　首先我们要知道，吴文英写得好的词很多，王国维选的这一首是带有很明显的个人好恶在里面的，未必就是梦窗词里最好的。其次我们可以看到，就算是这首词，写得也是非常有特色的。吴文英能够在整个清代受到重视和欢迎，绝非浪得虚名。这应该是一首在端午节前后的怀人之作，他的苏、杭二姬一去、一死，这首词以梦境回忆了苏州的那位去姬。上阕没有一个梦字，但看得出来，是在叙述一位女子。全篇的用字都很尖新，很多意思需要想一下才能明白，写得很雅致，这种代字法正是王国维所不喜的。比如这里的润玉是指女子的肌肤，檀樱是指浅红色的樱桃小口，绣圈是指绣花的领圈。榴心、艾枝点明季节与时令。一个"应"字暗示出前面的描写并非即目所见。下阕"午梦千山，窗阴一箭"荡开一笔，境界开阔，落笔奇妙，原来山长水远，都只是梦中的相思之情。"一箭"比喻光阴的迅疾。接下来的"香瘢新褪红丝腕"，又是在悬想。"香瘢"是所思念之人，因为端午节习俗手腕系上了彩丝，所以留下了印痕。这种近距离的细节描写让人感觉所念之人好像就在眼前。但这一切都只是一厢情愿的幻觉而已，醒来耳畔唯有江声雨声风声，佳人杳在天边，唯有满眼蒲叶似在发出愁叹。结句甚为空灵，颇有神韵派所欣赏的"不着一字，尽得风流"。同时也很像一个空镜头，留给读者无限的想象空间。

　　宋代张炎曾说吴文英词"如七宝楼台，炫人耳目，碎拆下来，不成片断"。（《词源》）但不得不说，这首词在艺术上，还是取得了很大的成功。比那些一味模仿《花间》、北宋词的，可以说要更强。因为它带给了我们一些新的感受和词的写法。吴文英一生都未出仕，主要是给贾似道这些显贵做门客。他的词在思想内容上和稼轩词当然存在一定的差距。但他也有自己的特色，能够把一些传统题材写出新意来，意象的堆砌有时让人感觉密得透不过气来，思路有时很飘忽，完全遵循自己内心的真实与逻辑。很有点像二十世纪的一些现代派作品，可惜王国维无法欣赏。

第十三则（删1）

　　白石之词，余所最爱者亦仅二者，语曰："淮南浩月冷千山，冥冥归去无人管。"[1]

[1] 姜夔《踏莎行》（自沔东来，丁未元日至金陵，江上感梦而作）："燕燕轻盈，莺莺娇软。分明又向华胥见。夜长争得薄情知？春初早被相思染。　　别后书辞，别时针线。离魂暗逐郎行远。淮南皓月冷千山，冥冥归去无人管。"（唐圭璋等编《唐宋词鉴赏辞典》）

　　前面因为对姜夔贬大于褒，这则稍微补充一下，但只是挑了两句，认为不错。这样的褒奖，聊胜于无，但不足以全面反映白石在两宋词学中的地位。清代的浙西词派，推崇姜（夔）、张（炎），以至于有"家白石而户玉田"（朱彝尊《静惕堂词序》）的说法。常州词派周济将姜夔视作稼轩附庸，由浙而常的陈廷焯一方面推崇姜夔，另一方面又认为他沉郁不如王沂孙，但总的来说也是吸纳为主。通常认为，姜夔词的好处在于清空和骚雅（张炎《词源》）。清空在于意境幽空，骚雅在于文辞雅正。由于他精通音律，多才多艺，所写词作超凡脱俗，空灵含蓄，能以硬笔写柔情。

　　这一首《踏莎行》到底好在哪里，以至最后两句能得到王国维的首肯呢？作者年轻时候在合肥（宋时属淮南路）曾经结识了某位女郎，多年后作者途经金陵，这位昔日的恋人又出现在了诗人的梦里。首句"莺莺""燕燕"，用苏轼"诗人老去莺莺在，公子归来燕燕忙"（《张子野年八十五尚闻买妾述古令作诗》）中的诗句，点明两人的情人关系。华胥，用了《列子·黄帝》："（黄帝）昼寝，而梦游于华胥氏之国"的典故，即梦境的意思。薄情，这里是对所念之人的昵称。下阕写两人别后的书信往来，临别所做的衣物尚着在身。"离魂暗逐郎行远"，用了唐传奇中陈玄祐《离魂记》的故事，写倩娘灵魂出窍追逐所爱之人远游。末两句设想奇特，如此一腔幽情，无处可以倾诉，离魂暗夜里独自在淮南乱山中戴月归去，那是多么令人神伤而又凄清的一幕啊。一切尽在不言之中，颇有神韵诗学之妙，也可以用来佐证王国维的境界理论。

第十四则(50)

　　梦窗之词，吾得取其词中一语以评之，曰："映梦窗，凌乱碧。"[1]玉田[2]之词，亦得取其词中之一语以评之，曰："玉老田荒。"[3]

[1] 吴文英《秋思·荷塘为括苍名姝求赋其听雨小阁》："堆枕香鬟侧。骤夜声，偏称画屏秋色。风碎串珠，润侵歌板，愁压眉窄。动罗簟清商，寸心低诉叙怨抑。映梦窗，零乱碧。待涨绿春深，落花香泛，料有断红流处，暗题相忆。　欢酌。檐花细滴。送故人，粉黛重饰。漏侵琼瑟，丁东敲断，弄晴月白。怕一曲《霓裳》未终，催去骖凤翼。叹谢客，犹未

识。漫瘦却东阳,灯前无梦到得。路隔重云雁北。"(唐圭璋编《全宋词》)

［2］玉田:即张炎(1248—约1320),字叔夏,号玉田,又号乐笑翁。临安(今
　　　浙江杭州)人。著有《山中白云词》及论词专著《词源》等。

［3］张炎《祝英台近·与周草窗话旧》:"水痕深,花信足。寂寞汉南树。转
　　　首青阴,芳事顿如许。不知多少消魂,夜来风雨。犹梦到、断红流
　　　处。　最无据。长年息影空山,愁入庾郎句。玉老田荒,心事已迟暮。
　　　几回听得啼鹃,不如归去。终不似、旧时鹦鹉。"(唐圭璋编《全宋词》)

　　此则继续批评南宋吴文英与张炎词,特点是从各自的作品中摘
出数语,用来作为对其作品的评价,这在中国古代文学批评中,叫作
"摘句批评法",或"意象批评法"。总之,这样的一种批评方法,缺点是
注重印象,缺乏逻辑性与科学性;优点是重视直觉,目击道存,形象生
动。问题是王国维这里的评价,到底有没有道理,是不是有点矫枉过
正呢?

　　我们先大致了解一下吴文英《秋思》词的内容。标题的意思是,
诗人的好友毛荷塘,为括苍听雨阁的名妹请梦窗赋词。吴文英并未
见到名妹与小阁,所以此词的妙处在于,全以想象为之,而又无比贴
切。开篇先从闺阁的内部写起,在一个秋天的夜晚,风声吹破雨声滴
沥,作者的好友毛荷塘,正在听雨小阁,欣赏美丽女子的曼妙歌喉。
歌声哀怨,舞扇轻摇,阁外池塘的碧色映上纱窗,叠影零乱,一如歌者
与听者此时的心绪。上阕结句荡开一笔,用了红叶题诗的典故,来年
春天,两人可能只能红叶传诗了,暗示分手的时刻即将到来。下阕写
两人雨下欢酌。故人分手在即,名妹抚弄琴瑟助兴。"檐花细滴"化用
杜甫《醉时歌》"清夜沉沉动春酌,灯前细雨檐花落",曲声丁东,不觉已
经雨止天白。谢客是谢灵运,这里用来指毛荷塘,他也许又要去别处

做官了，身世如转蓬，可叹自己竟还没有意识到这一点。东阳是沈约，这里指代诗人，作为朋友的我，既见不到人，也见不到阁，道途遥隔，枉自伤神。"映梦窗，凌乱碧"，大意是指吴文英词意象堆砌，思维跳跃，意绪微妙，更加重视的是自己内心的真实感受。这其实正是梦窗词的特点，如果不这样写，世间就无吴文英了。

　　这一则又涉及浙西词派最推崇的张炎词的评价问题，也是贬多褒少。我们仍然先从解读张炎的《祝英台近》开始。张炎生活在南宋末，出生富贵，1276 年元兵攻破临安（今杭州），南宋覆灭，家道中落，他的生活也从此陷入困顿。此后他长年漫游于吴、越之间，晚年归隐杭州。这首词标题里提到的周草窗即周密，比张炎略微年长，也是当时有名的词人。上阕感慨时光流逝，花信是花信风的意思，狂风骤雨，春花已逝，绿荫重叠，韶华不再。下阕自伤身世，以长年被羁留在北朝的庚信自况。玉老田荒，心事迟暮，山河易主，一切都已经太晚了，不如归去罢。张炎《踏莎行》词里还有"田荒玉碎"，都是差不多的意思。张炎号玉田，"玉老田荒，心事已迟暮"这两句，当然也是自己晚年心境的真实写照。王国维拿来评价玉田词，正是指摘他的词存在着枯槁、消极的毛病，缺少辛稼轩的那种豪放、洒落之气。

第十五则（删2）

　　双声、叠均[1]之论，盛于六朝，唐人犹多用之。至宋以后，则渐不讲，并不知二者为何物。乾、嘉间，吾乡周松霭[2]

先生(春)著《杜诗双声叠韵谱括略》,正千余年之误,可谓有功文苑者矣。其言曰:"两字同母谓之双声,两字同均谓之叠均。"余按:用今日各国文法通用之语表之,则两字同一子音者谓之双声。(如《南史·羊元保传》之"官家恨狭,更广八分","官家"、"更广"四字皆从 k 得声。《洛阳伽蓝记》之"狞奴慢骂","狞奴"二字,皆从 n 得声。"慢骂"二字,皆从 m 得声是也。)两字同一母音者,谓之叠韵。(如梁武帝[3]之"后牖有枯柳","后牖有"三字,双声而兼叠韵。"有枯柳"三字,其母音皆为 u。刘孝绰[4]之"梁皇长康强","梁""长""强"三字,其母音皆为 ian 也。)自李淑[5]《诗苑》伪造沈约[6]之说,以双声叠均为诗中八病[7]之二,后世诗家多废而不讲,亦不复用之于词。余谓苟于词之荡漾处多用叠均,促节处用双声,则其铿锵可诵,必有过于前人者。惜世之专讲音律者,尚未悟此也。

[1] 双声、叠均:即双声、叠韵。连绵两字,声母相同为双声,韵母相同为叠韵。

[2] 周松霭:即周春(1729—1815),字苗兮,号松霭,海宁盐官人。清代诗人、学者。

[3] 梁武帝:即萧衍(464—549),南兰陵(今江苏常州西北)人。

[4] 刘孝绰(481—539),彭城(今江苏徐州)人。南朝梁诗人。

[5] 李淑:字献臣,北宋诗论家,编有《诗苑类格》(已佚)。

[6] 沈约(441—513),字休文,吴兴郡武康县(今属浙江德清)人,南朝文学家、史学家。

［7］八病：永明声律论的重要组成部分，指平头、上尾、蜂腰、鹤膝、大韵、小
韵、旁纽、正纽等八种声病。

　　此条谈双声、叠韵在词中的运用。这里谈到了永明声律论的
所谓"八病"之说，即平头、上尾、蜂腰、鹤膝、大韵、小韵、旁纽、正
纽。王国维认为这不是沈约说的，是宋代李淑《诗苑类格》伪造
的，后来又被南宋王应麟引用到了他的《困学纪闻》里。总之，双
声、叠韵的妙处，六朝、唐人都是懂得的，宋以后人却不复讲求了。
对于词来说，悠扬的地方宜多用叠韵，急促的地方宜多用双声，这
样才会产生音乐美，一定有可以超过前人之处。这些意见当然是
值得重视的。

　　把声母称为"子音"（consonant），把韵母称为"母音"（vowel），大
致是可以的，但不算十分精确。（王力《汉语音韵学》）日本僧人遍照金
刚（774—835），所撰《文镜秘府论》中，有"文二十八种病"，与沈约时代
较相近，具有一定参考价值。如其中谈"大韵"："大韵诗者，五言诗若
以'新'为韵，上九字中，更不得安'人''津''邻''身''陈'等字。既同
其类，名犯大韵。""除非故作叠韵，此即不论。"这是说一联十个字中，
除了叠韵字外，都不能用与句尾韵字相同韵部的字。"小韵"："小韵诗
者，除韵以外，而有迭相犯者，名为犯小韵病也。"这条诗病与大韵近
同，不过要求更为严格，要在一联之中做到每个字都不同韵。又如
"傍纽"："傍纽诗者，五言诗一句之中有'月'字，更不得安'鱼''元'
'阮''愿'等字。此即双声，双声即犯傍纽。""正纽"："正纽诗者，五言
诗'壬''衽''任''人'四字为一组。一句之中，如已有'壬'字，更不得
安'衽''任''人'等字。如此之类，名为犯正纽之病也。"正纽的规则，
可以视作对旁纽的补充，即使两字声调上有差异，也不能弥补它们所

犯的双声病。说到底是为了让所作之诗抑扬顿挫，变化错综，做到"宫羽相变，低昂互节"。(《文心雕龙·声律》)但因为过于烦琐，反而斫伤自然之美，就算到了唐代的近体诗，也不能完全做到，所以后来就慢慢淘汰掉了。王国维在这里推尊乡人周春的《杜诗双声叠韵谱括略》，旧调重弹，并非完全没有意义。

第十六则（删3）

　　昔人但知双声之不拘四声[1]，不知叠均亦不拘平、上、去三声。凡字之同母音者，虽平仄有殊，皆叠均也。

［1］四声：指平、上、去、入四种声调。

　　这条是讲，填词之时，不仅遇到双声可以不拘平、上、去、入的四声，就算遇到叠韵也可以不拘平、上、去。这样当然更加自由了，但其实也有一些人是强调不可随便替换的。如沈义父《乐府指迷》："但看句中用去声字最为紧要。然后更将古知音人曲，一腔三两支参订，如都用去声，亦必用去声。其次如平声，却用得入声字替。上声字最不可用去声字替。不可以上去入，尽道是侧声，便用得，更须调停参订用之。"以前面所引的例子来看。"官家""更广"四字皆从 k 得声，为双声。"官家"同为平声，"更广"则一去一上。"康强""后牖"为叠韵，"康强"同为平声，"后牖"则一去一上。昔人指周春以前的学者，此条所提出的论点，主要仍是在介绍周春的发现。

第十七则（删 4）

诗至唐中叶以后，殆为羔雁之具[1]矣。故五代、北宋之诗，佳者绝少，而词则为其极盛时代。即诗词兼擅如永叔、少游者，亦词胜于诗远甚。以其写之于诗者，不若写之于词者之真也。至南宋以后，词亦为羔雁之具，而词亦替矣。此亦文学升降之一关键也。

[1] 羔雁之具：小羊和雁。古代用为卿、大夫的贽礼。

此则谈文学的功能以及评判标准。王国维认为，决定文学升降的是作者的态度，即是用文学来表达真情，还是把文学当作一种社交应酬的工具。这说得有一定的道理，但还是比较片面的，至少不符合历史唯物主义。不过我们还是可以就他的思路作一些分析。

王国维认为诗到五代北宋，已经过了黄金时代，而词则进入了全盛期。中国古代文学史上，以诗歌而论，有几座高峰。比如《诗经》、《楚辞》、汉乐府、汉魏古诗等，《文选》中集中了很多古诗的精华，被后人称为"《选》体"。当然古诗的选本有很多，并不只是《文选》一种。清代康熙朝王士祯有《古诗选》，乾隆朝沈德潜有《古诗源》，各家由于诗学理论与主张不同，所选篇目都是有出入的。唐代初年近体格律诗渐渐成熟，即以近体诗而言，近代同光体提出"三元"说，认为开元、元和、元祐是三个诗歌发展的高峰。开元就是盛唐唐玄宗的时代，元和就是中唐唐宪宗的时代，元祐就是北宋宋哲宗的时代。其实除了唐宋诗以外，元、明、清历代也都有很多大诗人。这种一笔抹杀的评论方式，认为"佳者绝少"，其实是失之偏颇的。这主要是因为王国维的文学观念多多少少受到了进化论的思想影响。他在《宋元戏曲史·序》中说："凡一代有一代之文学：楚之骚，汉之赋，六代之骈语，唐之诗，宋之词，元之曲，皆所谓一代之文学，而后世莫能继焉者也。"这种观念清楚地表明，他认为一种文体，是有其黄金期的，过了鼎盛时期，就难再出佳作。现代大部分学者都认为，这种观点有一定道理，但不能看得太死。否则宋以后那么多的诗歌，难道就没有阅读和研究的价值了吗？即以清诗而言，清初有钱谦益、吴伟业，康乾盛世有王士祯、袁枚，晚清同光体有陈三立、沈曾植等。周作人在《中国新文学的源流》中，更加主张文学是在"载道"和"言志"两派中作钟摆式运动。比如大一统时代，两汉、唐、宋、明清文学更多地受到政治的影响，魏晋、五代、元、明末、民国，政治比较动荡的时代，文学反而更加注重个性。这样来看文学，要比按进化论来理解更客观一些。

王国维又认为词胜于诗，更多地表达真情。欧阳修、秦观的词要好于诗。南宋以后，词又成了社交工具，所以也面临着被淘汰替代的命运，紧接着登上文学舞台的那就是元曲了。其实现在的学者们更倾向于认为，很多文体是可以并存的。就算已经过了黄金期，但明清仍有很多人在写诗词曲，清代的骈文与词，甚至号称中兴，即再度走向了繁荣。

第十八则（20）

冯正中词除《鹊踏枝》《菩萨蛮》[1]十数阕最煊赫外，如

《醉花间》之"高树鹊衔巢，斜月明寒草"[2]，余谓韦苏州之"流萤度高阁"[3]、孟襄阳之"疏雨滴梧桐"[4]，不能过也。

［1］冯延巳《阳春集》载《鹊踏枝》十四首，《菩萨蛮》九首。现录其《鹊踏枝》一首如下："谁道闲情抛掷久。每到春来，惆怅还依旧。日日花前常病酒。敢辞镜里朱颜瘦。　河畔青芜堤上柳。为问新愁，何事年年有。独立小桥风满袖。平林新月人归后。"

［2］冯延巳《醉花间》："晴雪小园春未到。池边梅自早。高树鹊衔巢，斜月明寒草。　山川风景好。自古金陵道。少年看却老。相逢莫厌醉金杯，别离多，欢会少。"（《阳春集》）

［3］韦苏州：即韦应物（737—约792），长安（今陕西西安）人。曾任苏州刺史，世称韦苏州。《寺居独夜寄崔主簿》："幽人寂不寐，木叶纷纷落。寒雨暗深更，流萤度高阁。坐使青灯晓，还伤夏衣薄。宁知岁方晏，离居更萧索。"（《韦刺史诗集》）

［4］孟襄阳：即孟浩然（689—740），襄州襄阳（今湖北襄阳）人，世称孟襄阳。唐王士源《孟浩然集》序云："浩然尝闲游秘省，秋月新霁，诸英华赋诗作会。浩然句云'微云淡河汉，疏雨滴梧桐'，举坐嗟其清绝，咸搁笔不复为继。"

　　此则仍是激赏冯延巳词。《鹊踏枝》《菩萨蛮》因为作品较多，我们选一首略作分析。这些当然都是最能够代表他水平的作品。这首《鹊踏枝》主要是写闲情，一种淡淡的惆怅，但是惆怅之中又有着某种普遍性的东西。整首词都没有用典故，但所造之句都清新自然，很适合用来吟唱，有《花间集》的影子在。我们甚至读完都不知道主人公在愁什么，好像是在伤春？好像是在怀人？都有可能。尤其是结句，沐浴在春风中、新月下的诗人又似乎内心有一丝欣喜。这就是冯延巳，他的一支笔，总是能够同时写出哀伤和快乐。

《醉花间》也是如此。这首词是写欢会的，但其中绝无通常的男欢女爱的描写。早春时节，冰雪融化，梅花开放，喜鹊筑巢。但上阕最后一句有点突兀，突然转到了夜间月下的描写，"斜月明寒草"，这一句如果放在《聊斋》中，甚至会让人觉得有点鬼气。如果是从旷野中一位女鬼口中吟出，就更阴森恐怖了。出现在这里，就像莫扎特的奏鸣曲一样，写乐的同时，突然透出了一层哀。下阕点明金陵风景胜地，主旨是少年老，"别离多，欢会少"。王国维欣赏的那两句，如果单独看，会觉得比不上韦、孟。但如果我们放在整个作品中来体会，确实有不一般的地方。

再来看韦应物的诗歌，诗是写给朋友的。"寒雨暗深更，流萤度高阁"，写出了寂静的夜晚，萤火虫在寒雨中、高阁下飞舞。已是深秋季节，落叶缤纷，诗人在古寺中难以入眠，思念友人。完全是一种隐士的派头，但绝没有冯词的用一支笔写两种情感。整个作品的风格与思想感情是一致与统一的。孟浩然的诗因为不完整，我们很难揣度全貌。"微云淡河汉，疏雨滴梧桐"，暗用了《世说新语·言语》："司马太傅斋中夜坐，于时天月明净，都无纤翳。太傅叹以为佳。谢景重在坐，答曰：'意谓乃不如微云点缀。'太傅因戏谢曰：'卿居心不净，乃复强欲滓秽太清邪？'"的典故，只是反用其意，来衬托诗人的胸无尘滓。这个当然也是名句。总的说来，冯词之妙，是经常可以在一些习见的题材背后让我们读出一些更加复杂的新的感受。

第十九则(21)

　　欧九《浣溪沙》词"绿杨楼外出秋千"[1]。晁补之[2]谓：只一"出"字，便后人所不能道。余谓此本于正中《上行杯》词"柳外秋千出画墙"[3]，但欧语尤工耳。

［1］欧九：即欧阳修。欧阳修《浣溪沙》："堤上游人逐画船。拍堤春水四垂天。绿杨楼外出秋千。　白发戴花君莫笑，六幺催拍盏频传。人生何处似尊前。"（唐圭璋等编《唐宋词鉴赏辞典》）

［2］晁补之(1053—1110)，字无咎，号归来子，济州巨野（今山东巨野）人，苏门四学士之一。

［3］冯延巳《上行杯》："落梅著雨消残粉。云重烟轻寒食近。罗幕遮香，柳外秋千出画墙。　春山颠倒钗横凤。飞絮入帘春睡重。梦里佳期。只许庭花与月知。"（《阳春集》）

　　此则论欧词之佳者，有出于冯正中词，而后出转精者。我们仍旧还是先来看一下这两首词大致都在讲些什么。两首词从风格、题材来讲，都沿袭的是《花间集》的风格。欧词《浣溪沙》清新抒情、自然流畅，大约作于知颍州（今安徽阜阳）时，当时欧阳修已经年过六旬，接近暮年。晚年的欧阳修，自号"六一居士"，即"吾家藏书一万卷，集录三代以来金石遗文一千卷，有琴一张，有棋一局，而常置酒一壶"，再加上自己这一个老翁，"老于此五物之间"。（《六一居士自传》）所以这首词中，所写出的与民同乐与随缘自适，与《醉翁亭记》中的那个太守,颇有异曲同工之妙,只是一作于晚年、一作于中年而已。上阕写画船、游人、春水,颇似白居易的"水面初平云脚低"(《钱塘湖春行》),只是这里写的是颍州的西湖而已。作者心目中似乎有意要把颍州的西湖和杭州的西湖比较一番,其实这两个湖的风景是不相上下的,论体量颍州西湖还更大一些。"绿杨楼外出秋千",一个"出"字,让整个画面富于一种动感。下阕写作者在船中饮酒宴乐,貌似无忧,其实心中是有很多隐衷的。欧阳修一生刚直,曾经多次被贬。晚年自请赴颍,是因为这里风景秀丽,民风淳朴,其实是有意要把这里当作自己的归老之地。诗人自知生命已到尽头,在颍州待了一年多就离开了人世。但人终有一死,能够流连于这样的湖光春色之中,还有什么好遗憾的呢?

而冯词《上行杯》写的是一位少女的早春闲愁。上阕写早春已过,梅花已残,寒食将近,又到了踏青的好时节。少女们在画墙内荡秋千玩耍,欢声笑语传出罗幕,让人们心头郁积的清明祭扫的愁霾一扫而空。下阕写少女们游戏累了,夜里坠入梦乡,睡姿甜美。至于梦里是与哪位心上人相聚,那只有去问庭花与明月了。欧、冯两首词其实写得都很有特色,如果就境界的完整性与典型性而言,似乎欧词略好一点,但也没有那么绝对。此外,龙榆生先生认为,"唐王摩诘《寒食城东即事》诗云:'蹴鞠屡过飞鸟上,秋千竟出垂杨里。'欧公用'出'字,盖本此。"(《唐宋名家词选》)亦可备一说。

第二十则(36)

美成《青玉案》词:"叶上初阳干宿雨。水面清圆,一一风荷举。"[1]此真能得荷之神理者。觉白石《念奴娇》[2]、《惜红衣》[3]二词，犹有隔雾看花之恨。

[1] 周邦彦《苏幕遮》："燎沉香，消溽暑。鸟雀呼晴，侵晓窥檐语。叶上初阳干宿雨。水面清圆，一一风荷举。　故乡遥，何日去。家住吴门，久作长安旅。五月渔郎相忆否。小楫轻舟，梦入芙蓉浦。"（唐圭璋等编《唐宋词鉴赏辞典》）

[2] 姜夔《念奴娇》（予客武陵，湖北宪治在焉。古城野水，乔木参天。余与二三友日荡舟其间，薄荷花而饮。意象幽闲，不类人境。秋水且涸，荷叶出地寻丈，因列坐其下，上不见日。清风徐来，绿云自动，间于疏处窥见游人画船，亦一乐也。揭来吴兴，数得相羊荷花中。又夜泛西湖，光景奇绝。故以此句写之）："闹红一舸，记来时，尝与鸳鸯为侣。三十六陂人未到，水佩风裳无数。翠叶吹凉，玉容销酒，更洒菰蒲雨。嫣然摇动，冷香飞上诗句。　日暮。青盖亭亭，情人不见，争忍凌波去。只恐舞衣寒易落，愁入西风南浦。高柳垂阴，老鱼吹浪，留我花间住。田田多少，几回沙际归路。"（唐圭璋等编《唐宋词鉴赏辞典》）

[3] 姜夔《惜红衣》（吴兴号水晶宫，荷花盛丽。陈简斋云：'今年何以报君恩。一路荷花，相送到青墩。'亦可见矣。丁未之夏，予游千岩，数往来红香中，自度此曲，以无射宫歌之）："簟枕邀凉，琴书换日，睡余无力。细洒冰泉，并刀破甘碧。墙头唤酒，谁问讯、城南诗客。岑寂。高柳晚蝉，说西风消息。　虹梁水陌，鱼浪吹香，红衣半狼藉。维舟试望故国。眇天北。可惜渚边沙外，不共美人游历。问甚时同赋，三十六陂秋色。"（唐圭璋等编《唐宋词鉴赏辞典》）

此则盛赞周邦彦词有神理，而姜夔词尚隔一层，如雾里看花。神理在这里有神韵的意思。王国维曾经说过:"先生(清真)之词,陈直斋谓其多用唐人诗句隐括入律,浑然天成,张玉田谓其善于融化诗句,然此不过一端。不如强焕云'模写物态,曲尽其妙'为知言也。"(《人间词话》附录)这里举《苏幕遮》(《青玉案》有误)为例,写雨后的荷花在阳光下亭亭玉立的风致,善于描摹物态,如在眼前。全词其实并非纯粹的咏物词,但荷花确实占据了一个中心的位置。暑潦季节,闺阁闲愁。看着眼前的荷花,心中想到的是江南故乡。无奈道途辽远,只好付之南柯一梦。

姜夔《念奴娇》也是写荷花,却别有一番情趣。这首词全力咏物,就是为了要写出荷塘的"意象幽闲,不类人境",其实并不一定不如周邦彦。上阕写此地曾经多次来过,人迹稀少,荷花之美令人心摇神醉。"冷香飞上诗句"更是神来之笔,只可意会,与周邦彦的工笔画一样刻画,却是两种不同的美。下阕写时光易逝,诗人恋恋不舍地离开。又担心西风凌寒,舞衣易落,表达了一片惜花之情。全词通过层层铺叙,情感的表达不断加码,又淡得让人觉察不出,可以说比周词更加耐人寻味。这就是姜夔词的清空和骚雅,情感空灵不粘着,内容又符合雅正。

《惜红衣》仍然是在写荷,只是地点从湖北、湖南交界的武陵转到了江南的吴兴,内容除了荷花外,也加入了一层怀人的成分。上阕写盛夏消暑生活,平淡而又诗意的日常生活,被写得充满生趣。整个上阕都是在做铺垫,没有对荷花的正面描写。下阕写荷花已经"红衣半狼藉",词人不禁感慨,如此美景,却没有佳人相伴共游。姜夔年轻的时候,曾与一位合肥女子结下深情。全词就在这种惘惘不甘中作结。这当然是一首好词,状物固然在文学中有很重要的地位和作用,但不应该成为唯一衡量的标准。王国维这里以姜夔的这两首词为例，其实说明他还是欣赏姜夔的。只是姜心事飘忽，立意高旷，不完全符合王国维的审美标准而已。

第二十一则(删5)

曾纯甫[1]中秋应制，作《壶中天慢》词，自注云："是夜，西兴亦闻天乐。"[2]谓宫中乐声闻于隔岸也。毛子晋[3]谓："天神亦不以人废言。"近冯梦华[4]复辨其诬。不解"天乐"二字文义，殊笑人也。

[1] 曾纯甫：曾觌(1109—1180)，字纯甫，开封(今属河南)人。

[2] 曾觌《壶中天慢》(此进御月词也。皇上大喜曰："从来月词，不曾用'金瓯'事，可谓新奇。"赐金束带、紫番罗、水晶碗。上亦赐宝盏。至一更五点回宫。是夜，西兴亦闻天乐焉。)："素飙漾碧，看天衢稳送，一轮明月。翠水瀛壶人不到，比似世间秋别。玉手瑶笙，一时同色，小按霓裳叠。天津桥上，有人偷记新阕。　当日谁幻银桥，阿瞒儿戏，一笑成痴绝。肯信群仙高宴处，移下水晶宫阙。云海尘清，山河影满，桂冷吹香雪。何劳玉斧，金瓯千古无缺。"(唐圭璋编《全宋词》)西兴：渡口名，在今浙江萧山西北。与南宋都城杭州相隔一条钱塘江，遥遥相望。

[3] 毛子晋：即毛晋(1599—1659)，字子晋，别号汲古主人，常熟(今属江苏)人。明末著名藏书家、出版家，编有《宋六十名家词》等。

[4] 冯梦华：即冯煦(1842～1927)，字梦华，号蒿庵，江苏金坛人。光绪进士，官至安徽巡抚，工于词学。

　　此条属于对于词作中具体词义的考订。从最广义的角度来讲，中国古代一切与诗词相关的言论，都可以收入诗话、词话，用来作为文学批评研究的原材料。曾觌《壶中天慢》是一首咏月的应制词。抛开历史上对于曾觌其人人品的质疑不谈，这首词在艺术上还是有一些可取之处的。上阕写一轮明月，高挂碧宇，引起了多少人的秋思。宫中又到了歌舞升平的时候，宫女们演奏时纤白的手指，与玉制的乐器，一时难以分别开来。新的曲调，说不定第二天就会有人偷记下来，流传开去。下阕用唐玄宗李隆基的典故，他曾自称阿瞒。云海尘清，山河影满，暗喻天下太平，政治清明。最后又以"金瓯千古无缺"作结，难怪龙颜大悦，当即给了他很多的赏赐。词前的小序，亦见于周密《武林旧事》，所以也有可能不是曾觌写的。但是，王国维在这里更加关注的是，"是夜，西兴亦闻天乐"这一句，即这天晚上对岸的西兴，应该也听到了这来自天上的音乐。唐代杜甫《赠花卿》："锦城丝管日纷纷，半入江风半入云。此曲只应天上有，人间能得几回闻。"天乐，其实就是指宫中传出的音乐。这本来是没有什么问题的。

　　到了明末的毛晋，他在刻《宋六十名家词》时，跋曾觌《海野词》："至进月词，一夕西兴共闻天乐，岂天神亦不以人废言耶？"到了晚清民国的冯煦，他在自己写的《蒿庵论词》里又说："曾纯甫赋进御月词，其自记云：'是夜西兴亦闻天乐。'子晋遂谓'天神亦不以人废言'。不知宋人每好自神其说。白石道人尚欲以巢湖风驶归功于平调《满江红》，于海野何讥焉？"王国维在这里反对毛、冯之说，认为他们不懂"天乐"，多少有点小题大做。其实，他们都在谈论不同的问题。毛晋注重的是"不以人废言"，意思是曾觌虽然人品不怎么样，词写得还是可以的;冯煦关注的是"宋人每好自神其说",这也不能说没有道理,宫中的音乐再响亮,隔着钱塘江对岸的人还能听到的可能性不大,更有可能是一种想象之词或夸大其词。这就好像李白的"白发三千丈"(《秋浦歌》)、"飞流直下三千尺"(《望庐山瀑布》),都是使用了文学上的夸张的手法。

第二十二则(42)

古今词人格调之高,无如白石。惜不于意境上用力,故觉无言外之味,弦外之响。终落第二手。其志清峻则有之,其旨遥深则未也[1]。

[1] 刘勰《文心雕龙·明诗》:"乃正始明道,诗杂仙心;何晏之徒,率多浮浅。唯嵇志清峻,阮旨遥深,故能标焉。"

此则仍然是关于姜夔词的评价问题。王国维认为姜夔词格调之高,无人可及。但因为在意境上还有欠缺,所以缺少言外之味。他的词作品格是清峻的,但没有更深的内涵。

王国维这里所说的意境,其实已经有境界的意思在里面了。所以这一则其实是在说姜夔的人生境界尚需要提高。至于说姜夔词格调高,周济《介存斋论词杂著》里面说:"白石词如明七子诗,看是高格响调,不耐人细思。"陈廷焯《白雨斋词话》云:"白石词,以清虚为体,而时有阴冷处,格调最高。"通常诗歌里所说的格调,格有体格的意思,调有声调的意思。这里具体到姜夔的词里,还带有点品格的意思。

姜夔的词,论音乐性,艺术性,甚至他个人的品格,都是没得说的。很多词里面虽然写自己流落江湖,但是仍然不忘君国。王国维认为他缺的是意旨遥深。

嵇志清峻、阮旨遥深,都是《文心雕龙》用来评价嵇康、阮籍的。嵇康因为不愿意与当时的司马氏家族合作,最终招来杀身之祸。姜夔作词刻意求雅,王国维认为他的志操可以比得上嵇康的清峻。阮籍因为不敢直言自己内心的忧惧,所以经常喜欢在诗歌中使用比兴的手法,厥旨遥深,使后代读者都难以完全明了他的写作意图。姜夔词中虽然也有吟风弄月,意境清远,但是王国维认为缺少更深一层的隐喻或者象征的内涵。这些都限制了他的词作的思想深度,这可能与他的人生境界也有一些关联。

这里还谈到了言外之味,弦外之响,这本来是宋代严羽以及清代神韵派论诗最喜欢讲的话题。而最早的出处,则是唐代的司空图。他在《与李生论诗书》中说:"文之难而诗尤难。古今之喻多矣,愚以为辨于味而后可以言诗也。江岭之南,凡足资于适口者,若醯,非不酸也,止于酸而已;若醝,非不咸也,止于咸而已。中华之人所以充饥而遽辍者,知其咸酸之外,醇美者有所乏耳。……近而不浮,远而不尽,然后可以言韵外之致耳。"也就是说,作品贵在有余味,不说破。历代大家对姜夔词的评价,其实都是很高的。如刘熙载《艺概·词曲概》:"白石才子之词,稼轩豪杰之词。才子、豪杰,各从其类爱之,强论得失,皆偏辞也。姜白石词幽韵冷香,令人挹之无尽。拟诸形容,在乐则琴,在花则梅也。"如果是为了抬高辛弃疾而贬低姜夔,就算是古人也已经意识到,这样做是不可取的。

第二十三则(删35)

梅溪[1]、梦窗、玉田、草窗[2]、西麓[3]诸家,词虽不同,然同失之肤浅。虽时代使然,亦其才分有限也。近人弃周鼎而宝康瓠[4],实难索解。

[1] 梅溪:史达祖(1163—约1220),字邦卿,号梅溪,汴(河南开封)人,南宋婉约派重要词人。

[2] 草窗:周密(1232—1298),字公谨,号草窗,祖籍济南,流寓吴兴(今浙江湖州)。

[3] 西麓:陈允平,字君衡,号西麓,四明鄞县(今浙江宁波市鄞州区)人。

[4] 弃周鼎而宝康瓠(hù):贾谊《吊屈原》:"乌虖哀哉兮,逢时不祥。……斡弃周鼎,宝康瓠兮。腾驾罢牛,骖蹇驴兮。骥垂两耳,服盐车兮。"(《文选》)周鼎:周代传国的九鼎,比喻宝器。康瓠:破瓦壶,多用以喻庸才。

此则仍然是在批评南宋词,认为史达祖、周密、张炎、吴文英、陈允平均失之肤浅。因为晚清词坛重视南宋词,故又联系现实加以批评。原稿中还有中仙(王沂孙),后来删掉了,大概写完后自己也觉得不妥。梦窗、玉田前面已经作过一些介绍,我们在这则再给大家简略介绍一下梅溪、草窗和西麓。

史达祖在这里被放在第一个。他是南宋婉约派的重要词人,一生未中第,后来成为韩侂胄最倚重的堂吏,负责文书。韩北伐失败后，史被牵连受黥刑，死于困顿。因为韩在《元史》中被论定为"奸臣"，加上史在得势时也比较跋扈，这些都影响到人们对他的人品乃至词品的印象。他的词以咏物见长，用语尖新。刘熙载《艺概》云："周美成律最精审，史邦卿句最警炼。然未得为君子之词者，周旨荡而史意贪也。"认为他的词有贪多务得的缺点。

周密出身于五世官宦家庭，年轻时随父游历，后以门荫入仕，因事得罪权相贾似道而辞官。他交游广泛，参加吟诗结社活动。宋末任义乌（今属浙江）令。南宋覆灭后，周密入元不仕，专心著述。编有《绝妙好词笺》，著有《武林旧事》《齐东野语》《癸辛杂识》等。词风清新自然，华丽流畅。

陈允平出身官宦世家，年少从杨简学，屡试不第，沉沦下僚。入元后曾以图谋恢复旧朝之嫌入狱。后被征，北赴大都。晚年隐居四明。卒年与周密应该相去不远。陈廷焯《白雨斋词话》："西麓词在中仙、梦窗之间，沈郁不及碧山，而时有清超处。超逸不及梦窗，而婉雅犹过之。"

到底北宋词还是南宋词好，就好像在问到底唐诗好还是宋诗好一样，作为今天的读者，不如把它们看作两种不同的审美范型，这样才能培养出一种在阅读过程中欣赏异量之美的雅量。钱锺书《谈艺录》首篇谈唐宋诗之分别："唐诗宋诗，亦非仅朝代之别，乃体格性分之殊。天下有两种人，斯分两种诗。唐诗多以丰神情韵擅长，宋诗多以筋骨思理见胜。"北宋词、南宋词的问题也应这样看。

第二十四则

余填词不喜作长调[1]，尤不喜用人韵。偶尔游戏，作《水龙吟》咏杨花，用质夫、东坡倡和均[2]，作《齐天乐》咏蟋蟀，用白石均[3]，皆有与晋代兴[4]之意。然余之所长殊不在是，世之君子宁以他词称我。

[1] 长调：词调体式之一，明代《类编草堂诗作》以五十八字以内者为小令，以五十九至九十字者为中调，九十一字以上者为长调。一般沿用其说。

[2] 王国维《水龙吟·杨花用章质夫、苏子瞻唱和均》："开时不与人看，如何一霎濛濛坠。日长无绪，回廊小立，迷离情思。细雨池塘，斜阳院落，重门深闭。正参差欲住，轻衫掠处，又特地，因风起。　花事阑珊到汝，更休寻、满枝琼坠。算来只合，人间哀乐，者般零碎。一样飘零，宁为尘土，勿随流水。怕盈盈、一片春江，都贮得、离人泪。"（王国维《人间词》《人间词话》手稿）

[3] 姜夔《齐天乐》（丙辰岁与张功父会饮张达可之堂，闻屋壁间蟋蟀有声，功父约予同赋，以授歌者。功父先成，辞甚美。予裴回末利花间，仰见秋月，顿起幽思，寻亦得此。蟋蟀，中都呼为促织，善斗。好事者或以三二十万钱致一枚，镂象齿为楼观以贮之）："庾郎先自吟愁赋。凄凄更闻私语。露湿铜铺，苔侵石井，都是曾听伊处。哀音似诉。正思妇无眠，起寻机杼。曲曲屏山，夜凉独自甚情绪。　西窗又吹暗雨。为谁频断续，相和砧杵。候馆迎秋，离宫吊月，别有伤心无数。《豳》诗漫与，笑篱落呼灯，世间儿女。写入琴丝，一声声更苦。"（唐圭璋等编《唐宋词鉴赏辞典》）王国维《齐天乐·蟋蟀用姜白石原均》："天涯已自悲秋极，何须更闻虫语。乍响瑶阶，旋穿绣阃，更入画屏深处。喁喁似诉。有几许哀丝，佐伊机杼。一夜东堂，暗抽离恨万千绪。　空庭相和秋雨。又南城罢柝，西院停杵。试问王孙，苍茫岁晚，那有闲愁无

数。宵深谩与。怕梦稳春酣,万家儿女。不识孤吟,劳人床下苦。"(王国维《人间词》《人间词话》手稿)

[4] 与晋代兴:语出《国语·郑语》:"及平王之末,而秦、晋、齐、楚代兴。"这里的意思是指超越前人。

这一则王国维是在说自己不喜欢长调,因为长调一般来说南宋词用得更多一点。又说自己不喜和韵,所谓和韵就是照着前人的韵脚来写,这需要因难见巧,偶尔为之可以,写多了等于自己捆住了自己的手脚,所以很多人是反对的。比如王士禛在《香祖笔记》中就说过:"予平生为诗,不喜次韵,不喜集句,不喜数叠前韵。"但王国维在这里又甚为自得,举他自己所写的两首次韵长调为例,说明自己在这方面也一样是擅长的,甚至可以超越前人。最后让大家不要以为自己只会写这种类型的词,认为自己的词中最好的是别的作品。

王国维这里提到的两首都是属于咏物词。《水龙吟》上阕写出了杨花(即柳絮)的扑朔迷离,下阕写惜春之情,"一样飘零,宁为尘土,勿随流水"是比较警策的句子,表达了作者坚定的心志。整首作品托物喻志,写得不即不离,既传达出了杨花的神态,又揭示出了吟咏者的心迹。属于比较成功的作品。

姜夔的《齐天乐》咏蟋蟀更是南宋咏物词中的代表之作,我们略作分析。小序交代了写作背景,张功父即张镃,南宋名将张俊的曾孙,又是南宋词人张炎的曾祖,能诗善词,与陆游、尤袤、杨万里、辛弃疾都有交往。此番要与姜夔比赛咏蟋蟀词,而且已经完成在先,姜夔苦苦构思,徘徊茉莉花间,终于别出心裁,完成了佳构。全词没有去多写蟋蟀的形态,而是紧紧围绕它的叫声,突出了一个"苦"字。上阕先从写《愁赋》的庾信入手,时至深秋,大门外、井栏边,处处可以听到它的叫声。"哀音似诉。正思妇无眠，起寻机杼"，又从它的叫声里联想到难以入眠的思妇。以实写虚，令人遐想无限。下阕继续让想象张开翅膀，迁客骚人，汉宫思妇，都一齐涌到了词人的笔下。他想起《诗经·豳风·七月》里有"七月在野，八月在宇，九月在户，十月蟋蟀，入我床下"的诗句，冬天就要来临，小儿女们却浑然不知，还在抓蟋蟀玩乐，世间又有几个人能够明白我琴声中的悲苦呢？全词句句不离蟋蟀，却又能够荡开去。既是在写姜夔本人的身世之忧，又何尝不是在写家国之痛？

再来看王国维的作品，总的来说，和姜夔还是有比较大的差距的，因为长调本来就不是他的长项。但也称得上笔笔紧凑。可能他在写作的时候，还是有很强烈的争胜意识的。整首词也是在写愁，他的夫人莫氏卒于1907年7月，很有可能这首词作于夫人去世不久的秋天。其中的绣闼、画屏、机杼都有可能暗寓着对于夫人的怀念。下阕继续写愁，"试问王孙，苍茫岁晚，那有闲愁无数"。（《毛诗正义·唐风·蟋蟀》中，陆机《疏》云："蟋蟀，……楚人谓之王孙，幽州人谓之趋织。"）全词的不足之处是，抒情过于直致，情感缺乏转折与层次，这当然和王国维过于推崇北宋词是有关的。

第二十五则（删 36）

余友沈昕伯（纮）[1]自巴黎寄余《蝶恋花》一阕云："帘外东风随燕到。春色东来，循我来时道。一霎围场生绿草。归迟却怨春来早。　　锦绣一城春水绕。庭院笙歌，行乐多年少。著意来开孤客抱。不知名字闲花鸟。"此词当在晏氏父子[2]间，南宋人不能道也。

[1]沈昕伯：沈纮，字昕伯，王国维就读于东文学社时同学。
[2]晏氏父子：指晏殊与晏几道。晏几道，字叔原，号小山，晏殊第七子。

　　此则盛赞巴黎友人寄来的《蝶恋花》词，认为在晏氏父子之间，未免揄扬过甚，但也可见两人交谊。这首词主要写的是早春作者在异国他乡的思乡之情。上阕写作者到达巴黎，发现春天已经来到，围场绿草如茵。下阕写青年男女庭园笙歌，享受美好的春光。各种奇花异草，好多连名字也叫不出来，可以稍慰作者的思乡之情。王国维和沈昕交往很深，沈昕有译才，王国维对他很欣赏。1918 年沈昕逝世，王国维还为他撰挽联："壮志竟何为，遗著销烟，万岁千秋同寂寞；音书凄久断，旧词在箧，丹山喜见凤凰雏。"

　　接下来我们对晏氏父子稍作介绍，他们是北宋婉约词派的重要代表。晏殊幼有神童之誉，十四岁就入试赐同进士出身。仁宗朝成为宰相，有《珠玉词》传世。他的词受到"花间派"的影响，冯煦《蒿庵论词》称之为"北宋倚声家之初祖"。他的词作中，既写流连景光，也多人生感悟。是由"伶工之词"向"士大夫之词"过渡的重要人物。

　　晏几道，自小聪颖，锦衣玉食，中年家道中落，他也感受到了人情冷暖。他的词，以情感真挚著称。黄庭坚曾在《〈小山词〉序》中列举出晏几道的"生平四大痴绝处"："仕宦连蹇，而不能一傍贵人之门，是一痴也；论文自有体，不肯作一新进士语，此又一痴也；费资千百万，家人寒饥，而面有孺子之色，此又一痴也；人百负之而不恨，己信人，终

不疑其欺己，此又一痴也。"清末词学评论家冯煦，在编选《宋六十一
家词选》中有句话："淮海、小山，古之伤心人也。"

第二十六则

樊抗父[1]谓余词如《浣溪沙》之"天末同云"[2]、《蝶恋花》
之"昨夜梦中""百尺朱楼""春到临春"[3]等阕，凿空而道，开
词家未有之境。余自谓才不若古人，但于力争第一义[4]处，
古人亦不如我用意耳。

[1]樊抗父：即樊炳清(1877—1929)，又名樊志厚，字少泉，一字抗父，又作
抗甫，山阴(今浙江绍兴)人。1898 年进罗振玉办的东文学社，与王国
维、沈纮是同学。

[2]王国维《浣溪沙》："天末同云暗四垂。失行孤雁逆风飞。江湖廖落尔
安归。　陌上金丸看落羽，闺中素手试调醯。今朝欢宴胜平时。"(王
国维《人间词》《人间词话》手稿)

[3]王国维《蝶恋花》："昨夜梦中多少恨。细马香车，两两行相近。对面似
怜人瘦损。众中不惜搴帷问。　陌上轻雷听渐隐。梦里难从，觉后那
堪讯。蜡泪窗前堆一寸。人间只有相思分。"

　　"百尺朱楼临大道。楼外轻雷，不间昏和晓。独倚阑干人窈窕。
闲中数尽行人小。　一霎车尘生树杪。陌上楼头，都向尘中老。薄晚
西风吹雨到。明朝又是伤流潦。"

　　"春到临春花正妩。迟日阑干，蜂蝶飞无数。谁遣一春抛却去。
马蹄日日章台路。　几度寻春春不遇。不见春来，那识春归处。斜日

晚风杨柳渚。马头何处无飞絮。"(王国维《人间词》《人间词话》手稿)

[4] 第一义：佛教用语，指究竟最上之真理。

此则引好友对自己创作词的称赞来表明自己不是只会评词，于创作方面，也是前无古人，力争第一。樊炳清一般认为就是樊志厚，他在为王国维所作《人间词》序（二）中说："静安之词，大抵意深于欧，而境次于秦。至其合作，如甲稿《浣溪沙》之'天末同云'、《蝶恋花》之'昨夜梦中'，乙稿《蝶恋花》之'百尺朱楼'等阕，皆意境两忘，物我一体。"有人认为这有可能是王国维托名别人、其实是自己写的，也有的人不同意。王、樊交情之深，略同沈纮。

下面我们来大致看一下这几首王国维颇为自得的代表作。《浣溪沙》充满了悲天悯人的情怀，上阕写的是冬天大雪将至，彤云密布，失群的孤雁无家可归。下阕写公子金丸一发，孤雁转瞬成了餐桌上的佳肴。大自然崇尚弱肉强食，适者生存。王夫之《姜斋诗话》中说："以乐景写哀，以哀景写乐，倍增其哀乐。"佳人调醯，宴会欢乐，更让人倍感社会上那些无权无产、无依无靠者的身世与结局的悲凉。这首词很能代表王国维的审美趣味与世界观。《蝶恋花》第一首写相思之恨，而托之以梦境。细马香车，搴帷问讯，暗用了《花庵词选》"子京（宋祁）过繁台街，逢内家车子。中有搴帷者曰：'小宋也。'子京归，遂作此词（《鹧鸪天》）。都下传唱，达于禁中"的典故。但王国维词中的主人公，并没有宋祁那么幸运，后来得到宋仁宗的关照，终于能够玉成两人；而是渐行渐远，醒来唯有烛泪堆地，空怀相思而已。这两首词都透着浓浓的悲情，当与王国维青年时代受到叔本华的悲观主义哲学影响，有着很大的关系。

《蝶恋花》第二首表面是在写朱楼、行人、尘土、西风、流潦，实则暗含哲学的意味,何尝不是在写宇宙和人生? 主人公独立高楼,俯瞰世界,轻雷暗喻车马喧阗;看着这扰扰攘攘的人世,众生如蚂蚁一样在地上行走,日夜循环,永无休止。词人禁不住发出形而上的疑问:这一切的意义何在? 下阕更是富于悲剧的意味。好景不长,不管是那高高在上者,还是那紧挨着大地的,最后都要同归于尘土。狂风暴雨,一切转眼成空;且看明朝,包括思考者自己,最后也是归于虚无。这应该是王国维比较自得的一首作品。《蝶恋花》第三首写春天的到来与消逝,七用"春"字,而无重沓之感。上阕写青春的美好,花开妖媚,招蜂惹蝶,走马章台,马蹄轻疾;下阕写青春的易逝。春归何处? 恰如那斜日杨柳,马头飞絮。表面上看上去是一首很流利的小令,但骨子里又有一种淡淡的哀伤。

王国维自认为这些词有古人未到处,龙榆生《近三年名家词选》中就选了三首他的作品,包括那首"百尺朱楼"。这些词的一个共同特点是境与意合。

第二十七则(37)

东坡《杨花词》[1],和均而似元唱;章质夫词[2],元唱而似和均。才之不可强也如是。

[1] 苏轼《水龙吟·次韵章质夫杨花词》:"似花还似非花,也无人惜从教坠。抛家傍路,思量却是,无情有思。萦损柔肠,困酣娇眼,欲开还闭。梦随风万里,寻郎去处,又还被、莺呼起。　不恨此花飞尽,恨西园、落红难缀。晓来雨过,遗踪何在,一池萍碎。春色三分,二分尘土,一分

流水。细看来不是杨花,点点是离人泪。"(唐圭璋等编《唐宋词鉴赏辞典》)

[2] 章楶(1027—1102 年),字质夫,浦城(今属福建)人。北宋名将、诗人。
章质夫《水龙吟·杨花》:"燕忙莺懒芳残,正堤上、杨花飘坠。轻飞乱
舞,点画青林,全无才思。闲趁游丝,静临深院,日长门闭。傍珠帘散
漫,垂垂欲下,依前被、风扶起。 兰帐玉人睡觉,怪春衣、雪沾琼缀。
绣床渐满,香球无数,才圆欲碎。时见蜂儿,仰粘轻粉,鱼吞池水。望
章台路杳,金鞍游荡,有盈盈泪。"(唐圭璋等编《唐宋词鉴赏辞典》)

此则主要是称赞苏轼的才气,认为他的杨花词,就算是和韵,也
比原唱要来得强。所谓原唱就是第一个写的人。和韵就是用原唱的
韵来唱和的人。一般认为和韵因为受到限制,所以要超过原唱是有
困难的。但苏轼因为才气大,非但看不出来是在步别人的韵,反而让
原唱看上去像是在和韵一样。当然,也有人认为章楶的原唱其实也
是写得不错的,只是因为和苏轼比,才被比下去而已。

我们先来看一下章楶的原唱。开门见山点题是写晚春的杨花,
这一般是需要避免的,沈义父《乐府指迷》说:"咏物词最忌说出题字。"
但章楶除了有文才外,还是一名武将,与西夏交战战功赫赫。所以这
样写法,倒也符合武人身份,而且并没使人觉得浅露,而是步步引向
深入。接下来写杨花没有才思,轻飞入舞,暗用韩愈《晚春》诗:"草树
知春不久归,百般红紫斗芳菲。杨花榆荚无才思,惟解漫天作雪飞。"
似乎是在写杨花的没有明确目的,只是随意而往。上阕末句"傍珠帘
散漫,垂垂欲下,依前被、风扶起",更是摹写传神,魏庆之认为"尽杨花
妙处",甚至超过苏轼。(《诗人玉屑》)下阕写杨花进入了佳人的闺阁。
"绣床渐满,香球无数,才圆欲碎",一个个轻柔的圆球,在绣床上滚动,

吹弹即破,可谓刻画入微。写蜂儿鱼儿,都喜欢柳絮,似乎又是在写杨花的用情不专。末句章台指汉代长安街,后代章台走马多指冶游之事。主题从杨花转入了闺怨,暗喻女子的心上人,也正像这杨花一样的轻薄,让人指望不上,又爱又恨。

而苏轼的杨花词虽然说是和韵,却因难见巧,挥洒自如。构思之妙,有让人拍案叫绝之处。妙就妙在不即不离,因为在状物方面,章词已经达到了很高的成就,所以苏轼更多从虚处入笔,空灵飞动。首句"似花还似非花",暗用白居易"花非花,雾非雾,夜半来,天明去。来如春梦几多时?去似朝云无觅处"(《花非花》),出身微薄,无人怜惜,框定了杨花漂泊的命运。抛家傍路,无情有思,写杨花虽然普通,却也有自己的感情。紧接着用拟人化的手法,把杨花想象作闺中的思妇,正在想念远方的心上人。无由得聚,只好付之南柯一梦,却又被恼人的黄莺唤起。此处化用唐人金昌绪《春怨》:"打起黄莺儿,莫教枝上啼。啼时惊妾梦,不得到辽西。"下阕愈转愈奇,转入一片惜春之情。由古人杨花入水化为浮萍的传说,想象到"春色三分,二分尘土,一分流水"。结句写杨花其实就是思妇的泪水,画龙点睛。两个人其实写得都很好,苏轼的因为落想奇特,行云流水,一般认为要更胜一筹。

第二十八则

叔本华[1]曰:"抒情诗,少年之作也;叙事诗及戏曲,壮年之作也。"余谓:抒情诗,国民幼稚时代之作;叙事诗,国民盛壮时代之作也。故曲则古不如今(元曲诚多天籁,然其思想之陋劣，布置之粗笨，千篇一律，令人喷饭。至本朝之《桃花扇》[2]、《长生殿》[3]诸传奇，则进矣），词则今不如古。盖一则以布局为主，一则须伫兴而成故也。

[1] 叔本华(1788—1860)，德国古典主义美学家，著有《作为意志和表象的世界》，奉行悲观主义哲学。

[2]《桃花扇》：清代传奇名著，著者孔尚任(1648—1718)，字聘之，又字季重，号东塘，别号岸堂，自称云亭山人。山东曲阜人，孔子六十四代孙。

[3]《长生殿》：清代传奇名著，著者洪昇(1645—1704)，字昉思，号稗畦，钱塘(今浙江杭州)人。

此则先引用叔本华的观点，认为抒情诗是少年时代的作品，叙事诗和戏曲是中年时代的作品。由此导出王国维自己的结论，抒情诗是整个民族童年时代的作品，叙事诗是成熟时代的作品。这个观点，从现在来看，可能是有一些问题的，主要是过于绝对，有点以偏概全。中国确实是诗歌的国度，中国古典诗歌也以抒情诗为主，但是把抒情诗都说成是幼稚时代之作，就有点难以成立了。《诗经》中的《国风》《小雅》温柔敦厚，怨而不怒，可谓是汉文学中童年时代的抒情佳作。但魏晋南北朝隋唐已经进入中古，陶渊明、李白、杜甫也留下了很多抒情的佳作。说到叙事诗，西方固然有荷马史诗，中国古代在《大雅》中，其实也有像《生民》《公刘》等讲述周民族历史的叙事组诗。当然，总的来说，中国没有产生出西方意义上的史诗，即使是后来有《孔雀东南飞》《木兰辞》《秦妇吟》等著名的叙事诗，但这还涉及如何定义史诗的问题。而且比较两个不同民族文学的高低，不能使用这样简单的比较方法。

　　王国维在这里又提出一个观点，认为曲古不如今，词今不如古。《人间词话》成书于1908年，所以其中的很多观点，代表的更多是王国维当时的认识水平。比如他此则中对中国的元曲有很多批评，但其实他在几年后所作的《宋元戏曲考》中，对于自己这方面的观点多有修正。他说："往者读元人杂剧而善之，以为能道人情，状物态，词采俊拔而出乎自然，盖古所未有，而后人所不能仿佛也。"（《宋元戏曲考序》）又说："元曲之佳处何在？一言以蔽之，曰：自然而已矣。古今之大文学，无不以自然胜，而莫著于元曲。"（《宋元戏曲考》）当然王国维在此则中重点强调的是，北宋词高于南宋词，因为他认为南宋词重经营布置，而北宋词是仁兴而就。

第二十九则（删6）

　　北宋名家以方回[1]为最次。其词如历下[2]、新城[3]之诗，非不华瞻，惜少真味。至宋末诸家，反可譬之腐烂制艺[4]，乃诸家之享重名者且数百年，始知世之幸人不独曹蜍、李志[5]也。

[1] 方回：贺铸（1052—1125），字方回，号庆湖遗老，出生于卫州（治今河南卫辉）。

[2] 历下：即李攀龙（1514—1570），字于鳞，号沧溟，山东历城（今济南）人，明代"后七子"领袖人物。

[3] 新城：即王士祯（1634—1711），字贻上，号阮亭，又号渔洋山人，山东新城（今桓台）人。诗主神韵，著有《衍波词》等。

［4］制艺：明清科举考试之八股文。

［5］曹蜍、李志：引《世说新语·品藻第九》庾道季语："廉颇、蔺相如虽千载上死人，懔懔恒如有生气。曹蜍、李志虽见在，厌厌如九泉下人。人皆如此，便可结绳而治，但恐狐狸猯貉啖尽。"

　　此则批评贺铸词，虽然华瞻，但是缺少真味，就和后七子的代表人物李攀龙、神韵派的代表人物王士禛写的诗一样。贺铸出身贵族，长相奇丑，为人刚直，豪爽精悍。但为词却"雍容妙丽，极幽闲思怨之情"（程俱《贺方回诗集序》），形成了巨大的反差。他的词作，兼具豪迈和婉约，历代都有好评。尤其如清代陈廷焯《白雨斋词话》："方回词，胸中眼中，另有一种伤心说不出处，全得力于楚《骚》而运以变化，允推神品。"极为推崇。王国维认为他要强于宋末诸家，但在北宋名家中，只能居末。这个评价当然是过于严苛，也有可能王国维是认为他的词缺少新意，因陈比较多。

　　用来和贺铸做比较的两位，一位李攀龙，是明末后七子的代表人物，古诗主汉魏，近体主盛唐，所作诗歌可以说是复大于变。另一位王士禛，是康熙朝神韵诗派的代表人物，诗宗盛唐，选有《唐贤三昧集》。论诗注重司空图《二十四诗品》中的"不著一字，尽得风流"，我们也可以认为王国维的境界说其实是对王士禛神韵说的一次革新。王国维对王士禛评价不高，《文学小言》中说："宋以后之能感自己之感，言自己之言，其唯东坡乎！山谷可谓能言其言矣，未可谓能感所感也。遗山以下亦然。若国朝之新城，岂徒言一人之言而已哉？所谓'莺偷百鸟声'者也。"意思是王渔洋从很多人那里学话，但是却说不出自己内心的真心话，这些都是不真的表现。

　　又宋末诸家，大抵是指前面提到的吴文英、张炎、史达祖、周密这些人，王国维认为他们在清代享了几百年的盛名，但一样因为不真，所以写出来的词，和明清科举的八股文差不多。所谓制艺是指一些比较程式化的东西，有一定的套路，而且内容也多陈腐。这里对南宋词当然充满了偏见，所以手稿中后面这一句就被删掉了。里面提到的《世说新语》中的曹蜍、李志，都是当时有一定知名度的书法家，但是因为人品不好，所以无法和王羲之比。

第三十则(删7)

　　散文易学而难工，骈文难学而易工。近体诗易学而难工，古体诗难学而易工。小令易学而难工，长调难学而易工。

　　此则谈创作的体验，主旨是为了说明小令易学难工，长调难学易工。小令易学是因为字数少，难工是因为要有真情。而且北宋词人其实已经达到了一个比较高的水平，一般而言小令多以写闲情、闺怨居多，要在题材上有创新也不容易。长调看上去字数多，格律要完全娴熟更难。但因为字数多，其实更适宜铺叙，甚至可以把一些作文的手法用进去，讲究章法。因为技术的成分多了，情感反而不一定是最重要的组成成分了。

　　散文易学是因为起手容易，只需娓娓道来即可，不像骈文要讲平仄对仗。但散文因为在形式上看上去比较松散，所以对立意、行文、遣词、造句其实更讲究。这个我们只要看一下唐宋八大家以及清代的桐城派散文就能感受到。韩愈的散文很讲究语言的创新，桐城派则注重雅洁，甚至还要讲究用字要听上去响亮，要"因声求气"（张裕钊）。骈文因为注重辞藻，看上去难，但一旦掌握了技巧，因为有一定的路数可循，反而容易上手，如古代的很多公文都是用骈文写的，属于比较程式化的写作。近体诗易学是因为有一定的格律可循，所以容易敷衍成篇，难工是因为要做到摆脱格律，达到杜甫、韩愈、苏轼那种化境很困难。古体诗难学是因为风格高古，尤其如五古，王士禛的《古诗选》中，宋以后居然一家也没有。但是一旦掌握了套路，尤其是七古，还是可以写得炳炳烺烺，纵横捭阖。因为七言古诗毕竟是不用太讲究平仄的，写起来相对自由度会大些。当然，每个人的感受不一样，这些其实也都是相对的。通常而言，全才是比较少的。大部分人能够掌握或精通某一类文体，已经是很不容易了。而且每个人的才性也是不一样的，擅长这种不等于也一定擅长那种，比如方苞擅长作散文，但诗歌就作得很少。王士禛相对而言，也是七古与七绝更加擅长一点。如果想样样都精通，都要去和古人一较高低，那是非愚即妄。

第三十一则（1）

　　词以境界为最上。有境界则自成高格，自有名句。五代北宋之词所以独绝者在此。

　　此则在通行本中被放在第一条，王国维在这里正式提出境界论，认为一首好的词，最重要的是要有境界。什么是境界呢？王国维并没有给出明确的定义。之所以不定义，其实是有一些只可意会，不可言传的意思。

在中国传统文论中，关于意、境即主体与客体之间的关系，有很多精彩的论述。唐代王昌龄《诗格》中，就有关于物境、情境、意境的论述。王国维《清真先生遗事》中说："山谷云：'天下清景，不择贤愚而与之，然吾特疑端为我辈设。'诚哉是言！抑岂独清景而已，一切境界，无不为诗人设。世无诗人，即无此种境界。夫境界之呈于吾心而见于外物者，皆须臾之物。惟诗人能以此须臾之物，镌诸不朽之文字，使读者自得之。遂觉诗人之言，字字为我心中所欲言，而又非我之所能自言。此诗人之秘妙也。"其中所引山谷的言论，出自惠洪《冷斋夜话》。黄庭坚的意思是说，生活中一些诗意的场景，虽然每个人都会遇到，但只有真正的诗人才能感受得到。王国维推而广之，认为大诗人的诗词境界，只有大诗人能够达到。言下之意，普通的读者，更多是作为文学作品的消费者而出现的。就算能够感受到，也没这个能力表达出来。这里面有点尼采超人思想的影响。

除了境界，此则还谈到了格调、秀句，王国维认为这些都不是最根本的。有了境界，自然有格调，自然有秀句。反之则不一定成立。而五代北宋词好就好在有境界，不是因为别的。前面第二则谈三种境界时，更多注重的是生命境界。此条则是用境界来论文学。不得不说，即使是论文学，境界也仍然是包含生命境界的意味在里面的。王国维的境界论还包含了德国古典美学的审美观照，所以是一个复杂的混合体，也可以说是中国历代意、境理论的一次突破和集大成者。

第三十二则(2)

有造境，有写境，此理想与写实二派之所由分。然二者颇难分别。因大诗人所造之境，必合乎自然，所写之境，亦必邻于理想故也。

　　此则谈文学分造境与写境，即理想与写实二派。前者颇接近浪漫主义，注重想象；后者颇接近现实主义，注重实际。王国维又认为这两种境并非截然分开的，互相又有着关联。

　　不过这样的情况在西方文学甚至小说中有很多，有时情况并不是如王国维说的那样。我们可以这样理解：王国维说的是他心目中认为的最好的作品。换句话说，如果写理想，却完全脱离了现实，会陷入怪诞；写现实，却完全失去了理想，会陷入沉沦。那么，用王国维的标准来衡量，就算取得了一定的成功，也都不算第一流的作品。

　　我们还是举中国古典诗词中的例子。比如前面所举黄庭坚的例子，全文如下。宋释惠洪《冷斋夜话》卷三："山谷云：'天下清景，初不择贤愚而与之遇，然吾特疑端为我辈设。荆公在钟山定林，与客夜对偶作诗曰："残生伤性老耽书，年少东来复起予。夜据槁梧同不寐，偶然闻雨落阶除。"东坡宿余杭山寺，赠僧曰："暮鼓朝钟自击撞，闭门欹枕有残缸。白灰旋拨通红火，卧听萧萧雪打窗。"'人以山谷之言为确论。""天下清景"之所以"端为我辈设"，一是因为文人雅士具有比较高的艺术素养，对于所处环境有着异于常人的感受能力，容易由境生情；一是因为他们感情丰富，当某种特定的心情遇到合适的外在对应物时，善于移情入境。一旦当主客体相遇，达到意与境的交融，形之于文字，便产生了独特的意境。王安石写的是晚年罢相金陵，年轻人来请教。晚上两个人都睡不着，听到了雨声滴到台阶上。这当然是写实，但可能一般人不会去注意其中的诗意。王安石这里可能是在感慨，虽然两个人的失眠是一样的，但在经历了变法失败的政治风暴之后，听雨的心情又怎么会一样呢？苏轼写的是下雪天在寺院中僧寮内拨火取暖，一边听雪珠敲打窗户，这个当然也是写实，但这样的清趣，一般人可能感受不到。而且这首诗里还暗含了一个禅宗的典故，死灰中暗藏着火星，是一种活泼泼的生命的感觉。所以写实之中又寓有理想，赠送给僧人还有互相勉励的含义在里面。

　　唐代诗人李贺在《高轩过》中有这样一句诗："殿前作赋声摩空，笔补造化天无功。"好的作家写出的文学作品，不仅现实中包含理想，而且他还能写出天地所创造不出的东西来。所以不仅仅诗文可以得江山之助（《文心雕龙·物色》），江山其实也需要得诗文之助。好的风景如果没有名人题点，就有可能默默无闻。一些经过名人题点的著名风景，可能有的人去看后觉得一般，其实是因为自然景色背后的人文内涵并不是每个人都能清楚了解的。

第三十三则(3)

　　有有我之境，有无我之境。"泪眼问花花不语。乱红飞过秋千去"[1]，"可堪孤馆闭春寒，杜鹃声里斜阳暮"[2]，有我之境也。"采菊东篱下，悠然见南山"[3]，"寒波澹澹起，白鸟悠悠下"[4]，无我之境也。有我之境，物皆著我之色彩；无我之境，不知何者为我，何者为物。古人为词，写有我之境者为多，然非不能写无我之境，此在豪杰之士能自树立耳。

［1］冯延巳《鹊踏枝》:"庭院深深深几许。杨柳堆烟,帘幕无重数。玉勒雕鞍游冶处。楼高不见章台路。　雨横风狂三月暮。门掩黄昏,无计留春住。泪眼问花花不语。乱红飞过秋千去。"(据《阳春集》)

［2］秦观《踏莎行》:"雾失楼台,月迷津渡。桃源望断无寻处。可堪孤馆闭春寒,杜鹃声里斜阳暮。　驿寄梅花,鱼传尺素。砌成此恨无重数。郴江幸自绕郴山,为谁流下潇湘去。"(唐圭璋等编《唐宋词鉴赏辞典》)

［3］陶潜《饮酒》诗第五首:"结庐在人境,而无车马喧。问君何能尔,心远地自偏。采菊东篱下,悠然见南山。山气日夕佳,飞鸟相与还。此中有真意,欲辨已忘言。"(逯钦立辑校《先秦汉魏晋南北朝诗》)

［4］元好问《颖亭留别》(同李冶仁卿、张肃子敬、王元亮子正分韵得"画"字):"故人重分携,临流驻归驾。乾坤展清眺,万景若相借。北风三日雪,太素秉元化。九山郁峥嵘,了不受陵跨。寒波澹澹起,白鸟悠悠下。怀归人自急,物态本闲暇。壶觞负吟啸,尘土足悲吒。回首亭中人,平林澹如画。"(《遗山先生文集》)

　　此则又从境界里分出"有我之境"与"无我之境",但并没有做非常详细的定义。"有我之境"那一段,通行本作:"有我之境,以我观物,故物皆著我之色彩。无我之境,以物观物,故不知何者为我,何者为物。"后面又删去"此即主观诗与客观诗之所由分也"这一句。大致言之,"有我之境"较富于主观的情感色彩,"无我之境"更多是客观而又超然的观照。英国浪漫主义的代表人物华滋华斯认为:"诗是强烈情感的自然流露。它起源于在平静中回忆起来的情感。"(《抒情歌谣集》1800年版序言)宋代邵雍《皇极经世·绪言》中也有"以我观物""以物观物"的提法:"圣人之所以能一万物之情者,谓其圣人之能反观也。

所以谓之反观者，不以我观物也。不以我观物者，以物观物之谓也。既能以物观物，又安有（我）于其间哉？"

下面我们简单看一下所举的几个例子。冯延巳《鹊踏枝》（一作欧阳修《蝶恋花》）写的是深深的闺怨。上阕写亭台楼阁之深，这位女子透过重重杨柳堆叠起来的帘幕，想要知道自己所思念的男子去了哪里，无奈即便登上高楼，也无法看清他冶游所去的道路。怨而不怒，深得风人之旨。下阕写用情之深。正是暮春时节，狂风暴雨，也暗喻自己青春年华的短暂。一片伤春之情，无人可以倾诉，只好含泪问花。而花却偏生恼人，不但不理人，还借助风力，片片吹到秋千的那头去了。这里当然是产生了移情的作用，"泪眼问花花不语。乱红飞过秋千去"，好就好在情感深挚。

秦观《踏莎行》作于贬谪郴州期间，所以内心充满了愁苦。上阕"雾失楼台，月迷津渡。桃源望断无寻处"，用写景来表达痛苦迷惘。"可堪孤馆闭春寒，杜鹃声里斜阳暮"，再加一倍写法，从月夜又回到黄昏，杜鹃凄厉，春寒料峭。孤馆独闭，残阳如血。"可堪"两字，点出此情此景，已经到了让人无法忍耐的地步。下阕写与朋友只能通信联系，委婉地表达出了思乡之情。末句其实也是意味深远，"郴江幸自绕郴山，为谁流下潇湘去"，其中包含了多少对自己不幸命运的不甘。

"无我之境"，王国维选了两首诗中的句子。这一方面仍是诗词互证，另一方面可能是因为词中这样的例子不好找，所以他最后说词里还是"有我之境"多，但"无我之境"也不是不可能，只是需要豪杰之士才能够做到。似乎是在提示读者，不妨关注一下他的《人间词》。陶诗当然是中国古典诗歌中的神品，写出了隐者的风度，采菊为的是养

生,可以延年益寿;而南山则是不期然地进入了眼帘。"寒波澹澹起,
白鸟悠悠下",也是通过写冬日物态的闲暇,来劝慰送别之人不必过
于伤怀。

第三十四则(删8)

古诗云:"谁能思不歌? 谁能饥不食?"[1]诗词者,物之不
得其平而鸣者也[2]。故欢愉之辞难工,愁苦之言易巧。[3]

[1]《子夜歌》:"谁能思不歌,谁能饥不食。日冥当户倚,惆怅底不忆?"(郭
茂倩《乐府诗集》)

[2]韩愈《送孟东野序》:"大凡物不得其平则鸣。……人之于言也亦然。
有不得已者而后言。其歌也有思,其哭也有怀。凡出乎口而为声者,
其皆有弗平者乎?"(马其昶《韩昌黎文集校注》)

[3]韩愈《荆潭倡和诗序》:"夫和平之音淡薄,而愁思之声要妙。欢愉之辞难
工,而穷苦之言易好也。是故文章之作,恒发于羁旅草野。至若王公贵
人,气满志得,非性能而好之,则不暇以为。"(马其昶《韩昌黎文集校注》)

此则顺着上一则"有我之境",谈论诗词中的情感表达,认为愁苦
之言更容易写得好。并引用了《子夜歌》中的"谁能思不歌? 谁能饥不
食"。《子夜歌》是一种乐府曲名,属于南朝时代的吴声西曲,以写爱情
为主,一般五言。原诗写了一位女子在夜晚想念自己的情人,心怀惆
怅,倚门而立,觉得就像饿了要吃饭一样,她也要把自己的思念之情,
用歌唱的形式表达出来。这和班固《汉书·艺文志》中所说的"自孝

武立乐府而采歌谣，于是有代赵之讴，秦楚之风，皆感于哀乐，缘事而发"是相通的。

"物不得其平则鸣"，出自韩愈的《送孟东野序》。孟郊是韩愈的好朋友，才华横溢却终生困顿。韩愈勉励他，生活中的那些苦难，正是他能写出锦绣文章的动力来源。并举了孔子、庄子、屈原、司马迁等一大堆历史名人为例来加以说明。司马迁在《史记》里也提出过"发愤著书"说："昔西伯拘羑里，演《周易》；孔子厄陈、蔡，作《春秋》；屈原放逐，著《离骚》；左丘失明，厥有《国语》；孙子膑脚，而论兵法；不韦迁蜀，世传《吕览》；韩非囚秦，《说难》《孤愤》；《诗》三百篇，大抵贤圣发愤之所为作也。此人皆意有所郁结，不得通其道也，故述往事，思来者。"（《太史公自序》）

韩愈在《荆潭倡和诗序》中，更是直接提出了"和平之音淡薄，而愁思之声要妙。欢愉之辞难工，而穷苦之言易好"。韩愈的本意，其实是在恭维两位大官，意思是说他们虽然身居高位，却能写出和穷书生一样的好诗来。不过因为恰如其分，并不失身份，听的人也不尴尬，可以照单全收。王国维因为推崇悲剧美学，即使是对词，也是更加欣赏富于悲情的。值得注意的是，清代浙西词派的朱彝尊在《紫云词序》中曾经发表过不一样的观点："昌黎子曰：'欢愉之辞难工，愁苦之言易好。'斯亦善言诗矣。至于词，或不然。大都欢愉之词，工者十九，而言愁苦者，十一焉耳。故诗际兵戈俶扰、流离琐尾，而作者愈工。词则宜于宴嬉逸乐，以歌咏太平，此学士大夫并存焉而不废也。"（《曝书亭集》）他认为词是宴席之间用来佐欢的，与诗不同，因此大部分是欢娱之辞。如此，则王国维在这里强调词也是愁苦易好，还含有对浙西词派批评的意味。

第三十五则（6）

境非独谓景物也。感情亦人心中之一境界。故能写真景物、真感情者，谓之有境界。否则谓之无境界。

此则谈论情与景的关系，强调境界包括情、景，而不是单指景物。又情、景都必须真，才有境界。王国维《文学小言》云："'燕燕于飞，差池其羽''燕燕于飞，颉之颃之''睍睆黄鸟，载好其音''昔我往矣，杨柳依依'。诗人体物之妙，侔于造化，然皆出于离人孽子征夫之口，故知感情真者，其观物亦真。"这里所引的诗句都出自《诗经》，"燕燕于飞，差池其羽""燕燕于飞，颉之颃之"，出自《邶风·燕燕》，是一首送别诗，有一种说法说是卫国的君主在送妹妹出嫁，而这两句通过描写燕子忽上忽下，翻飞起舞，羽毛参差，写出了送别者的依依不舍心情。这首诗被王士祺称为"万古送别之祖"。（《分甘余话》）"睍睆黄鸟，载好其音"，出自《邶风·凯风》，一般认为是一首孝子写母氏劬劳，并反躬自责的诗，而所引两句通过写黄鸟鸣声的美好，反衬出七子自责不能取悦母亲的内疚。值得注意的是，这里所引的例子中，都出现了叠韵或叠音词，这样当然更加传神地刻画出了所要描写的景物。最后一个例子"昔我往矣，杨柳依依"，出自《小雅·采薇》，这是一首写反战的诗，而所引结尾两句，用乐景写哀，写主人公回忆离家之时的明媚春光，正是为了凸显对于雨雪霏霏的战场的厌倦。这里面有离人、有孽子、有征夫，但是因为他们的情感真实，所以所写之景也都非同寻常，达到了王国维所说的境界。

法国的布封(1707—1788)有一句名言："风格就是人"。文学首先是一门人学，要写出好的作品，先要成为一个真实的人。否则就算写得再好，如果不是自己的真实感受，而只是模仿前人的词句，最后也很难在文学史上获得真正的地位。想要写出真的诗词，首先要做一个真的人。

第三十六则(4)

无我之境，人唯于静中得之。有我之境，于由动之静时得之。故一优美，一宏壮也。

此则谈无我之境，于静中得之，故优美；有我之境，从由动到静中得之，故壮美。王国维的这些观念，很大程度上是受到了叔本华的影响。比如他在 1904 年写的《叔本华之哲学及其教育学说》中说："美之中又有优美与壮美之别。今有一物，令人忘利害之关系，而玩之而不厌者，谓之曰优美之感情。若其物不利于吾人之意志，而意志为之破裂，惟由知识冥想其理念者，谓之曰壮美之感情。"在同年所作《红楼梦评论》里，也有着大致相同的论述。细细玩味其辞，无我之境即优美，更多是一种超越利害关系的、无功利的审美；有我之境即壮美，因为与意志相冲突，更有一种悲剧的美在里面。

中国传统文论，如刘勰《文心雕龙·神思》篇里讲的"虚静"等与王国维说的无我之境有一定相通之处，但不是完全一回事，显然王国维这些观念更多的不是取自中国的古典资源。

第三十七则（5）

　　自然中之物，互相关系，互相限制，故不能有完全之美。然其写之于文学中也，必遗其关系、限制之处，故虽写实家亦理想家也。又虽如何虚构之境，其材料必求之于自然，而其构造亦必从自然之法则，故虽理想家亦写实家也。

　　此则探讨虚构与写实之间的关系，认为好的第一流作品（通行本"文学"后有"及美术"三字），能够突破纯粹写实或者虚构的界限。这里仍然是受到了叔本华思想的影响，但这样的例子在中国古代文学、美术作品中也有很多。这里我们不妨举王维"雪中芭蕉图"的例子。芭蕉是南方热带植物，怎么会出现在雪地里呢？这幅画在历代都引起了大家的激烈争议。宋代释惠洪《冷斋夜话》中说："诗者，妙观逸想之所寓也，岂可限以绳墨哉。如王维作画，雪中芭蕉，自法眼观之，知其神情寄寓于物，俗论则讥以为不知寒暑。"宋朝朱翌的《猗觉寮杂记》则为王维辩护说："右丞不误，岭外如曲江，冬大雪，芭蕉自若，红蕉方开花，知前辈不苟。"其实王维画雪中芭蕉，正是要寄寓佛教"人身空虚"的思想，所以不拘形迹，但求神似。

　　又比如杜甫在中国文学史上被尊为"诗圣"，他的那些写安史之乱的诗篇，篇篇实录，分析战情，有的甚至可以当作奏折来读，堪称诗史。但即便是在这些偏重纪实的诗篇背后，我们仍然能够感受到杜甫强烈的忠君爱国之心，仍然是儒家思想的一种体现。所以他其实在写作的过程中，仍然是有取舍的，而不是像摄像机那样一味直录。

第三十八则（删9）

　　社会上之习惯，杀许多之善人。文学上之习惯，杀许多之天才。

　　此则以陈旧的社会习惯作譬喻，各种陈腐的社会规则扼杀了很多具有良善之心的好人；而文学上的各种陈词滥调也一样扼杀具有创造力的天才。王国维所处的时代，正值晚清，社会处在天翻地覆的前夜，该失去的已经失去，该得到的尚没有得到。社会上充满了不得志的内心苦闷的人，有志之士都在期待着变革的到来。文学也一样，因为王国维是主张文学要不断进步的，我们也可以把此则理解为，文学上的杰出之士，需要不断为文学注入创新的血液。

　　《文心雕龙·通变》篇，就是谈文学的继承和革新的问题。开篇即云："设文之体有常，变文之数无方。何以明其然耶？凡诗、赋、书、记，名理相因，此有常之体也；文辞气力，通变则久，此无方之数也。"但在强调变的同时，又提倡要宗经。唐人皎然《诗式》中也提出："作者须知复、变之道，反古曰复，不滞曰变。……如陈子昂复多而变少，沈、宋复少而变多。今代作者不能尽举，吾始知复变之道，岂惟文章乎？在儒为权，在文为变，在道为方便。"晚清同光体代表人物陈衍在《剑怀堂诗草叙》里也说："学问之事，惟在至与不至耳。至则有变化之能事焉，不至则声音笑貌之为耳。……子孙虽肖祖父，未尝骨肉间一一相似，一一化生，人类之进退由之。况非子孙，奚能刻意薪肖之耶？"（《石遗室文集》)用人类进化过程中的遗传和变异来作例子加以说明,文学必须不断地新变。从古到今,论文者都引此为常谈。

第三十九则(55)

诗之《三百篇》《十九首》[1],词之五代北宋,皆无题也。非无题也,诗词中之意,不独能以题尽之也。自《花庵》[2]、《草堂》[3]每调立题,并古人无题之词亦为之作题。其可笑孰甚。诗词之题目本为自然及人生。自古人误以为美刺、投赠、咏史、怀古之用,题目既误,诗亦自不能佳。后人才不及古人,见古名大家亦有此等作,遂遗其独到之处而专学此种,不复知诗之本意。于是豪杰之士出,不得不变其体格,如《楚辞》[4]、汉之五言诗、唐五代北宋之词皆是也,故此等文学皆无题。诗有题而诗亡,词有题而词亡,然中材之士,鲜能知此而自振拔者矣。

[1]《十九首》:即《古诗十九首》,汉代无名氏作,最早见于梁萧统(昭明太子)编《文选》。

[2]《花庵》:即《花庵词选》,南宋黄昇编,共二十卷。前十卷为《唐宋诸贤绝妙词选》,选唐、五代、北宋词人作品。后十卷为《中兴以来绝妙词选》,选南宋词人作品。

[3]《草堂》:即《草堂诗余》,一部南宋何士信编选的宋词选本,共四卷。

[4]《楚辞》:原指战国时期以楚国诗人屈原为代表所创作的韵文体诗。

此则主要谈文学的目的是为了自然和人生。从这点出发，王国维认为古代好的诗歌，最初都是没有题目的。因为真正有价值的题目就是自然和人生，而不是美刺、投赠、咏史、怀古。通行本里，"《花庵》《草堂》"这句后面，还有"如观一幅佳山水，而即曰此某山某河，可乎"。这些提法都有一定的道理，但也有偏颇之处。

因为王国维当时主要受到的是德国悲观主义的生命美学影响，所以美刺、投赠、咏史、怀古，这些与政治、社交、历史、哲学相关的文学作品，在他眼里都不是第一流的。这就有点偏狭了。因为他要强调的仍然是文学中的情感性的重要。这个当然有一定道理。但是不是情感强烈的文学作品，一定都必须要没有题目，这个又与历史事实有不符。

如果所有的作品都没有题目，首先称引起来会造成极大的不方便。在音乐作品当中有很多钢琴协奏曲是没有名字，只有作品编号，这样当然可以解放听众的想象力，而不是只框定在某一类内容之下。但也有一些音乐作品是有题目的，有的还是作曲家自己加的，这里面杰作也很多，如贝多芬的《命运》《英雄》等。不过有无标题确实会造成作品的两种非常不同的写法，比如"标题音乐"与"纯音乐"是相对应的。但音乐的情况与文学还是有所不同，我们一般不把标题诗歌与纯诗歌相对应。有些诗歌比如《诗经》中的一些作品，就算没有标题，其实主题仍然是很鲜明的。更不用说李白、杜甫的绝大部分作品都是有标题的，有无标题一般来说并不足以成为我们评判他们作品有无价值的主要标准。我们这里不妨理解为，王国维对于有些为诗词乱加标题的做法，感到深恶痛疾，因为这样做窄化和浅化了一些诗词的原本更加宽广的内涵。他这里主要针对《花庵词选》和《草堂诗余》，其实这两部词选在文学史上都是很有价值的总集，不可否认有些题目加了对于理解文意甚至是有帮助的，所以还是需要具体问题具体分析。

第四十则（28）

冯梦华[1]《宋六十一家词选序例》谓："淮海、小山，古之伤心人也。其淡语皆有味，浅语皆有致。"余谓此唯淮海足以当之。小山矜贵有余，但稍胜方回耳。古人以秦七、黄九[2]或小晏、秦郎并称，不图老子乃与韩非同传。

［1］冯梦华：即冯煦（1843—1927），字梦华，号蒿庵，金坛（今属江苏常州）人。编选有《宋六十一家词选》，著有《蒿庵论词》等。

［2］黄九：即黄庭坚（1045—1105），字鲁直，号山谷道人、涪翁，宋洪州分宁（今江西修水）人。江西诗派的代表人物，著有《山谷精华录》《山谷词》等。

此则主要论述"古之伤心人"只有秦观可以当之无愧，晏几道（小山）只是略好于贺铸（方回），包括黄庭坚在内，都不足以与秦观并称。可以看出，北宋词人中，王国维对于秦观是很欣赏的。这本来没有什么问题，但晏几道是否一定不如秦观，这就有点偏见在里面了。

高邮人秦观，自少与苏轼交游，与黄庭坚、晁补之、张耒合称"苏门四学士"。尤工词，为北宋婉约派重要作家。宋代女词人李清照是这样评价的："后晏叔原、贺方回、秦少游、黄鲁直出，始能知之。又晏苦无铺叙。贺苦少重典。秦即专主情致，而少故实。譬如贫家美女，虽极妍丽丰逸，而终乏富贵态。"(《词论》)李清照认为秦观的词妍丽丰逸，但是因为不喜欢用典，让人觉得有点贫寒，优点是富于情致。南宋词人张炎说："秦少游词，体制淡雅，气骨不衰，清丽中不断意脉，咀嚼无滓，久而知味。"(《词源》)而冯煦更认为："予于少游之词亦云：他人之词，词才也；少游，词心也；得之于内，不可以传。虽子瞻之明俊，耆卿之幽秀；犹若有瞠乎后者，况其下耶?"(《宋六十一家词选》例言)认为秦观的词，甚至在苏轼、柳永之上，因为他有词心。这都是十分高的评价。

王国维认为黄庭坚的词不如秦观，这还是比较客观的，历代基本上也都是这样的评价。但认为晏几道不如秦观，则受到了很多人的反对。小山年轻时候确实是贵介公子，锦衣玉食。但是他的词沉挚，婉曲，自有不可磨灭者在。郑骞《成府谈词》说："小山词境，清新凄婉，高华绮丽之外表，不能掩其苍凉寂寞之内心，伤感文学，此为上品。《人间词话》云：'小山矜贵有余，但可方驾子野、方回，未足抗衡淮海。'（这里引用的是通行本，子野指张先。）是犹以寻常贵公子目小山矣。"至于《史记》为什么要把老子和韩非放在一起作传，其实是因为《韩非子》中有《解老》《喻老》。另外从学术上来讲，道家思想讲究退让，其实是一种御人之术，和法家有相通之处。

第四十一则(57)

人能于诗词中不为美刺、投赠、怀古、咏史之篇，不使隶事之句，不用装饰之字，则于此道已过半矣。

　　王国维在此则提出了一些写作诗词的基本原则，从中可以看出，他推崇的是以德国悲观主义的生命美学为基础的纯文学。美刺是《诗经》开创的优良传统，清代程庭祚《诗论十三·再论刺论》中说："汉儒言诗，不过美刺二端。国风小雅为刺者多，大雅则美多而刺少，岂其本原固有不同者与？"所谓美，就是"颂者，美盛德之形容，以其成功告於神明者也"(《诗大序》)，经常出现在《颂》里面，虽然是歌功颂德，但也是人神交流。所谓刺，则是对一些社会不公平现象的抨击。比如《魏风·硕鼠》，开篇即是"硕鼠硕鼠，无食我黍！三岁贯女，莫我肯顾。逝将去女，适彼乐土。乐土乐土，爰得我所。"将贪婪的剥削者比作田间的大老鼠。王国维否定这一类作品，主要是因为他反对把文学当作一种功利的工具来使用，而追求一种纯粹的审美。但如果把美刺尤其是富于战斗性的文学一概归入审美之外，其中的偏狭是不言而喻的。我们最多只能承认有一部分美刺的文学确实文学性不高，但这与文学的内容无关，而与作者的艺术修养有关，吟风弄月的作品一样也有很多平庸之作。

　　投赠主要是指把文学当作一种社交的工具，甚至用来攀附权贵。这种习气当然是令人生厌的，但好朋友之间的诗歌往还，也有真挚感人之作，不可以一概抹杀。"怀古、咏史"通行本中无。左思的《咏史》、刘禹锡的怀古之作，都是诗歌史上的杰作。王国维反对的是无病呻吟，比如像王士禛那样，每到一处必要怀古，所以被人认为情感不真。用典的问题恐怕也不可以一概而论。《诗经》因为是最早的文学作品，所以里面当然典故用得比较少。但是唐诗宋词中，喜欢用典的作家大有人在。用典有时可以就以极少的几个字，带出背后一大段故事来相当于增加了作品的内涵。当然一些陈腐的典故，或者如一些宋诗派的作品,喜欢在诗歌中展览学问,对于王国维这样更喜欢风人深致的人来说,会觉得无法忍受。不用装饰之字,通行本作"不用粉饰之字",则仍然是与王国维崇尚自然的审美观息息相关。王国维这里针对的主要仍是南宋词以及清代词坛的不良风气。

第四十二则(58)

　　以《长恨歌》之壮采,而所隶之事,只"小玉""双成"四字[1],才有余也。梅村[2]歌行,则非隶事不办。白吴优劣,即于此见。不独作诗为然,填词家亦不可不知也。

[1] 白居易《长恨歌》:"忽闻海上有仙山,山在虚无缥缈间。楼阁玲珑五云起,其中绰约多仙子。中有一人字太真,雪肤花貌参差是。金阙西厢叩玉扃,转教小玉报双成。闻道汉家天子使,九华帐里梦魂惊。揽衣推枕起徘徊,珠箔银屏迤逦开。云鬓半偏新睡觉,花冠不整下堂来。"(俞平伯等编《唐诗鉴赏辞典》)小玉:吴王夫差之女。双成:即董双成,传说中西王母的侍女。白居易(772—846),字乐天,号香山居士。祖籍山西太原,曾祖始迁居下邽(今陕西渭南)。

[2] 梅村:即吴伟业(1609—1672),字骏公,号梅村,太仓(今属江苏)人。长于七言歌行,后人称之为"梅村体"。

　　此则通过比较白居易与吴伟业的七言歌行,来说明白胜于吴,诗词不宜多用典。白居易的《长恨歌》,确实是七言歌行中的杰作,后人难以超越。即使是在唐代,恐怕除了张若虚的《春江花月夜》,也难以找到可以匹敌的。不过需要注意的一点是，白居易的《长恨歌》总体风格是偏于通俗的，这在后代被称作"长庆体"。比如其中的"为感君王辗转思，遂教方士殷勤觅。排空驭气奔如电，升天入地求之遍。上穷碧落下黄泉，两处茫茫皆不见"，就曾被张祜开玩笑说如"目连变"。（唐孟棨《本事诗·嘲戏》）目连变，即目连变文，唐代民间说唱文学。佛教故事中，目连为了救自己的不信佛教的母亲，上天求佛，下地狱救母，可谓一片孝心。而白诗的原意是，唐玄宗安史之乱后回到长安，因为思念杨贵妃，请道士代为设法相见。但是无论升天还是入地，上穷碧落，下达黄泉，却只是徒劳。因为用语通俗，所以被人开玩笑说写得像当时的说唱文学。白居易的作品，在当时就很风靡，和他的通俗有很大关系。唐宣宗李忱《吊白居易》云："童子解吟《长恨曲》，胡儿能唱《琵琶篇》。"称赞他的《长恨歌》和另一篇作品《琵琶行》。《长恨歌》在历史上并不是没有人批评，但总的来说是褒多于贬。

　　而这里所批评的吴伟业的歌行，很显然是他的代表作《圆圆曲》。《圆圆曲》整体来说艺术上确实是稍逊于《长恨歌》，但如果放在清代诗歌中，仍然是属于第一流的作品。王国维对于《圆圆曲》，其实也有不少褒扬。比如他在《致豹轩先生函》中曾说："前作《遗和园词》一首，虽不敢上希白傅，庶几追步梅村。盖白傅能不使事，梅村则专以使事为工。然梅村自有雄气骏骨，遇白描处尤有深味。"（日本神田信畅编《王忠悫公遗墨》）《圆圆曲》里确实典故用得比较多，比如开篇"鼎湖当日弃人间，破敌收京下玉关。恸哭六军俱缟素，冲冠一怒为红颜。"写李自成攻克北京，崇祯皇帝自缢于煤山。吴三桂降清，引清兵入山海关，攻陷北京。其中"鼎湖"用了《史记·封禅书》"黄帝采首山铜，铸鼎于荆山下。鼎既成，有龙垂胡髯下迎黄帝。黄帝上骑，群臣后宫从上者七十馀人，龙乃上去。馀小臣不得上，乃悉持龙髯，龙髯拔堕，堕黄帝之弓。百姓仰望黄帝既上天，乃抱其弓与胡髯号，故后世因名其处曰鼎湖"的典故，这里用来比喻崇祯皇帝之死。其实开篇这几句写得还是高度概括，而且把全篇的起因提了出来。中国古典文学作品中，用典的问题十分复杂，关键是看怎么恰当地运用。所以这里还是略微有点偏颇的，我们只要知道，王国维不喜欢多用典故就可以了。但其实他的《遗和园词》里面典故也一样用了很多，具体可以参考陈永正先生的《王国维诗词笺注》。

第四十三则（删 12）

　　词之为体，要眇宜修[1]。能言诗之所不能言，而不能尽言诗之所能言。诗之境阔，词之言长。

[1] 屈原《九歌·湘君》："君不行兮夷犹，蹇谁留兮中洲？美要眇兮宜修，沛吾乘兮桂舟。"（《文选》）

　　这则用"要眇宜修"来形容词这种文体。"要眇宜修"出自《九歌·湘君》，"要眇"就是美好的意思，也有深远的意思，通"杳眇"。"修"带有修饰的意思。全句的意思是在写湘夫人为湘君打扮好美丽的容颜，但是湘君却迟迟不来，未免令人内心猜疑、埋怨。王国维在这里是要求词能写出一些非常幽微的情感，这种情感甚至是诗歌里表达不出来的。正如常州词派的张惠言在《词选叙》中所说的：

"词者，……其缘情造端，兴于微言，以相感动，极命风谣里巷男女哀乐，以道贤人君子幽约怨悱不能自言之情，低徊要眇以喻其致。……非苟为雕琢曼辞而已。"词不仅仅只是堆砌一些美丽的词藻，它既写男女之情，也传达贤人君子一些非常幽微的情愫。不管是写的人，还是读的人，都要有那样一种低徊要眇的风致，才能够互相欣赏与理解。

这里还谈到了诗和词的区别。王国维承认有些诗能够表达的题材与境界，词不一定能够胜任。比如"诗言志"（《尚书·尧典》）被认为是中国历代诗论的开山纲领（朱自清《诗言志辨序》），而且在汉儒眼里，大部分的"志"都是与政治相关的。相比较而言，词更加关心的是人的内心世界最隐秘的那一部分。所以虽然诗歌中的有些题材，不适合用词来写；但词中那些幽约怨悱的情愫，也一样是诗中所不易表达的。对于宋代的士大夫来说，诗歌更多代表的是一种公共空间的话语，词更像是感情的后花园。所以王国维此则所论还是相当精妙的。

第四十四则(51)

"明月照积雪"[1]、"大江流日夜"[2]、"澄江净如练"[3]、"山气日夕佳"、"落日照大旗"、"中天悬明月"[4]、"大漠孤烟直，黄河落日圆"[5]，此等境界可谓千古壮语。求之于词，唯纳兰容若[6]塞上之作，如《长相思》之"夜深千帐灯"[7]，《如梦令》之"万帐穹庐人醉，星影摇摇欲坠"[8]差近之。

［1］谢灵运《岁暮》："殷忧不能寐,苦此夜难颓。明月照积雪,朔风劲且哀。运往无淹物,年逝觉已催。"（逯钦立辑校《先秦汉魏晋南北朝诗》）

［2］谢朓《暂使下都夜发新林至京邑赠西府同僚》："大江流日夜,客心悲未央。徒念关山近,终知返路长。秋河曙耿耿,寒渚夜苍苍。引领见京室,宫雉正相望。金波丽鳷鹊,玉绳低建章。驱车鼎门外,思见昭丘阳。驰晖不可接,何况隔两乡?风烟有鸟路,江汉限无梁。常恐鹰隼击,时菊委严霜。寄言蹑罗者,寥廓已高翔。"（逯钦立辑校《先秦汉魏晋南北朝诗》）

［3］谢朓《晚登三山还望京邑》："灞涘望长安,河阳视京县。白日丽飞甍,参差皆可见。余霞散成绮,澄江静如练。喧鸟覆春洲,杂英满芳甸。去矣方滞淫,怀哉罢欢宴。佳期怅何许,泪下如流霰。有情知望乡,谁能鬒不变。"（逯钦立辑校《先秦汉魏晋南北朝诗》）

［4］杜甫《后出塞五首》之二："朝进东门营,暮上河阳桥。落日照大旗,马鸣风萧萧。平沙列万幕,部伍各见招。中天悬明月,令严夜寂寥。悲笳数声动,壮士惨不骄。借问大将谁,恐是霍嫖姚。"（仇兆鳌《杜诗详注》）

［5］王维《使至塞上》："单车欲问边,属国过居延。征蓬出汉塞,归雁入胡天。大漠孤烟直,长河落日圆。萧关逢候骑,都护在燕然。"（俞平伯等编《唐诗鉴赏辞典》）

［6］纳兰容若:即纳兰性德(1654—1685),字容若,号楞伽山人,原名纳兰成德,清朝初年词人。

［7］纳兰性德《长相思》："山一程,水一程。身向榆关那畔行,夜深千帐灯。　风一更,雪一更。聒碎乡心梦不成,故园无此声。"（张草纫《纳兰词笺注》）

［8］纳兰性德《如梦令》："万帐穹庐人醉,星影摇摇欲坠。归梦隔狼河,又被河声搅碎。还睡、还睡。解道醒来无味。"（张草纫《纳兰词笺注》）

陆机《文赋》中说:"石韫玉而山晖,水怀珠而川媚。"中国古代文论中,特别重视一篇之中的秀句。把一篇中特别好的句子摘出来,就叫作"摘句批评法"。这里所摘的都出自名篇,有时即使全篇不是特别精彩,但因为有秀句,也可以使全篇为之生辉。就好像一座山中有了玉石,一条河里有了宝珠一样,整座山、整条河都为之增色。王国维此则中挑了一些诗词里特别壮丽的句子,告诉我们壮观的场景还是诗中更多,但是词中偶尔也能见到。

谢灵运《岁暮》写冬夜月色、雪光交相辉映,朔风凛冽,时至岁暮,作者心怀忧思,忧谗畏讥,难以入眠。谢朓的"大江流日夜"发句惊挺,写出了旅途中人内心的悲伤。"澄江静如练"写黄昏时分,登山临水所见到的江天美景,益发衬托出作者的思念故乡之情。"山气日夕佳"写出了陶渊明隐居田园的恬淡心情,写山写夕阳,更是在写作者悠然自得的内心世界。杜甫的《出塞》诗写出了边地的肃杀之气,以及月夜宿营的军容之整。王维的《使至塞上》则写出了塞外的奇丽风光。这些壮观的境界,就算是在诗里面,也是千古不可多得的。

此则对于纳兰性德的词也多有赞誉,提到的二首都是他的塞上之作。《长相思》写出了扈驾康熙帝出山海关诣盛京三陵告祭时的赫赫声势,苦寒的天气益添乡思。《如梦令》有可能作于同时,即康熙二十一年(1682)三至四月,云南平定之后。夜晚将士们幕天席地,酩酊大醉,满天星斗,摇摇欲坠。家乡远在狼河之外,半夜梦醒,虽然扈从天子是无限风光的事情,作者却觉得旅况无味,其实是对自己一等侍卫身份的厌倦。纳兰性德文武全才,可能是因为还未沾染汉文化的柔靡,词作富于真情,哀感顽艳。王国维这里称赞他的词还富于豪放、壮观的一面,可与第一流的诗歌作品相匹敌。

第四十五则（删 13）

言气质，言格律，言神韵，不如言境界。有境界为本也。气质、格律、神韵为末也。有境界而三者自随之矣。

　　此则重新回到境界，并指明：讨论诗词，境界是最根本的，气质、格律、神韵都是末。应该怎么来理解这里所说的气质、格律和神韵呢？气质更多是侧重于写作者的角度。古代文论中论气的论述有很多。曹丕《典论·论文》中说："文以气为主，气之清浊有体，不可力强而致。"刘勰《文心雕龙·体性》篇云："然才有庸俊，气有刚柔，学有浅深，习有雅郑。并情性所铄，陶染所凝。是以笔区云谲，文苑波诡者矣。"气有清浊，有刚柔，这都是上天赋予的，难以改变。高明者飞扬，沉潜者笃实，反映在作品中，就会呈现出不同的风貌。但如果仅从气质来谈文学，毕竟属于一种外部研究，还没有深入到作品本身。

　　格律更多是指作品需要遵守的一些规则，尤其是在押韵、平仄方面，还包括对仗、字数等。"言格律"三字原来已被去掉，说明王国维也觉得格律在这则里不是重点。一般来说，近代诗、词才有比较严格的格律，但其实古体诗在押韵、平仄方面，也是有一定的规定和讲究的。关注诗歌的格律，其实是关心诗歌与音乐的关系，古代的诗歌有不少是可以入乐的，后代虽然不都需要入乐，但还是希望在讽诵时口吻调利，音调悦耳。这里面有不少技术性的东西，但是从格律的层面来谈论文学，毕竟是比较基础的东西，因为更多是停留在技术的层面，还没有上升到道。

神韵的代表人物是清代王士禛。他论诗主要受司空图《二十四诗品》和严羽《沧浪诗话》的影响，讲求"韵外之致""味外之旨"。这些当然都是脱离现实的东西，但确实也触及了艺术的一些审美本质。王国维提出境界，认为境界在神韵之上，这才是此则他真正想说的内容。境界不仅是指作品本身，情和境的关系，还关系生命的追求和高度。从这点来说，境界说比神韵说有进步的地方。

第四十六则（7）

"红杏枝头春意闹"[1]，著一"闹"字，而境界全出。"云破月来花弄影"[2]，著一"弄"字，而境界全出矣。

[1] 宋祁《玉楼春·春景》："东城渐觉风光好。縠皱波纹迎客棹。绿杨烟外晓寒轻，红杏枝头春意闹。　浮生长恨欢娱少。肯爱千金轻一笑。为君持酒劝斜阳，且向花间留晚照。"（唐圭璋编《全宋词》）

[2] 张先《天仙子》（时为嘉禾小倅，以病眠，不赴府会）："《水调》数声持酒听。午醉醒来愁未醒。送春春去几时回？临晚镜。伤流景。往事后期空记省。　沙上并禽池上暝。云破月来花弄影。重重帘幕密遮灯。风不定。人初静。明日落红应满径。"（唐圭璋编《全宋词》）

此则称赞宋祁、张先两首词作中的佳句，认为有境界。宋祁（998—1061），字子京，祖籍安州安陆（今湖北省安陆市），高祖父宋绅徙居开封府雍丘县。与兄长宋庠并有文名，时称"二宋"。《玉楼春·春景》主要是写早春风光与士大夫的闲情。上阕写冬去春来，坚冰消融，绿杨如烟，虽然微寒犹在，但是那突然闯入眼帘的一树杏花，让人感觉春天确确实实已经到了，好一派热闹景象。下阕写年光易逝，人生苦多乐少，虽然自己已到桑榆晚景，但仍可以饮酒赏花，表达了一种达观的情怀。宋祁曾因这首词被人称为"'红杏枝头春意闹'尚书"。

张先（990—1078），字子野，乌程（今浙江湖州）人。《古今诗话》中说："有客谓子野曰：'人皆谓公张三中，即心中事、眼中泪、意中人也。'公曰：'何不目我三影？'客不晓。公曰："云破月来花弄影"、"娇柔懒起，帘压卷花影"、"柳径无人，堕风絮无影"。此予生平所得意也。'"（郭绍虞辑《宋诗话辑佚》）后来，人们就称呼他"张三影"。《天仙子》当作于作者在嘉兴任判官之时，这首词写出了诗人年老伤春的情怀。小序里面告诉我们因为身体不好，没有能去赴会，无聊之情可以想见。上阕写听曲饮酒，却难以排遣消沉的情怀，昏昏睡去，醒来看着镜中老去的容颜，伤春之情油然而起，不禁回忆起了一些年轻时候的爱情往事。下阕写看到池边的水禽双栖双宿，孤寂的情怀越发显露。突然天边的阴云被一轮皓月冲破，阶旁的花丛花影婆娑，诗人的心情也似乎因此而变得明快起来。然而夜色已深，寒风渐起，已到了休息的时分，诗人刚刚有所好转的心情，不由得又担心明天一早起来，可能要落红满地了。"云破月来花弄影"写出了那种刹那间的愁闷被打破的欣悦，这样的幽愁别绪，确实只有在词里才能够体会和感受到，难怪王国维对之赞不绝口。

第四十七则（删14）

"西（当作'秋'）风吹渭水，落日（当作'叶'）满长安"[1]，美成以之入词[2]，白仁甫[3]以之入曲[4]。此借古人之境界，为我之境界者也。然非自有境界，古人亦不为我用。

[1] 贾岛《忆江上吴处士》："闽国扬帆去，蟾蜍亏复圆。秋风生渭水，落叶满长安。此地聚会夕，当时雷雨寒。兰桡殊未返，消息海云端。"（俞平伯等编《唐诗鉴赏辞典》）

[2] 周邦彦《齐天乐·秋思》："绿芜凋尽台城路，殊乡又逢秋晚。暮雨生寒，鸣蛩劝织，深阁时闻裁剪。云窗静掩。叹重拂罗裀，顿疏花簟。尚有练囊，露萤清夜照书卷。 荆江留滞最久，故人相望处，离思何限。渭水西风，长安乱叶，空忆诗情宛转。凭高眺远。正玉液新篘，蟹螯初荐。醉倒山翁，但愁斜照敛。"（唐圭璋等编《唐宋词鉴赏辞典》）

[3] 白仁甫：即白朴（1226—约1306），原名恒，字仁甫，后改名朴，字太素，号兰谷，祖籍隩州（今山西河曲），流寓河北真定（今正定）。元代著名戏曲作家，与关汉卿、郑光祖、马致远合称"元曲四大家"。

[4] 白朴《双调·得胜乐》（秋）："玉露冷，蛩吟砌。听落叶西风渭水。寒雁儿长空嘹唳。陶元亮醉在东篱。"（《中华古曲观止》）又《梧桐雨》杂剧第二折《普天乐》："恨无穷，愁无限。争奈仓促之际，避不得蓦岭登山。銮驾迁，成都盼。更哪堪浐水西飞雁。一声声送上雕鞍。伤心故园，西风渭水，落日长安。"（臧懋循编《元曲选》）

　　此则主要是谈诗、词、曲的境界有相通之处，词、曲可以借用诗中的佳句，但是必须自己的作品先要有境界在，才能化用得贴切，不至于生吞活剥。"秋风生渭水，落叶满长安"，是贾岛《忆江上吴处士》中的佳句，写出了对于朋友的浓浓思念之情。吴处士去福建了，天上的月亮也已经盈亏了好多次。当年诗人曾在渭河边上送别朋友，现在转眼已到深秋，落叶满长安，满眼萧瑟。分手的时候雷雨交加，如今回想起来倍添寒意。朋友远在云海之外，消息全无，也不知什么时候回来可以再次相见？贾岛一生耽于诗歌，据《太平广记·定数》："虽行坐寝食，吟咏不辍。尝跨驴张盖，横截天街。时秋风正厉，黄叶可扫。岛忽吟曰：'落叶满长安。'求联句不可得，因搪突大京兆刘栖楚，被系一夕而释之。"可见此句得来确实不易。

周邦彦《齐天乐》也是借秋思抒发对于旧日友朋的思念。此首时地多有争议，有人认为是政和五年（1115），即晚年取道金陵，入都为秘书监，至荆南时所作。（罗忼烈《清真词笺注》）也有人认为是作于南京。上阕写台城（今江苏南京）的秋晚，诗人漂泊异乡，寒雨中听到蟋蟀的鸣叫，似在劝织妇剪裁，倍添离愁凄楚。夏去秋来，撤去竹簟，换上秋衣，书生本色，翻检书囊。下阕写自己中年时代，曾在荆州（今湖北江陵客居），明明是自己在思念故旧，却说故旧可能在思念自己。"渭水西风，长安乱叶"两句，突然转入贾岛诗歌的意境。这里当是用典，一方面是怀念旧日诗友，另一方面也用长安借代汴京。结句写登高望远，用《世说新语·任诞》篇的典故："山季伦（简）为荆州，时出酣畅，人为之歌曰：'山公时一醉，径造高阳池。日莫倒载归，酩酊无所知。'"这首词不断地在时空间作切换，化用他人境界浑成，可谓清真老成之作。

白朴的两处化用也都相当成功。《梧桐雨》写的是唐玄宗因为宠幸杨贵妃，不理朝政，致使安禄山兵变，安史之乱爆发，只得仓皇逃离长安。《普天乐》写的就是在离开长安之际，内心的悔恨之情，"伤心故园，西风渭水，落日长安"，在这里用贾岛的诗句来衬托，正是再合适不过了。说明化用只要恰到好处，王国维也是赞成的，但必须化用者自己也要有自己的境界，才能借用别人的境界，来别开一个新的境界。

第四十八则（8）

境界有大小，然不以是而分高下。"细雨鱼儿出，微风燕子斜"[1]，何遽不若"落日照大旗，马鸣风萧萧"？"宝帘闲挂小银钩"[2]，何遽不若"雾失楼台，月迷津渡"也？

[1] 杜甫《水槛遣心二首》之一："去郭轩楹敞，无村眺望赊。澄江平少岸，幽树晚多花。细雨鱼儿出，微风燕子斜。城中十万户，此地两三家。"（仇兆鳌《杜诗详注》）

[2] 秦观《浣溪沙》："漠漠轻寒上小楼。晓阴无赖似穷秋。淡烟流水画屏幽。　自在飞花轻似梦，无边丝雨细如愁。宝帘闲挂小银钩。"（唐圭璋等编《唐宋词鉴赏辞典》）

此则写诗词境界虽然分大小，但并不以此定高低。因为优美、壮美属于不同类型的美，一偏阴柔，一偏阳刚，两种美都是天地间所不可或缺的。此则的重点在于小的、阴柔的、优美的境界。《水槛遣心二首》作于杜甫定居成都草堂之后。诗人经过长时间的颠沛流离，生活终于暂时安顿下来，心情也趋于宁谧。这里远离喧闹的城市，堂舍宽敞，甚至连村落都没有，视野开阔。极目远眺，江水浩荡，与岸齐平；傍晚时分，树木间花朵芬芳，令人感到赏心悦目。天空中飘起蒙蒙细雨，鱼儿们纷纷来到水面透气；微风轻柔，燕子侧着身体飞过。这样的一种充满生机的静美，那些热衷于追求富贵与热闹的人们，又怎么能够有机会感受得到呢？"细雨鱼儿出，微风燕子斜"，虽然来自杜甫的诗句，但是其中那种淡淡的闲适之情与词是相通的。而且体物之妙，情景交融，与边塞诗的雄壮，是旗鼓相当的。

《浣溪沙》是秦观婉约词的代表之作，为我们展现了一个精美的艺术世界。这首词写出了一种不知因何而起的哀愁。上阕写在一个春天的早上，天气微寒，主人公登上小楼。天空阴沉，春天却像秋天一样，让人觉得无可聊赖。放眼望去，既然无可寓目者；回顾室内，只见画屏幽深，屏上是一幅淡烟流水图。下阕"自在飞花轻似梦，无边丝雨细如愁"也是很不平凡的句子，主人公在丝丝细雨中，怀着一腔春愁，进入了梦乡，像飞花一样地自在甜美。用梦比花，用愁比雨，都是用抽象的事物来比喻具体的事物，看似平淡，其实奇崛。结句之妙在于，为读者留下了想象的空间。"宝帘闲挂小银钩"，虽然不像"雾失楼台，月迷津渡"那样描写比较宏大的意象，却像一个空镜头一样，让人浮想联翩，给人"此恨绵绵无绝期"之感。这里面有一种寄寓在日常生活中的悲哀，就算是岁月静好，一些美好的东西其实也正在无可奈何地飞速地逝去。词人用非常含蓄不尽的语言，为我们展示了这样的一幕场景。

第四十九则（删 10）

昔人论诗词，有景语、情语之别。不知一切景语皆情语也。

　　此则论一切景语皆情语，情、景之不可分离。但此论古人多已有之，并不能算是王国维的新发明。比如王夫之《姜斋诗话》有云："情景虽有在心在物之分，而景生情，情生景，哀乐之触，荣悴之迎，互藏其宅。"又云："巧者则有情中景，景中情。景中情者，如'长安一片月'，自然是孤栖忆远之情；'影静千官里'，自然是喜达行在之情。情中景尤难曲写，如'诗成珠玉在挥毫'，写出才人翰墨淋漓、自心欣赏之景。"另外还有谢榛《四溟诗话》等，这样的例子很多。

　　在文学的世界中，心和物是不能截然区分开来的。没有离开心的物，也没有离开物的心。表现在情、景的关系上，写景就是在写情，写情又是在写景，后者比前者更难。在王夫之所举的例子中，"长安一片月，万户捣衣声。秋风吹不尽，总是玉关情。何日平胡虏，良人罢远征"，出自李白《子夜吴歌·秋歌》，此诗之妙在于通过写景来写情，皎洁的月光下，思妇们正在为驻边的征夫制衣。不言爱情，而写月色，但所想表达的情感，就在其中了。"死去凭谁报，归来始自怜。犹瞻太白雪，喜遇武功天。影静千官里，心苏七校前。今朝汉社稷，新数中兴年"，出自杜甫的《喜达行在所三首》（其三），写的是至德二载（757），杜甫逃出安史之乱时叛军占据的长安，投奔在凤翔的肃宗。又得见太白之雪，武功之天，喜悦之情不言而喻。诗人得以任左拾遗，站立在整肃的朝班中，文武毕立，也觉得惊魂稍定，觉得唐室中兴有望。这些都是情景交融的好例子。"朝罢香烟携满袖，诗成珠玉在挥毫。欲知世掌丝纶美，池上于今有凤毛"，出自杜甫的《奉和贾至舍人早朝大明宫》，写贾至的文采挥洒，深受君上器重，固然是在抒发情感，但彼时万众瞩目之场景亦可想见。这是通过写情来写景的例子。

第五十则

"岂不尔思，室是远而"[1]。而孔子讥之。故知孔门而用词，则牛峤[2]之"甘作一生拚，尽君今日欢"[3]等作，必不在见删之数。

[1]《论语·子罕》：子曰："可与共学，未可与适道；可与适道，未可与立；可与立，未可与权。'唐棣之华，偏其反而，岂不尔思？室是远而。'子曰：'未之思也，夫何远之有？'"（朱熹《四书章句集注》）

[2]牛峤：字松卿，一字延峰，陇西人。五代前蜀词人。

[3]牛峤《菩萨蛮》："玉炉冰簟鸳鸯锦。粉融香汗流山枕。帘外辘轳声。敛眉含笑惊。　柳阴轻漠漠。低鬓蝉钗落。须作一生拚。尽君今日欢。"（唐圭璋等编《唐宋词鉴赏辞典》）

此篇借《论语》中不见于《诗经》的先秦逸诗，来说明孔子的论诗态度也是强调真诚的，不同于流俗。这几句诗的意思比较曲折，根据南朝梁皇侃《论语义疏》里的解释，大致意思是说唐棣花和一般的花不一样，一般的花是先合后开，而唐棣花是先开后合，但这属于反常合道。作为君子，不仅要知道走正道，还要知道有些问题需要权变，即灵活处理。如果想一个人而不能见，一般是因为居室辽远。权变因为比较玄奥，所以一般人也无法掌握，就像房子太远一样。孔子评论说，这有什么难掌握的，只是没有能够反过来思考罢了。总的来说，结合逸诗前面的句义，《论语》这一则是在讲权变的重要性。

王国维接着想到，《花间集》里的一些艳词，虽然惊世骇俗，但是如果孔子能够读到的话，一定也不会删掉，而会加以肯定，因为同样属于反常合道。他举牛峤《菩萨蛮》里的句子为例。这首词主要是写男女间的艳情，用词俗艳大胆，词风火热泼辣，虽然有点不够含蓄，但其中的真诚大胆，有一般的词人所不可企及处。所以王国维认为这是值得肯定的，就像孔子赞成反常合道一样。

第五十一则（删 11）

词家多以景寓情。其专作情语而绝妙者，如牛峤之"甘作一生拚。尽君今日欢"，顾敻[1]之"换我心。为你心。始知相忆深"[2]，欧阳修之"衣带渐宽终不悔。为伊消得人憔悴"，美成之"许多烦恼，只为当时，一晌留情"[3]，此等词古今曾不多见。余《乙稿》[4]中，颇于此方面有开拓之功。

[1] 顾敻(xiòng)：五代蜀词人。

[2] 顾敻《诉衷情》："永夜抛人何处去？绝来音。香阁掩。眉敛。月将沉。争忍不相寻？怨孤衾。换我心，为你心。始知相忆深。"（唐圭璋等编《唐宋词鉴赏辞典》）

[3] 周邦彦《庆春宫》："云接平冈，山围寒野，路回渐转孤城。衰柳啼鸦，惊风驱雁，动人一片秋声。倦途休驾，澹烟里，微茫见星。尘埃憔悴，生怕黄昏，离思牵萦。　华堂旧日逢迎。花艳参差，香雾飘零。弦管当头，偏怜娇凤，夜深簧暖笙清。眼波传意，恨密约、匆匆未成。许多烦恼，只为当时，一晌留情。"（唐圭璋编《全宋词》）

［4］《乙稿》：即《人间词乙稿》，纂辑于 1907 年。

　　此则谈词中不凭借景、专写情而独绝者，并认为自己的《人间词乙稿》在这方面也有开拓之功。所举例子有两个前面已经提过，我们来分析一下另外两个。顾夐《诉衷情》语言质朴，写出了一位独守闺房的女子的哀怨。首句就表达了女子对于男子久待不来的质疑。音讯全无，不免独闭闺门，眉头紧皱。天将破晓，等待之人却还不来到，内心的焦急可想而知。遍寻不到，只好孤衾独卧。最后一句"换我心，为你心。始知相忆深"，就好像积郁在内心的思念再也按捺不住，喷薄而出。王士禛《花草蒙拾》称赞"自是透骨情语"。

　　《庆春宫》是一首周邦彦真情流露的词。上阕主要是秋天萧飒的景物描写，诗人倦于旅途奔波，形容憔悴，时近黄昏，不禁想起一段往日的情事。下阕转入回忆。众多美女，华堂逢迎，原来是一队女乐，而诗人独爱其中吹笙的女子。两人眉目传情，但最后却没有结果。词至最后，诗人发出感慨："许多烦恼，只为当时，一晌留情。"这首词上半阕写景，下半阕突然转入怀人。当年的一个眼神，居然让词人多年之后仍然无法释怀。周邦彦的这些情事，有些已经无法追考，读者也无需全部当真，只当是诗人在抒发一种情怀即可。在艺术上，这首词还是十分成功的。

第五十二则(22)

　　梅圣俞[1]《苏幕遮》词："落尽梨花春事了。满地斜阳，翠色和烟老。"[2]兴化刘氏谓：少游一生似专学此种[3]。余谓冯正中《玉楼春》词："芳菲次第长相续。自是情多无处足。
尊前百计得春归，莫为伤春眉黛促。"[4]永叔一生似专学
此种。

[1] 梅圣俞：即梅尧臣（1002—1060），字圣俞，宣州宣城（今属安徽）人，世
　　称宛陵先生。北宋诗人。

[2] 梅尧臣《苏幕遮·草》："露堤平，烟墅杳。乱碧萋萋，雨后江天晓。独
　　有庾郎年最少。窣地春袍，嫩色宜相照。　接长亭，迷远道。堪怨王
　　孙，不记归期早。落尽梨花春又了。满地残阳，翠色和烟老。"（唐圭璋
　　等编《唐宋词鉴赏辞典》）王国维引文不完全准确。

[3] 刘熙载《艺概·词曲概》："少游词有小晏之妍，其幽趣则过之。梅圣俞
　　《苏幕遮》云：'落尽梅花春又了，满地斜阳，翠色和烟老。'此一种似为
　　少游开先。"

[4] 冯延巳《玉楼春》："雪云乍变春云簇。渐觉年华堪送目。北枝梅蕊犯
　　寒开，南蒲波纹如酒绿。　芳菲次第长相续。自是情多无处足。尊前
　　百计得春归，莫为伤春眉黛促。"（《阳春集》）也有人认为这首词是欧阳
　　修作的。

　　此则盛赞梅尧臣《苏幕遮》，认为它甚至对秦观都有影响，当然这
个观点是刘熙载更早提出的，王国维在这里引用，表示赞同。梅尧臣
是北宋著名诗人，留下的词作不多，但《苏幕遮》是很有特色的一首。
整首词扣住一个"草"字，层层铺叙，结句令人有惘惘不甘之情。上阕
先写远景，烟墅朦胧。雨后芳草萋萋，江天渐白。诗人由春草之绿，联
想到文士袍衫之绿，一方面是写自己的文采风流，一方面也是暗喻沉
沦下僚。因为青、绿在宋代都是品级较低的官员的服装。下阕由春

草写思归之情,暗用《楚辞·招隐士》:"王孙游兮不归,春草生兮萋萋"的典故。结句转为伤春,其实也是暗伤自己仕途的不得意。但表达得极为含蓄,而这也正是秦观词的特点。

《玉楼春》写的也是一种闲情,王国维认为作者是冯延巳,但也有可能是欧阳修。这两个人的风格本来就很相似。上阕写春云变幻,梅蕊开放,波纹如酒,一派早春景象。下阕写各种芳菲次第盛开不断,如此春色可以慢慢欣赏,花下饮酒寻乐,不要因为伤春而愁上眉梢。这样的一种闲情,用极平淡的语气娓娓道来,正是王国维所欣赏的北宋词的正宗。

第五十三则(23)

人知和靖[1]《点绛唇》[2]、圣俞《苏幕遮》、永叔《少年游》[3]三阕为咏春草绝调。不知先有冯正中"细雨湿流光"[4]五字,皆能写春草之魂者也。

[1]和靖:即林逋(967—1029),字君复,卒谥和靖先生,钱塘(今浙江杭州)人,北宋著名隐逸诗人。

[2]林逋《点绛唇》:"金谷年年,乱生春色谁为主。余花落处。满地和烟雨。　又是离歌,一阕长亭暮。王孙去。萋萋无数。南北东西路。"

[3]欧阳修《少年游》:"阑干十二独凭春,晴碧远连云。千里万里,二月三月,行色苦愁人。　谢家池上,江淹浦畔,吟魄与离魂。那堪疏雨滴黄昏,更特地忆王孙。"(唐圭璋等编《唐宋词鉴赏辞典》)

[4]冯延巳《南乡子》:"细雨湿流光。芳草年年与恨长。烟锁凤楼无限事,

茫茫。鸾镜鸳衾两断肠。　魂梦任悠扬。睡起杨花满绣床。薄幸不来门半掩,斜阳。负你残春泪几行。"（唐圭璋等编《唐宋词鉴赏辞典》）

此则讨论林逋、梅尧臣、欧阳修与冯延巳的咏草词,觉得虽然都是不凡之作,但冯正中的更早更好。据吴曾《能改斋漫录》:"梅圣俞在欧阳公座,有以林逋草词'金谷年年,乱生青草谁为主'为美者,圣俞因别为《苏幕遮》一阕（略）。欧公击节赏之,又自为一词云（略）,盖《少年游》令也。不惟前二公所不及,虽置诸唐人温、李集中,殆与之为一矣。"可见在这些词作的背后,其实是一场文学竞赛,还有这样的文人雅事。

林逋是一位隐士,《点绛唇》主要抒发别离之情。上阕首句金谷,用西晋豪富石崇洛阳别墅的典故,一个"乱"字,给人一种富贵如烟去,旧日繁华如今荒凉、败落之感。"满地和烟雨",写出了满地草色与漫天烟雨混为一体的朦胧。下阕写离情。春草在古代象征离愁和远思,在这样一个令人断魂的时间和地方,送别至交的友人,那茫茫的愁思,就如草色一样,向四面八方蔓延,没有断绝。整首词犹如一幅水墨画,结句给人留下无限遐想与惆怅,情感表达含蓄不露,不得不说是咏物词中的佳作。

欧阳修的《少年游》好在涵浑,他没有像南宋词人那样层层铺叙,而是以意境取胜。上阕写独自登高,春草连天,虽然天气晴碧,但是却勾起了离愁别绪。下阕连用谢灵运《登池上楼》"池塘生春草"与江淹《别赋》中各种离别情态的典故。时间又转移到黄昏,在小雨中思妇的怀人之情更进一步加深。而冯延巳的"细雨湿流光",王国维认为比参加竞赛的人都要来得更早,而且一样得"春草之魂"。此句之妙,在于写出了细雨、流光、芳草、离恨之间的相似性,把美丽的东西和哀伤的东西放在一起表达，寓情于景。总的来说，这几首写草的作品，都是优秀之作。

第五十四则(59)

诗中体制，以五言古及五、七言绝句为最尊，七古次之，五、七律又次之，五言排律为最下。盖此体于寄兴言情均不相适，殆与骈体文等耳。词中小令如五言古及绝句，长调如五、七律，若长调之《沁园春》等阕，则近于五排矣。

此条通行本作："近体诗体制，以五七言绝句为最尊，律诗次之，排律最下。盖此体于寄兴言情，两无所当，殆有均之骈体文耳。词中小令如绝句，长调似律诗，若长调之《百字令》、《沁园春》等，则近于排律矣。"通行本与手稿本经常会有一些文字出入，从中也可以看出王国维从写作到发表时的斟酌过程，总的来说出入并不太大，此条属于改得比较多的。可以看出，王国维在诗的体制中，对于五言古诗和五七言绝句，尤其是后者最为尊崇，这与王士禛选《古诗选》以及《唐人万首绝句选》用意颇有近似。《古诗选》中，五古取舍比七古要严，唐代仅取陈子昂、张九龄、李白、韦应物、柳宗元五家，宋以后一家没有。至于认为律诗的价值低于绝句，可能是因为格律更严，容易流入俗套，不容易产生神韵或意境。王国维认为价值最低的是五言排律或者排律，五排在杜甫集中较多，是此则反对的重点。反对的理由是，五排不适合寄兴言情，讲究对仗，和骈文差不多；失去了抒情诗应有的特征,更适合用来叙事。

此则又将词与诗作对比。小令对应绝句,价值最高。按照明人的划分,小令一般少于五十八字。与绝句一样,都是属于相对篇幅短小的体式,符合王国维推崇的北宋词的审美观。长调一般九十一字以上,南宋词多喜用长调铺叙,所以在王国维看来,价值要低于小令,地位与律诗相对应。最不喜欢的是长调中的《百字令》《沁园春》,与诗中的五排相对应。《百字令》是词牌名,共有一百个字,又名《大江东去》《念奴娇》等。《沁园春》正体双调一百十四字。这些在王国维看来都太长了,其实其中不乏写得好或者有意境与神韵的。王国维自己作词也不是很擅长长调,他的美学观主要是受到叔本华的影响,在他看来,小令更加适合表达"寄兴言情",感发生命的力量。

第五十五则(删15)

长调自以周、柳[1]、苏、辛为最工。美成《浪淘沙慢》二词[2],精壮顿挫,已开北曲[3]之先声。若屯田之《八声甘州》[4],玉局[5]之《水调歌头·中秋寄子由》[6],则伫兴之作,格高千古,不能以常词论也。

[1] 柳:柳永,原名三变,字耆卿,官至屯田员外郎,北宋词人,婉约派代表人物。

[2] 周邦彦《浪淘沙慢》:"昼阴重,霜凋岸草,雾隐城堞。南陌脂车待发,东门帐饮乍阕。正拂面、垂杨堪揽结。掩红泪、玉手亲折。念汉浦离鸿去何许,经时信音绝。　情切。望中地远天阔。向露冷风清,无人处、

耿耿寒漏咽。嗟万事难忘，唯是轻别。翠樽未竭。凭断云留取，西楼残月。　罗带光销纹衾叠。连环解、旧香顿歇，怨歌永、琼壶敲尽缺。恨春去、不与人期，弄夜色、空余满地梨花雪。"

又一阕："万叶战，秋声露结，雁度砂碛。细草和烟尚绿，遥山向晚更碧。见隐隐、云边新月白。映落照、帘幕千家，听数声、何处倚楼笛。装点尽秋色。　脉脉。旅情暗自消释。念珠玉、临水犹悲感，何况天涯客。忆少年歌酒，当时踪迹。岁华易老，衣带宽、懊恼心肠终窄。飞散后、风流人阻。蓝桥约、怅恨路隔。马蹄过、犹嘶旧巷陌。叹往事、一一堪伤，旷望极。凝思又把阑干拍。"（唐圭璋编《全宋词》）

［3］北曲：宋元以来北方民歌、少数民族音乐、大曲、唐宋词、诸宫调等所用的各种曲调的统称，多用北方口语，句式灵活多变，在定格外可加衬字，韵脚平仄声通押，调子豪壮朴实。

［4］柳永《八声甘州》："对潇潇暮雨洒江天，一番洗清秋。渐霜风凄紧，关河冷落，残照当楼。是处红衰翠减，苒苒物华休。惟有长江水，无语东流。　不忍登高临远，望故乡渺邈，归思难收。叹年来踪迹，何事苦淹留。想佳人、妆楼颙望，误几回、天际识归舟。争知我、倚阑干处，正恁凝愁。"（唐圭璋等编《唐宋词鉴赏辞典》）

［5］玉局：苏轼，他曾任玉局观提举。

［6］苏轼《水调歌头》（丙辰中秋，欢饮达旦，大醉，作此篇。兼怀子由）："明月几时有，把酒问青天。不知天上宫阙，今夕是何年？我欲乘风归去，又恐琼楼玉宇，高处不胜寒。起舞弄清影，何似在人间。　转朱阁，低绮户，照无眠。不应有恨，何事长向别时圆？人有悲欢离合，月有阴晴圆缺，此事古难全。但愿人长久，千里共婵娟。"（唐圭璋等编《唐宋词鉴赏辞典》）

此则论长调中之佳者，对于上一则立论不够完善的地方进行补充,认为最擅长长调的是周邦彦、柳永、苏轼、辛弃疾。值得注意的是,这里面没有姜夔、吴文英。然后以周邦彦《浪淘沙慢》为例,认为写得精壮顿挫,已开北曲的先声。因为第二首也有论者认为不一定是周邦彦写的,我们主要来看一下第一首。这首慢词一共有一百三十三字,分作三叠,写的都是离愁别恨。上片回忆离别时的情形,先用霜、雾来衬托阴郁的环境与心情。脂车待发,东门帐饮,手折杨柳,汉浦离鸿,这些都是熟悉的送别意象。《列仙传》:"郑交甫尝游汉江,见二女皆丽服华装,佩两明珠,大如鸡卵。交甫见而悦之,不知其神人也。……(二女)手解佩以与交甫,交甫受而怀之。既趋而去,行数十步,视怀空无珠,二女忽不见。"中片进一步把离别后的思念集中到一个晚上,层层渲染思念之切。地远天阔,露冷风清,夜深难耐,只好如耿耿寒漏般独自鸣咽。也不知什么时候能够重聚,一起归来重酌,赏西楼残月。下片用一连串的罗列,来映衬怨恨之情。罗带光销,纹衾折叠,连环解散,旧香销歇,琼壶击破。时间也已经转移到了春天的晚上,梨花满地,耀眼如雪,一如诗人此时的心绪。这首词是周邦彦长调中的杰作,历代都有好评,王国维也不得不承认写得好。

至于柳永的《八声甘州》与苏轼的《水调歌头》,王国维认为是一时兴到之作,自足照耀千古,不可以常例视之。《八声甘州》上阕境界阔大。曾被赞誉为"真唐人语不减高处矣"。《水调歌头》前半阕似不食人间烟火人语,令人有飘飘欲仙之感。后半阕转入哲学的沉思,作达观语。胡寅《酒边集后序》称苏轼词"一洗绮罗香泽之态,摆脱绸缪宛转之度,使人登高望远,举首高歌,而逸怀豪气超然乎尘垢之外",说的就是这一类的作品。可见其实长调也是可以像小令那样感发生命的力量的。

第五十六则（删16）

　　稼轩《贺新郎》词（送茂嘉十二弟）[1]，章法绝妙，且语语有境界，此能品[2]而几于神者。然非有意为之，故后人不能学也。

[1] 见第十一则注[6]。

[2] 能品：指能熟练掌握技巧的精品，多指书画、诗词等艺术作品。

　　此则称赞辛弃疾《贺新郎》长调是能品中接近更高级的神品的作品，但又非有意为之所能够企及，主要从章法和造语的境界两方面来评价。这首词标题是在别茂嘉十二弟，但实际更像是一篇《恨赋》，堆砌了很多关于离愁别恨的典故，按理说这是王国维所反对的写法，但王国维仍然叫好。上阕先是罗列了三种啼鸟，鸣声都是与离别相关的。然后引出伤春的主题。接着又连用三则与女性相关的离别典故，前两则是昭君出塞、汉武帝的陈皇后失宠幽闭长门宫，第三则是《诗经·邶风》的《燕燕》诗中卫庄姜送归妾陈女戴妫："燕燕于飞，差池其羽。之子于归，远送于野。瞻望弗及，泣涕如雨。"下阕情绪更加转为悲壮。罗列了李陵战败投降匈奴，送别出使匈奴被留十九年的苏武；燕太子丹易水送别荆轲，入秦行刺秦王。李陵是名将李广之后，因为寡不敌众而被迫投降，败其家声。苏武守节不屈，终于等来归汉机会。一个是身败名裂，一个是坚贞不屈。两人相别的时候，内心的波澜起伏自然非同寻常。荆轲刺秦王也是自杀式的袭击行动，如果成功则有可能对暴秦造成打击，否则必将遭到更加猛烈的报复。这都是千古以来难以为怀的送别。辛弃疾通过写伤春与送别，主要还是表达了自己的爱国情怀，希望南宋朝廷能够有志收复失地。周济《宋四家词选》称这首词："前半阕北都旧恨，后半阕南渡新恨。"陈廷焯《白雨斋词话》评为："沈郁苍凉，跳跃动荡，古今无此笔力。"与王国维注重章法与境界有所不同，但都很推崇此词则是相同的。而后人很难达到辛弃疾那样的人生境界，也确实是难以摹仿，因为这里面有一些已经超越了技巧的层面。从这点上来说，文学的确是人学。

第五十七则（12）

　　"画屏金鹧鸪"[1]，飞卿语也，其词品似之。"弦上黄莺语"[2]，端己[3]语也，其词品亦似之。若正中词品欲于其词句中求之，则"和泪试严妆"[4]殆近之欤？

[1] 温庭筠《更漏子》："柳丝长，春雨细。花外漏声迢递。惊塞雁，起城乌。画屏金鹧鸪。　香雾薄，透帘幕。惆怅谢家池阁。红烛背，绣帘垂。梦长君不知。"（唐圭璋等编《唐宋词鉴赏辞典》）

[2] 韦庄《菩萨蛮》："红楼别夜堪惆怅。香灯半卷流苏帐。残月出门时。美人和泪辞。　琵琶金翠羽。弦上黄莺语。劝我早归家。绿窗人似花。"（唐圭璋等编《唐宋词鉴赏辞典》）

[3] 端己：即韦庄（约836—910），字端己，长安杜陵（今陕西西安东南）人。晚唐诗人、词人，五代时前蜀宰相。

[4] 冯延巳《菩萨蛮》："娇鬟堆枕钗横凤。溶溶春水杨花梦。红烛泪阑干。

翠屏烟浪寒。　锦壶催画箭。玉佩天涯远。和泪试严妆。落梅飞晓霜。"（唐圭璋等编《唐宋词鉴赏辞典》）

　　此则从温庭筠、韦庄、冯延巳三人的作品中，摘句来对他们各自的词品进行评价，这在文学批评中叫"摘句批评法"。所摘之句多由意象组成，所以其实是一种印象式的意象批评。其特点是注重直觉与印象，而不是理性与严密的逻辑分析或概念界定。称温庭筠为"画屏金鹧鸪"，其实是有一些贬义在里面的。因为金鹧鸪虽然华美，但因为是在画屏上的，所以并没有生命。用在对温庭筠词作的评价上，是认为他的作品词藻艳丽，注重环境描写，但是缺少自然的生机。这首《更漏子》主要是写女子长夜闻更漏之声而触发的相思与惆怅。在一个春天的晚上，细雨柳丝，更漏迢递。听到塞雁、城乌的鸣叫，女主人公看到室内屏风上的金鹧鸪成双成对，倍添孤寂之感。下阕写居住的环境，谢家池塘，香雾帘幕，烛光下的女主人公只好在梦中寻求慰藉，转念又想，对方是不是也在想自己呢？

　　韦庄词风清丽，与温庭筠并称"温韦"，同为"花间派"的代表人物。《菩萨蛮》满纸别情，上半阕回忆当年月夜与美人别离的凄楚场景。下半阕写美人弹奏琵琶，弦上之音宛转似莺啼，劝我早日归家，绿窗之下正有如花美眷相待。韦庄曾多年流寓江浙一带，《菩萨蛮》一组五首，内容多为韦庄晚年寓蜀回忆旧游之作。周济《介存斋论词杂著》评韦庄词："清艳绝伦，初日芙蓉春月柳，使人想见风度。""弦上黄莺语"出自五首组词中的第一首，用来评价韦庄词，是非常恰当的。

　　冯延巳《菩萨蛮》乃思妇怀人之作。上阕写梦境的美好，秀发蓬乱，凤钗横坠，溶溶春水，梦逐杨花。但醒来却发现反差太大，红烛浇泪，翠屏浪寒，孤单凄凉。下阕写计时的漏壶不断滴水，有刻度的水箭很快露出。时光飞逝,所想念的佩玉之人却远在天涯。女主人公化着浓妆,眼中含泪,窗外的梅花在晓霜中片片飞落,一如她此刻的心情。王国维用"和泪试严妆"来形容冯延巳词,一是因为他的作品色彩浓艳,一是因为他的词作饱含悲情。这种富于悲剧的美,正是王国维所最欣赏的美学极则,所以他对冯延巳的评价,无疑是三人中最高的。

第五十八则

"莫雨潇潇郎不归"[1],当是古词,未必即白傅所作。故白诗云"吴娘夜雨潇潇曲,自别苏州更不闻"[2]也。

[1] 传出自白居易《长相思》:"深画眉,浅画眉。蝉鬓鬅鬙云满衣。阳台行雨回。　巫山高,巫山低。暮雨潇潇郎不归。空房独守时。"(唐圭璋等编《唐宋词鉴赏辞典》)"莫雨"即"暮雨"。

[2] 白居易《寄殷协律(多叙江南旧游)》:"五岁优游同过日,一朝消散似浮云。琴诗酒伴皆抛我,雪月花时最忆君。几度听《鸡》歌《白日》,亦曾骑马咏红裙。吴娘暮雨萧萧曲,自别江南更不闻。"(朱金城笺注《白居易集笺校》)

此则论传说是白居易写的《长相思》,王国维认为作者不是白居易,而是出自古词。这是一首闺怨词。上片写女子为了取悦丈夫,故意画出不同式样的眉毛。因为相思过度,进入了强烈的白日梦的状态。下片写女子正在想象之中,突然回到冰冷的现实,窗外暮雨潇潇，所爱之人不知何时才能归来，心情一下子跌到了最低谷。整首词写出了极度的相思之苦，"暮雨潇潇"句尤其传神，陈廷焯说"妙在绝不着力"（《词则·闲情集》），王国维对这首词肯定也是欣赏的，所以觉得有必要讨论一下作者的问题。

　　"吴娘夜雨潇潇曲，自别江南更不闻"出自白居易的《寄殷协律》诗，大致是他晚年在洛阳回忆当年在江南的生活。黄昇《花庵词选》将此词列于白居易名下，叶申芗《本事词》说："吴二娘，江南名姬也，善歌。白香山守苏时，尝制《长相思》词云……吴喜歌之，故香山有'吴娘暮雨潇潇曲，自别江南久不闻'之咏，盖指此也。"有一些论者因此认为此词是吴二娘作的。王国维在这里认为，这首词有可能只是吴二娘唱的，而作者是更早的古人。因为都没有确凿的证据，我们一般仍然把它放在白居易名下。

第五十九则（删17）

　　稼轩《贺新郎》词："柳暗凌波路。送春归、猛风暴雨，一番新绿。"[1] 又《定风波》词："从此酒酣明月夜。耳热。"[2] "绿"、"热"二字，皆作上去用。与韩玉《东浦词》《贺新郎》以"玉"、"曲"叶"注"、"女"[3]，《卜算子》以"夜"、"谢"叶"食"（"食"当作"节"）、"月"[4]，已开北曲四声通押之祖。

[1] 辛弃疾《贺新郎》："柳暗凌波路。送春归、猛风暴雨，一番新绿。千里潇湘葡萄涨，人解扁舟欲去。又樯燕、留人相语。艇子飞来生尘步，唾

花寒、唱我新番句。波似箭，催鸣橹。　黄陵祠下山无数。听湘娥、泠泠曲罢，为谁情苦。行到东吴春已暮。正江阔、潮平稳渡。望金雀、觚棱翔舞。前度刘郎今重到，问玄都、千树花存否。愁为倩，么弦诉。"（邓广铭笺注《稼轩词编年笺注》）

［2］辛弃疾《定风波·自和》："金印累累佩陆离。河梁更赋断肠诗。莫拥旌旗真个去。何处。玉堂元自要论思。　且约风流三学士。同醉。春风看试几枪旗。从此酒酣明月夜。耳热。那边应是说侬时。"（邓广铭笺注《稼轩词编年笺注》）

［3］韩玉：字温甫，自金投宋。有《东浦词》。《贺新郎·咏水仙》："绰约人如玉。试新妆、娇黄半绿，汉宫匀注。倚傍小阑闲伫立。翠带风前似舞。记洛浦、当年俦侣。罗袜尘生香冉冉，料征鸿、微步凌波女。惊梦断，楚江曲。　春工若见应为主。忍教都、闲亭邃馆，冷风凄雨。待把此花都折取，和泪连香寄与。须信道、离情如许。烟水茫茫斜照里，是骚人、《九辨》招魂处。千古恨，与谁语。"（唐圭璋编《全宋词》）

［4］韩玉《卜算子》："杨柳绿成阴，初过寒食节。门掩金铺独自眠，那更逢寒夜。　强起立东风，惨惨梨花谢。何事王孙不早归，寂寞秋千月。"（唐圭璋编《全宋词》）

　　此篇以从北方来到南宋的辛弃疾与韩玉词为例，来说明他们的一些作品已开北曲四声通押的先声。比如辛弃疾《贺新郎》，"绿"属于"二沃"入声，而"路"属于"七遇"去声，"苦"属于"七麌"上声。《定风波·自和》中，"热"属于"九屑"入声，"夜"属于"二十二祃"去声。而韩玉的《贺新郎》中，"玉"、"曲"属于入声"二沃"，"注"属于"七遇"去声，"女"属于"六语"上声。《卜算子》中"夜"、"谢"属于"二十二祃"去声，"节"属于"九屑"入声，"月"属于"六月"入声。但是这些情况总的说来并不普遍，讲究四声，是词与曲的重要区别。

辛弃疾《贺新郎》写的是在长沙时送人归临安之作。上阕用了曹植《洛神赋》"凌波微步，罗袜生尘"的典故，写自己在湘江边送别友人。"樯燕"暗用了杜甫《发潭州》诗"岸花飞送客，樯燕语留人"的典故，写出了依依惜别之情。下阕写的是为了纪念舜的二妃，因为随舜从征，溺于湘江，化为神灵而建的黄陵祠。黄陵山在今湖南湘阴县北四十五里。湘娥即湘妃。结尾悬想朋友到达临安，赏花听曲。

第六十则(47)

稼轩中秋饮酒达旦，用《天问》体作送月词，调寄《木兰花慢》云："可怜今夕月，向何处、去悠悠。是别有人间，那边才见，光景东头。"[1]诗人想象，直悟说月轮绕地之事，与科学上密合，可谓神悟。（此词汲古阁刻《六十家词》失载。黄荛圃[2]所藏元大德本亦阙，后属顾涧苹[3]就汲古阁抄本中补之，今归聊城杨氏[4]海源阁，王半塘[5]四印斋所刻者是也。但汲古阁抄本与刻本不符，殊不可解，或子晋于刻词后始得抄本耳。）

[1] 辛弃疾《木兰花慢》(中秋饮酒，将旦，客谓前人诗词有赋待月，无送月者。因用《天问》体赋)："可怜今夕月，向何处、去悠悠。是别有人间，那边才见，光影东头。是天外、空汗漫，但长风、浩浩送中秋。飞镜无根谁系，嫦娥不嫁谁留。 谓经海底问无由。恍惚使人愁。怕万里长

鲸，纵横触破，玉殿琼楼。虾蟆故堪浴水，问云何、玉兔解沉浮。若道都齐无恙，云何渐渐如钩。"（吴企明校笺《辛弃疾词校笺》）

[２] 黄荛圃：黄丕烈（1763—1825），字绍武，号荛圃，江苏苏州人，清代藏书家、校勘家。

[３] 顾涧苹：顾广圻（1766—1835），字千里，号涧蘋，江苏元和（今苏州）人，清代校勘家、藏书家。

[４] 杨氏：杨以增（1787—1855），字益之，山东聊城人，清代著名藏书家，藏书楼名海源阁。

[５] 王半塘：王鹏运（1849—1904），字佑遐，号半塘、鹜翁，广西临桂（今属桂林）人，近代词人。

此则继续称赞辛弃疾送月词，认为神悟之处与现代科学密合。辛弃疾这首词模仿屈原《天问》，设想奇特，想落天外，确实在历代中秋咏月的诗词中有其独造之处。整首词都是以提问的方式来结构。上阕问月亮去悠悠到底去向何处？是不是另外还有一个世界，刚刚看到月亮在东边升起？又想到太空汗漫，长风浩荡，中秋夜就要过去。月亮无根，是谁把它系在天上？嫦娥未嫁，又是为谁留在月宫之中？下阕更加想入非非。月亮从海中升起，要是海底的巨鲸，把月宫中的琼楼玉宇撞坏了怎么办？月宫里的蛤蟆会游水，难道玉兔也会凫水？如果都没什么问题，为什么月亮又会一点点变成钩？

《初学记》引古本《淮南子》："羿请不死之药于西王母，羿妻姮娥窃之奔月。托身于月，是为蟾蜍，而为月精。"此词旁征博引，里面其实包含了很多的神话与典故。辛弃疾能够把它们编排在一起，而不让人觉得有堆砌之感，这当然是需要有大才力的。至于王国维认为这首词暗与科学相合，可能辛弃疾的本意并非如此。"坐地日行八万里"

（毛泽东《七律二首·送瘟神》）的道理，古人并不一定懂得。这首词主要的妙处还是在于想象力的丰富，以及对于历代有关月亮典故的化用。此外，王国维还对这首词的来历作了一些探究。告诉我们毛晋汲古阁刻《六十家词》中未收这篇作品。

第六十一则（删18）

　　谭复堂[1]《箧中词选》谓："蒋鹿潭[2]《水云楼词》与成容若[3]、项莲生[4]，二百年间分鼎三足。"然《水云楼词》小令颇有境界，长调唯存气格。《忆云词》亦精实有余，超逸不足，皆不足与容若比，然视皋文、止庵[5]辈，则偬乎远矣。

［1］谭献（1832—1901），字仲修，号复堂，浙江仁和（今杭州）人，近代词人、
　　　词论家。《箧中词》是谭献花费二十多年时间编选的一部清人词集。
［2］蒋春霖（1818—1868），字鹿潭，江苏江阴人，著有《水云楼词》。
［3］成容若：即纳兰性德（原名成德），纳兰为氏，性（成）为姓，德为名，容若
　　　为字。
［4］项鸿祚（1798—1835），原名继章，后改名廷纪，字莲生。钱塘（今浙江
　　　杭州）人。著有《忆云词甲乙丙丁稿》四卷，《补遗》一卷。
［5］止庵：即周济，晚号止庵，有《止庵词》。

　　此则对谭献《箧中词》卷五中清词三家鼎立之说发表自己的看法。原文是这样的："文字无大小，必有正变，必有家数。《水云楼词》固清商变徵之声，而流别甚正，家数颇大，与成容若、项莲生二百年

中,分鼎三足。咸丰兵事,天挺此才,为倚声家杜老。而晚唐两宋一唱
三叹之意,则已微矣。或曰:'何以与成项并论。'应之曰:'阮亭、葆酚
一流,为才人之词。宛邻、止庵一派,为学人之词。惟三家是词人之
词。与朱厉同工异曲,其他则旁流羽翼而已。'"(谭献《复堂词话》同)
谭献觉得三家中,蒋春霖为词中杜老,所以是排第一的。王国维对谭
献的观点表示不同意,认为纳兰性德才是最好的。又认为蒋春霖、项
鸿祚比张惠言、周济要强很多,所以此则仍然是在贬常州词派的创作
成就。

其实谭献在评价蒋春霖词时,已经把王渔洋等归为才人之词,周
济等归为学人之词,而认为蒋、成、项三家是词人之词,言下之意也是
最本色当行的。谭献认为蒋春霖的《水云楼词》,因为身遭咸丰年间
兵事,属于清商变徵,但仍然流别甚正。而王国维则更多肯定《水云
楼词》中的小令,认为颇有境界,而认为长调只有气格,说明还有所不
足。又认为项鸿祚的《忆云词》精实有余,超逸不足,也就是过于质实,
不够疏朗。王国维最欣赏的仍然是纳兰性德,认为他的词不但一往
情深,还自然清新。但是比起常州词派的学人之词,蒋、项还是要强
很多。既然已经推尊蒋、成、项为鼎足三人,那么等于承认三人的创
作成就是在常州词派之上。王国维还要再强调一下,其实不太有
必要。

第六十二则(31)

昭明太子[1]称陶渊明[2]诗"跌宕昭彰,独超众类,抑扬爽

朗，莫之与京"[3]。王无功[4]称薛收[5]赋"韵趣高奇，词义晦远，嵯峨萧瑟，真不可言"[6]。词中惜少此二种气象，前者唯东坡，后者唯白石略得一二耳。

［1］昭明太子：萧统（501—531），字德施，小字维摩，南兰陵（今江苏常州西北）人。南朝梁宗室、文学家，梁武帝萧衍长子，梁简文帝萧纲和梁元帝萧绎长兄，主持编撰《文选》，史称《昭明文选》。

［2］陶渊明：即陶潜（约365—427），字元亮，别号五柳先生，卒后私谥靖节，世称靖节先生。浔阳柴桑（今属江西九江市）人，有《陶渊明集》。

［3］萧统《陶渊明集序》："其文章不群，辞采精拔，跌宕昭彰，独超众类，抑扬爽朗，莫与之京。横素波而傍流，干青云而直上。"

［4］王无功：王绩（约589—644），字无功，号东皋子，绛州龙门（今山西河津西）人。唐代诗人。

［5］薛收：字伯褒，唐人。

［6］王绩《答冯子华处士书》："吾往见薛收《白牛溪赋》，韵趣高奇，词义旷远，嵯峨萧瑟，真不可言。壮哉！邈乎扬、班之俦也。高人姚义尝语吾曰：'薛生此文，不可多得，登太行、俯沧海，高深极矣。'"（《全唐文》卷一百三十一）

　　此则引梁昭明太子萧统《陶渊明集序》中的话，并认为陶诗的境界，只有苏轼可以达到。萧统原文是这样的："有疑陶渊明诗篇篇有酒。吾观其意不在酒，亦寄酒为迹者也。其文章不群，辞彩精拔，跌宕昭彰，独超众类，抑扬爽朗，莫之与京。横素波而傍流，干青云而直上。语时事则指而可想，论怀抱则旷而且真。加以贞志不休，安道苦节，不以躬耕为耻，不以无财为病，自非大贤笃志，与道污隆，孰能如此乎?"之所以"跌宕昭彰,独超众类,抑扬爽朗,莫之与京",这里面也包含了陶渊明的人品高尚,不愿意与当时黑暗的官场同流合污。此外他的趣味脱俗,思想意旨高远,性情真率,发为文字自然不同于流俗。王国维认为在词里面能够达到这种境界的,只有苏东坡。苏轼因为一生坚持自己的政治主张,不愿意曲学阿世,曾经三次被贬谪。尤其是晚年被贬到海南,生活艰苦,缺医少药,但他始终乐观坚定,甚至觉得这就像是一场公费旅游。

王绩是唐初诗人,文中子王通的弟弟,晚年躬耕于东皋山(今山西省河津县东皋村),自号"东皋子"。他在《答冯子华处士书》中,称赞薛收的《白牛溪赋》,并说:"吾近作《河渚独居赋》,为仲长先生所见,以为可与《白牛》连类,今亦写一本以相示,可与清溪诸贤共详之也。"这两篇赋在明代杨慎时就都已经读不到了。"韵趣高奇,词义晦远,嵯峨萧瑟,真不可言",王国维认为只有姜夔词能够得其一二,因为姜夔词讲究"清空"与"骚雅"。从此篇可以看出,王国维很注重把词与别的文体的审美特征作比较。这一方面有利于词从别的文体甚至别的艺术形式中汲取营养,另一方面艺术本来就是相通的,更说明了《人间词话》不仅仅是谈词,其实也是一部普遍谈论文学、艺术的美学著作。

第六十三则(32)

词之雅郑,在神不在貌。永叔、少游虽作艳语,终有品格。方之美成,便有贵妇人与倡伎之别。

　　此则谈论词的雅正与淫靡在于神理而不在于外表。欧阳修、秦观即使写艳词，仍有品格；与周邦彦的区别，一个就像是贵妇人，一个像是以歌舞杂戏娱人的女艺人。关于郑卫之音，《礼记·乐记》中记载："魏文侯问于子夏曰：'吾端冕而听古乐，则惟恐卧；听郑、卫之音，则不知倦。敢问古乐之如彼，何也？新乐之如此，何也？'"（《十三经注疏》）郑国和卫国地处今天的河南，靠近商朝的首都，属于当时的经济发达地区，所以民风相对浇薄，《诗经》中有不少弃妇题材的作品出于这些地区。音乐也更加通俗、流行，与古乐形成鲜明对照。

　　欧阳修是北宋著名的文学家，诗文革新运动的领导人，唐宋八大家之一。曾主修《新唐书》，并独撰《新五代史》。他桃李满天下，王安石、曾巩、苏洵、苏轼、苏辙都受过他的指导。称他为宋代的文学之父都不为过。词对于他来说，更像是情感的后花园，所以即使写艳词，也是偶一为之，能够把握得住分寸，而且自有风神。秦观是"苏门六君子"之一，元祐初，因苏轼荐，任太学博士，迁秘书省正字兼国史院编修官。也是学有根柢，诗文、书法兼善。而周邦彦更像是一个职业词人，王国维说他像倡伎，可能更多也是从过于职业化的角度来说的。刘熙载《艺概·词曲概》云："周美成词，或称其无美不备。余谓论词莫先于品。美成词信富艳精工，只是当不得一个'贞'字。是以士大夫不肯学之，学之则不知终日意萦何处矣。"周邦彦的艳词，是比较纯粹的艳词，不像欧阳修、秦观别有人生的怀抱与寄托。所以王国维认为，同为艳词，因为人格与境界不一样，仍有雅正之分。其实周邦彦被称为词中老杜，王国维后来写《清真先生遗事》，对于自己早年的观点多有修正。不过此则的论断，也自有其一些道理。

第六十四则

　　贺黄公裳[1]《皱水轩词筌》云:"张玉田《乐府指迷》[2]其调('调'字误,贺原文为'词')叶宫商,铺张藻绘抑亦可矣,至于风流蕴藉之事,真属茫茫。如啖官厨饭者,不知牲牢之外别有甘鲜也。"此语解颐[3]。

[1] 贺裳,字黄公,丹阳(今属江苏)人,清代康熙年间词人。著有《皱水轩词筌》等。

[2] 这里实际说的是张炎《词源》。

[3] 解颐:使人笑不能止。

　　此则借贺裳《皱水轩词筌》批评南宋张炎的《词源》。《词源》是一部有一定影响的词论专著。上卷论乐,包括五音、十二律等;下卷论作词要旨、技法,兼及词人品评,包括音谱、拍眼、制曲、句法、字面、虚字、清空、意趣、用事、咏物、节序、赋情、离情、令曲、杂论、五要十六篇。其论词主要受到姜夔影响,主张"清空":"词要清空,不要质实。清空则古雅峭拔,质实则凝涩晦昧。姜白石词如野云孤飞,去留无迹。吴梦窗词如七宝楼台,眩人眼目,碎拆下来,不成片段。此清空质实之说。"(《词话丛编》)又如论"意趣":"词以意趣为主,要不蹈袭前人语意。"在创作上,张炎的三百多首《山中白云词》也取得了相当高的成就。

　　至于为什么这里不称《词源》而称《乐府指迷》?咸丰年间伍崇曜

《〈词源〉跋》云:"原本上下分编,世传《乐府指迷》即其下卷。明陈仲醇续刊秘笈,妄析全书之半,删改总序一篇,袭用沈伯时《乐府指迷》之称,移甲就乙。由是《词源》之名,讹为子目。"因为明代书商做了手脚,使得清代人沿袭了错误。贺裳认为,张炎只懂音律宫商、铺张词藻,但是对于风流蕴藉,还没有入门。就像吃惯了按标准制作的工作餐的人不知道还有农家乐一样。王国维觉得这话说到了他的心坎上,所以忍俊不禁。

第六十五则

　　周保绪济《词辨》云:"玉田,近人所最尊奉,才情诣力亦不后诸人,终觉积谷作米、把揽放船,无开阔手段。"又云:"叔夏所以不及前人处,只在字句上著功夫,不肯换意。""近人喜学玉田,亦为修饰字句易,换意难。"

　　此则借周济《词辨》中的评论,继续批评张炎。其实周济的原文与王国维的引文并不完全一样:"玉田,近人所最尊奉。才情诣力亦不后诸人,终觉积谷作米、把缆放船,无开阔手段。然其清绝处,自不易到。玉田词佳者匹敌圣与,往往有似是而非处,不可不知。叔夏所以不及前人处,只在字句上著功夫,不肯换意。若其用意佳者,即字字珠辉玉映,不可指摘。近人喜学玉田,亦为修饰字句易,换意难。"这里"积谷作米"指积了很多的谷子来做米,"把缆放船"指把住缆绳来行船,都是用来形容张炎的才气不够大,境界不开阔。但其实又承认他的词有清绝处，不易到，王国维把这句漏掉了。又认为他的词佳者可以匹敌王沂孙（字圣与），之所以不如前人，是因为只在字句上下功夫，不肯换意。但是用意佳者则"字字珠辉玉映，不可指摘"这句，王国维又漏掉了。最后说近代人喜欢学习张炎，因为修饰字句容易，而要在立意上有所创新难。

第六十六则（删19）

词家时代之说，盛于国初。竹垞[1]谓：词至北宋而大，至南宋而深。[2]后此词人，群奉其说。然其中亦非无具眼者。周保绪曰："南宋下不犯北宋拙率之病，高不到北宋浑涵之诣。"又曰："北宋词多就景叙情，故珠圆玉润，四照玲珑。至稼轩、白石，一变而为即事叙景，使深者反浅，曲者反直。"[3]潘四农德舆[4]曰："词滥觞于唐，畅于五代，而意格之闳深曲挚，则莫盛于北宋。词之有北宋，犹诗之有盛唐。至南宋则稍衰矣。"[5]刘融斋熙载曰："北宋词用密亦疏，用隐亦亮，用沈亦快，用细亦阔，用精亦浑。南宋只是掉转过来。"[6]可知此事自有公论。虽止庵词颇浅薄，潘、刘尤甚；然其推尊北宋，则与明季云间诸公[7]同一卓识，不可废也。

[1] 朱彝尊（1629—1709），字锡鬯，号竹垞，别号金风亭长，秀水（今属浙江嘉兴）人。清朝词人、学者、藏书家。

［2］ 朱彝尊《词综·发凡》：“世人言词，必称北宋。然词至南宋始极其工，
　　　 至宋季而始极其变。”

［3］ 见周济《介存斋论词杂著》。

［4］ 潘德舆（1785—1839），字彦辅，号四农，江苏山阳（今淮安）人。有《养一
　　　 斋集》。

［5］ 出自潘德舆《养一斋集》卷二十二《与叶生名澧书》。

［6］ 出自刘熙载《艺概》卷四《词曲概》。

［7］ 云间诸公：明末词人陈子龙、宋徵舆、李雯合称“云间三子”，均为松江
　　　 （今属上海）人，松江旧称“云间”。

　　此则讨论北宋词与南宋词之不同，仍然是推尊北宋词，并对明末
云间派给予了很高的评价。先引浙派朱彝尊《词综》里面的观点，认
为清代词学风气转向学习南宋，与他有很大的关系。朱彝尊称“词至
南宋始极其工，至宋季而始极其变”，其实是有一定道理的。北宋的成
就在小令方面更加突出，南宋在长调方面又开拓出来很多新的写法，这
都是符合文学史的发展规律的。因为固守传统，必然因循模仿，难以出
新。宋诗与唐诗之间也是这样一个情况。问题是南宋词和北宋词到底
谁更高呢？王国维当然认为是北宋词更好，所以下面就开始列举诸家
之说，这些人都是他认为“具眼”的，也就是不盲从潮流的。

　　先是引了常州词派周济的观点。他对南宋词的批评主要是认为
没有北宋浑涵，也就是过于琐碎。另外他认为北宋词是就景叙情，情
感包涵在写景之中；南宋词如辛弃疾、姜夔，成了即事叙景，这样写景
成了为叙事点缀，词就不深沉、不委婉了。潘德舆的观点是认为词肇
始于唐，到了五代花间词形成一定规模，到北宋达到全盛，就像诗到
唐代达到全盛一样，至南宋其实已经开始走下坡路了。刘熙载认为

南宋词的特征是北宋词掉转过来，其实就是在说南宋词过密、过隐、过沈、过细、过精，也就是意象太密集、词旨太隐晦、曲调过于沉缓、境界过于细窄、写法过于精雕细琢不够浑厚的意思。这些观点都与朱彝尊不同，更为肯定北宋词。

王国维又认为，周济、潘德舆、刘熙载在创作上都不怎么样，流于浅薄，尤其是后两家更是如此。但是他们推尊北宋词这一点，是值得肯定的。又认为他们的卓识，与云间派是一脉相承的。王士祯《花草蒙拾》云："云间数公论诗拘格律，崇神韵，然拘于方幅，泥于时代，不免为识者所少。其于词，亦不欲涉南宋一笔，佳处在此，短处亦坐此。"（《王士祯全集》）从这些不同的评价当中，我们可以看出，近代激烈的南北宋词之争其实是两种不同的审美范式。我们今天的读者，应当可以用更加平和的心态来欣赏异量之美。

第六十七则（删 20）

唐五代、北宋之词，所谓"生香真色"[1]。若云间诸公，则彩花耳。湘真[2]且然，况其次也者乎[3]？

[1] 王士祯《花草蒙拾》："'生香真色人难学'，为'丹青女易描，真色人难学'所从出。千古诗文之诀，尽此七字。"（《王士祯全集》）

[2] 湘真：即陈子龙（1608—1647），字人中，又字卧子，号大樽，松江华亭（今属上海）人。词集有《湘真阁》《江蓠槛》两种，均佚，有辑本。

[3] 王士祯《花草蒙拾》："陈大樽诗首尾温丽，《湘真词》亦然。然不善学者，镂金雕琼，如土木被文绣耳。"（《王士祯全集》）

此则称唐五代、北宋词为"生香真色"，即有生命的活色真香。而认为云间派虽然论词得其要旨，但是在创作上只能称为"彩花"，即没有生命力的、模仿的赝品。云间派的代表人物是陈子龙，被誉为"明代第一词人"，尚且如此，更何况那些还不如他的其他人呢？陈子龙、宋徵舆、李雯合称"云间三子"，陈子龙《三子诗余序》云："诗余始于唐末，而婉畅秾逸，极于北宋。……夫《风》《骚》之旨，皆本言情，言情之作，必托于闺襜之际。代有新声，而想穷拟议。于是温厚之篇，含蓄之旨，未足以写哀而宣志也。思极于追琢，而纤刻之辞来；情深于柔靡，而婉娈之趣合；志溺于燕婧，而妍绮之境出；态趋于荡逸，而流畅之调生。是以镂裁至巧，而若出自然，警露已深，而意含未尽，虽曰小道，工之实难。"（《陈子龙全集》）从这篇序言中可以看出，陈子龙论词，注重北宋，推本《诗》《骚》，龙榆生先生编《近三百年名家词选》，把他放在第一个，可见对他的看重。但王国维仍然认为他创作和理论之间有差距，大概就和明代人写的唐诗一样，虽然神采飞扬，却总给人唐临晋帖的感觉。王国维在这里，没有给出具体的例子，但是他的论断和王士禛是一致的。

第六十八则（删 21）

《衍波词》之佳者，颇似贺方回。虽不及容若，要在锡鬯、其年[1]之上。

[1] 其年：陈维崧（1625—1682），字其年，号迦陵，宜兴（今属江苏）人。明末清初词人、骈文家，阳羡词派领袖。

此则评论王士禛《衍波词》，认为其佳者颇似贺铸，而贺铸是王国维认为在北宋中最次者，"非不华瞻，惜少真味"（第二十九则）。所以对于王士禛的评价，也是应该大致相同。又认为《衍波词》在清词中，虽然不如王国维心目中最好的纳兰容若，但比清初浙派的朱彝尊、阳羡词派的陈维崧都要来得强。王士禛是清代康熙年间神韵派的代表人物，王国维提倡的境界说，其实与神韵多有相通之处。王渔洋以余力为词，王国维总的来说对他的评价并不高，但仍然觉得他在朱、陈两人之上。这里面有着比较强烈的个人偏好，因为朱、陈在清代词坛其实也都是影响力巨大的人物。

唐允甲《〈衍波词〉序》是这样写的："词者，乐府之变也。小道云乎哉？悲慨用壮者，时邻于伧武；靡曼近俗者，或媲于俳优。两者交讥，求其工也难已。同盟王子贻上（士禛），文宗两汉，诗俪初、盛。束其鸿博淹雅之才，作为《花间》隽语。极哀艳之深情，穷倩盼之逸趣。其旖旎而秾丽者，则璟、煜、清照之遗也；其芊绵而俊爽者，则淮海、屯田之匹也。求之近代，即用修长于用博，元美妙于取境，未之或先。"将王士禛的词与南唐二主、李清照、秦观、柳永这些婉约派的大家相媲美，认为明代的杨慎、王世贞都很难超越。文学毕竟与科学不一样，有时要取得一个一致的观点是很困难的。这个序虽然有些溢美之词，但是作为神韵派的词学代表人物，王士禛与其《衍波词》在清词中还是有一席之地的。

第六十九则（删 22）

近人词如复堂词之深婉，彊村[1]词之隐秀，皆在吾家半塘翁上。彊村学梦窗而情味较梦窗反胜，盖有临川[2]、庐陵之高华，而济以白石之疏越者。学人之词，斯为极则。然古人自然神妙处，尚未梦见。

[1] 彊村：朱孝臧（1857—1931），一名祖谋，字古微，号彊村，浙江归安（今湖州）人。校刻有词集丛编《彊村丛书》。

[2] 临川：王安石（1021—1086），字介甫，号半山。抚州临川（今江西抚州）人。北宋时期的政治家、文学家、思想家、改革家。

上一则讨论了王渔洋的才人之词，这一则又讨论近代的学人之词。这里一共涉及三位人物，常州词派的谭献，晚清四大家中的朱孝臧与王鹏运。王国维认为谭献与朱孝臧都比王鹏运要写得更好。谭献好在深婉，也就是感情深沉不直露。比如他有一首《蝶恋花》："庭院深深人悄悄。埋怨鹦哥，错报韦郎到。压鬓钗梁金凤小，低头只是闲烦恼。　花发江南年正少。红袖高楼，争抵还乡好？遮断行人西去道，轻躯愿化车前草。"（龙榆生编选《近三百年名家词选》）这首词写一位女子对于所爱男子的相思，男子久候不至，可能是回乡去了。女子希望自己能够化为男子车前的芳草，一路伴随他归去。这位女子的痴情，也可以解读为个体对于理想的执着不舍。所以谭献的词，是当得起"深婉"这两个字的。

不过此则的重点更多是在评价朱孝臧，王国维认为他的词好在隐秀。《文心雕龙》有《隐秀》篇："隐也者，文外之重旨者也；秀也者，篇中之独拔者也。"大致意思是说他的词意旨深微，词句秀拔。王国维又接着说彊村词学习吴文英，但已经超越了梦窗，这大概是指他的一些长调。认为他有王安石、欧阳修的高华，以及姜夔的疏越，已经达到了学人之词的极则。许文雨《人间词话讲疏》称："高华谓其响高，疏越谓其余韵，兼济之者，则有激朗之音，复饶倡叹之情也。"陈三立《朱文直公墓志铭》也谓朱祖谋词："幽忧怨悱，沈抑绵邈，莫可端倪。太史迁释《离骚》，明其称文小而其指极大，举类迩而见义远，其志洁故其称物芳。固有旷百世与之冥会者，非可伪为也。"（《散原精舍文集》）评价极高。但王国维又说，彊村词于"古人自然神妙处，尚未梦见"，这句话几乎可以看作他对近代学人之词的最终定论。

第七十则（删 23）

宋直方[1]（按：稿本误作"尚木"）《蝶恋花》："新样罗衣浑弃却，犹寻旧日春衫著。"[2] 谭复堂《蝶恋花》："连理枝头侬与汝，千花百草从渠许。"[3] 可谓寄兴深微。

[1] 宋徵舆（1618—1667），字直方，松江华亭（今属上海）人。

[2] 宋徵舆《蝶恋花》："宝枕轻风秋梦薄。红敛双蛾，颠倒垂金雀。新样罗衣浑弃却，犹寻旧日春衫著。　偏自断肠花不落。人苦伤心，镜里颜非昨。曾误当初青女约，只今霜夜思量着。"（《幽兰草》卷下）

[3] 谭献《蝶恋花》："帐里迷离香似雾。不烬炉灰，酒醒闻余语。连理枝头侬与汝。千花百草从渠许。　莲子青青心独苦。一唱将离，日日风兼雨。豆蔻香残杨柳暮。当时人面无寻处。"（《谭献集》下《复堂词》）

此则论宋徵舆与谭献词，认为寄兴深微。原稿宋尚木，是宋徵璧，松江人。宋徵舆是宋徵璧的从弟，时人称为"大小宋"，王国维可能是一时误记。宋徵舆是云间三子之一，这里引用到的《蝶恋花》，龙榆生《近三百年名家词选》也有收录，谭献《箧中词》评为："悱恻忠厚"。这首词的佳处在于，表面上是在写闺情，但如果我们联系宋徵舆的出处，其实寄托了他的很多欲说还休的愧疚。"三子"在甲申、乙酉鼎革之际，子龙赴难殉身，李、宋改志仕清。这首词上阕写悲秋，女主人对于新样罗衣提不起精神来，心里面心心念念想着的是旧日春衫，其实正写出了作者身事两朝、进退维谷的矛盾心理。下阕自伤苟活于世，断肠之花不落，伤心之颜非昨。当年青女之约已经负却，只今唯有霜寒之夜耿耿难眠。李商隐《霜月》诗："青女素娥俱耐冷，月中霜里斗婵娟。"青女为传说中专司霜雪之神。"青女约"指相约如松柏之坚贞不屈。放不下的，仍然是对于前朝的感念，但一切都已经太晚了。这种情感应该是真实的，并不是在装腔作势。这首词确实可以当得起"寄兴深微"四个字。

谭献《蝶恋花》则是写出了一对相爱男女当初的矢志不移，香雾迷离，酒醒共语："连理枝头侬与汝。千花百草从渠许。"管它千花百草，男女主人公只想做连理枝头的侬汝。但是显然现实并没有如两人想的那样，"莲子青青心独苦"，最后还是因为各种原因分离了。当男主人公旧地重游之时，豆蔻香残，暗喻女子青春已过；人面不知何处去，只留下无尽的怅惘与叹息。王国维重视的是这首词中的余味，这里面有没有什么更深的寄托呢？这正是常州词派最重视的，可见王国维对于这一类的好词，也是首肯的，并非全部排斥。

第七十一则（删 24）

半唐（塘）《丁稿》和冯正中《鹊踏枝》十阕[1]，乃鹜翁词之最精者。"望远愁多休纵目"等阕，郁伊惝恍，令人不能为怀。《定稿》只存六阕[2]，殊为未允。

[1] 王鹏运《鹊踏枝》（冯正中《鹊踏枝》十四阕，郁抑惝恍，义兼比兴，蒙嗜诵焉。春日端居，依次属和。就均成词，无关寄托，而章句尤为凌杂。忆云生云："不为无益之事，何以遣有涯之生？"三复前言，我怀如揭矣。时光绪丙申（1896）三月二十八日。录十）：

其一

落蕊残阳红片片。懊恨比邻，尽日流莺转。似雪杨花吹又散。东风无力将春限。

慵把香罗裁便面。换到轻衫，欢意垂垂浅。襟上泪痕犹隐见。笛声催按梁州遍。

其二

斜日危阑凝伫久。问讯花枝，可是年时旧？浓睡朝朝如中酒。谁怜梦里人消瘦。

香阁帘栊烟阁柳。片霎氤氲，不信寻常有。休遣歌筵回舞袖。好怀珍重春三后。

其三

谱到阳关声欲裂。亭短亭长，杨柳那堪折。挑菜湔裙春事歇。带罗羞指同心结。

千里孤光同皓月。画角吹残，风外还呜咽。有限坠欢真忍说。伤生第一生离别。

其四

风荡春云罗衫薄。难得轻阴，芳事休闲却。几日啼鹃花又落。绿笺莫忘深深约。

老去吟情浑寂寞。细雨檐花，空忆灯前酌。隔院玉箫声乍作。眼前何物供哀乐？

其五

漫说目成心便许。无据杨花，风里频来去。怅望朱楼难寄语。伤春谁念司勋误？

枉把游丝牵弱缕。几片闲云，迷却相思路。锦帐珠帘歌舞处。旧欢新恨思量否？

其六

昼日恹恹惊夜短。片霎欢娱，那惜千金换。燕睨莺鞿春不管。敢辞弦索为君断？

隐隐轻雷闻隔岸。暮雨朝霞，咫尺迷云汉。独对舞衣思旧伴。龙山极目烟尘满。

其七

望远愁多休纵目。步绕珍丛，看笋将成竹。晓露暗垂珠簏簌。芳林一带如新浴。

檐外春山森碧玉。梦里骖鸾，记过清湘曲。自定新弦移雁足。弦声未抵归心促。

其八

谁遣春韶随水去？醉倒芳尊，望却朝和暮。换尽大堤芳草路。倡条都是相思树。

蜡烛有心灯解语。泪尽唇焦，此恨消沈否？坐对东风怜弱絮。萍飘后日知何处？

其九

对酒肯教欢意尽？醉醒恹恹，无那饮春困。锦字双行笺别恨。泪珠界破残妆粉。

轻燕受风飞远近。消息谁传，盼断乌衣信。曲几无憀闲自隐。镜奁心事孤鸾鬓。

其十

几见花飞能上树。难系流光，枉费垂杨缕。筝雁斜飞排锦柱。只伊不解将春去。

漫诩心情黏地絮。容易飘飏，那不惊风雨。倚遍阑干谁与语？思量有恨无人处。

（原刻本《半塘丁稿》之《鹜翁集》）

［2］《半塘定稿》中删去了其三、其六、其七、其九共四阕。

此则讨论王鹏运词之佳处。认为他和冯延巳《鹊踏枝》的十阕词，是集中最好的作品。不知道为什么定稿删去了四首？实属不妥。王国维称鹜翁词"郁伊惝恍"，其实这也是王鹏运在《鹊踏枝》的小序里面，用来称赞冯延巳的话。"郁伊"带有郁结的意思，"惝恍"带有惆怅的意思。"忆云"这里指项廷纪。这些词作于 1896 年 3 月，正是清廷甲午（1894）战败与戊戌（1898）变法之间，王鹏运的词中经常有忧国伤时之叹，虽然序中说"无关寄托"，但是实情恐怕并非完全如此。

第一首写春恨。上阕写残阳之中，落红片片，令人伤感。却恨邻居家的流莺，还在那里叫个不停。杨花迷蒙，似雪飞舞，东风无力，眼看着春天就要结束。夏天就要来了，却无心去裁制团扇。就算换上轻衫，心情也好不起来。衣袖上的旧日泪痕还隐约可见，闲来无事，且把那悲凉的《梁州曲》再来演奏一遍。《梁州曲》，也有论者认为其实就是《凉州曲》，声调悲壮，多用于表现边塞军旅。虽然王鹏运一再强调，这些词只是用来消遣，并无深意，但显然里面有着对于晚清时局的忧虑、悲愤与无奈。

我们再来看一下王国维所引的"望远愁多休纵目"，属于第七阕，也是在定稿中被删去的一首。王国维认为这些词读后"令人不能为怀"，就是久久不能释怀，可见感人至深。上阕写因为心情愁闷，连望远都不敢了，怕勾起伤心的情绪。赏花遣怀，看到冬笋已经长成翠竹。早起晨露暗垂欲滴，树林就好像刚刚出浴一样。下阕写思乡之情。门外春山青翠，在梦里骑着仙鸾，好像又来到了家乡桂林那里的湘江。还是弹上一曲古筝来寄托愁思吧，但那急促的弦声哪里比得上归心似箭？

第七十二则（删25）

固哉，皋文之为词也！飞卿《菩萨蛮》[1]、永叔《蝶恋花》[2]、子瞻《卜算子》[3]，皆兴到之作，有何命意？皆被皋文深文罗织。阮亭《花草蒙拾》谓："坡公命宫磨蝎[4]，生前为王珪、舒亶[5]辈所苦，身后又硬受此差排。"由今观之，受差排者，独一坡公已耶？

[1] 温庭筠《菩萨蛮》："小山重叠金明灭，鬓云欲度香腮雪。懒起画蛾眉，弄妆梳洗迟。　照花前后镜，花面交相映。新帖绣罗襦，双双金鹧

鹄。"（《花间词》）张惠言《词选》评云："此感士不遇也。篇法仿佛《长门赋》，而用节节逆叙。此章从梦晓后领起，'懒起'二字，含后文情事。'照花'四句，《离骚》'初服'之意。"

［2］应为冯延巳《鹊踏枝》。张惠言《词选》作欧阳修词，并评云："'庭院深深'，闺中既以邃远也。'楼高不见'，哲王又不寤也。'章台游冶'，小人之径。'雨横风狂'，政令暴急也。'乱红飞去'，斥逐者非一人而已，殆为韩（琦）、范（仲淹）作乎？"

［3］苏轼《卜算子·黄州定慧园寓居作》："缺月挂疏桐，漏断人初静。谁见幽人独往来，缥缈孤鸿影。　惊起却回头，有恨无人省。拣尽寒枝不肯栖，寂寞沙洲冷。"张惠言《词选》评云："此东坡在黄州作。鲖阳居士云：'缺月'，刺明微也。'漏断'，暗时也。'幽人'，不得志也。'独往来'，无助也。'惊鸿'，贤人不安也。'回头'，爱君不忘也。'无人省'，君不察也。'拣尽寒枝不肯栖'，不偷安于高位也。'寂寞沙洲冷'，非所安也。此词与《考槃》诗极相似。"

［4］命宫磨蝎：命运多舛。磨蝎，星宿名。

［5］王珪、舒亶：指"乌台诗案"时，对苏轼的诗歌深文罗织、断章取义的那些人。宋朋九万《乌台诗案》所收《监察御史里行舒亶札子》称苏轼："陛下发钱本以业贫民，则曰'赢得儿童语音好，一年强半在城中'；陛下明法以课试群吏，则曰'读书万卷不读律，致君尧舜知无术'；陛下兴水利，则曰'东海若知明主意，应教斥卤变桑田'；陛下谨盐禁，则曰'岂是闻韶解忘味，尔来三月食无盐'。其它触物即事，应口所言，无一不以讥谤为主。"

此篇讥刺常州词派张惠言的解词方式。固哉，就是顽固不化的意思，是《孟子》中孟子用来嘲笑高叟解诗的话。张惠言解词注重比兴，引《说文解字》中"意内而言外谓之词"，注重词中更加深微的寄托与内涵。比如温庭筠的《菩萨蛮》，写的是闺怨。上阕写一名衣着华丽的女子眉山紧蹙，额黄明灭，鬓发散乱，掠过雪白的腮尖。因为心爱的人不在身边，早起连妆都没心情化。下阕写女子簪花，两面镜子交相辉映，看到镜中自己美丽的容颜。刺绣罗襦，准备开始一天的女工。偏偏画样是成双成对的金鹧鸪，怎不令人又生烦恼之情？张惠言认为，这首词中温庭筠是在感慨自己无人赏识，仕途蹭蹬。就像陈阿娇请司马相如写《长门赋》一样，里面其实包含了很多的哀怨。而下阕"照花"四句，又如屈原《离骚》中"进不入以离尤兮，退将复修吾初服"一样，既然我的进言君王不能采纳，我反而还因此遭到罪责，那我只好退居草野，重新修饰我当初的衣服。这样来解读这些香艳题材的花间词，当然是提升了词的品格，但是王国维觉得有点过度阐释了。

　　又比如苏轼的《卜算子·黄州定慧园寓居作》，张惠言引了宋代鲖阳居士的解说，至少说明他对此是比较首肯的。这首词作于苏轼因"乌台诗案"被贬黄州之时，写出了贬谪期间内心的痛苦。但这首词同时又写得很超脱，黄庭坚《跋东坡乐府》评这首词："语意高妙，似非吃烟火食人语，非胸中有万卷书，笔下无一点尘俗气，孰能至此！"（《豫章黄先生文集》）全词把自己比喻作一只孤鸿，在夜半人静之时，独来独往。内心的痛苦无人可以倾诉，却仍然要展翅高飞，不肯作一刻的停留。鲖阳居士的解说过于附会，其实也有一些道理。但如果这样解诗，诗歌就成了灯谜，所以受到了王渔洋的嘲笑。舒亶"乌台诗案"罗织苏轼，认为"赢得儿童语音好，一年强半在城中"是在诽谤新法，因为青苗法推行后，并没有给农民带来什么实惠，年轻人拿到了银子就去城里花掉，除了学会一些城里的话音以外，到了年底等待他们的其实是加息偿还,有的甚至只好卖田。"岂是闻韶解忘味,尔来三月食无盐",是在讽刺盐禁。苏轼喜欢在诗中表达自己内心的真实想法,而不愿意放在肚子里,这些都成了政敌的把柄,这其实就是宋代的"文字狱"。苏轼因此入狱,差点丢掉性命。张惠言又说这首词"与《考槃》诗极相似",《考槃》出自《诗经·卫风》,是一首赞美隐居生活的诗,张惠言认为苏轼的《卜算子》里的幽人,也有着《考槃》诗中隐者独善其身的情怀。谭献在《复堂词话》中,对张惠言表示声援:"皋文《词选》以《考槃》为比,其言非河汉也。此亦鄙人所谓:作者未必然,读者何必不然。"(《词话丛编》)只要把握好阐释的尺度,常州词派的比兴说词还是有其一定道理的。

第七十三则(48)

周介存谓:"梅溪词中,喜用'偷'字,足以定其品格。"[1]刘融斋谓:"周旨荡而史意贪。"[2]此二语令人解颐。

[1] 见周济《介存斋论词杂著》。史达祖词中喜用"偷"字,如《绮罗春·春雨》:"做冷欺花,将烟困柳,千里偷催春暮。尽日冥迷,愁里欲飞还住。惊粉重、蝶宿西园,喜泥润、燕归南浦。最妨它、佳约风流,钿车不到杜陵路。 沉沉江上望极,还被春潮晚急,难寻官渡。隐约遥峰,和泪谢娘眉妩。临断岸、新绿生时,是落红、带愁流处。记当日、门掩梨花,剪灯深夜语。"又如《东风第一枝·春雪》:"巧沁兰心,偷黏草甲,东风欲障新暖。漫凝碧瓦难留,信知暮寒轻浅。行天入镜,做弄出、轻松纤软。料故园、不卷重帘,误了乍来双燕。 青未了、柳回白眼。红欲

断、杏开素面。旧游忆著山阴，后盟遂妨上苑。寒炉重暖，便放慢、春
衫针线。恐凤鞋、挑菜归来，万一灞桥相见。"（唐圭璋等编《唐宋词鉴
赏辞典》）

［2］刘熙载《艺概·词曲概》："周美成词，或称其无美不备。余谓论词莫先
于品。美成词信富艳精工，只是当不得个'贞'字。是以士大夫不肯学
之，学之则不知终日意萦何处矣。周美成律最精审，史邦卿句最警炼，
然未得为君子之词者，周旨荡而史意贪也。"

　　此则讨论史达祖《梅溪词》的评价问题。因为史达祖的人品存在
一些问题，曾经在执政韩侂胄的府中任"省吏"，颇得倚重。而韩在元
人编的《宋史》中被定为"奸臣"，因为主张北伐，最后遭遇失败，被称为
"无谋浪战"（罗大经《鹤林玉露》）。再加上《梅溪词》中确实喜用"偷"
字，总计有十多处。所以周济在《介存斋论词杂著》，就用"偷"来形容
他的词品。原文是这样的："梅溪甚有心思，而用笔多涉尖巧，非大方
家数，所谓一钩勒即薄者。梅溪词中，喜用'偷'字，足以定其品格矣。"
这里的"偷"，带有不大方的意思，因为史达祖喜欢写咏物词，其中不
少在艺术上还是很有特色的。周济认为一勾勒，词就变薄了，少了浑
涵之气。这里所说的"偷"字，还有对梅溪人格上的影射，这大概就是
王国维觉得好笑的原因了。

　　刘熙载《艺概》中，把史达祖和周邦彦放在一起评述。说周邦彦
的词旨放荡，大概是因为他经常喜欢写一些赠妓应歌之作有关系。
又说梅溪词贪，大概与史达祖的词工于刻画，尽态极妍有关系。这
又不得不让人联想到史的人品，有记载说他在得到韩侂胄的重用
后，"公受贿赂，共为奸利"，那确实是比较贪。那么史的词品与人品
之间，到底有没有关系呢？这又是让王国维觉得开心与好笑的

地方。

史达祖还是留下了不少名作的。比如《绮罗春·春雨》，"做冷欺花，将烟困柳，千里偷催春暮"，写春雨的冷让花朵畏惧；春雨的细像烟雾把柳树围困；春雨润物细无声，哪怕千里之广，也能暗中偷催黄昏到来。短短一行，用了那么多的动词与意象，确实是有点"贪"。又如《东风第一枝·春雪》，也是不即不离，绘影绘神。"巧沁兰心，偷黏草甲，东风欲障新暖"，写春雪沁入兰心，还偷偷地粘上草尖，好像要把春风与新暖都隔断一样。用意和用词都很尖新，但是不够大气。王国维一定是觉得他的词还是有可取之处的，所以才会评论。但肯定不是他心目中的理想型。

第七十四则（删 26）

贺黄公谓："姜论史词，不称其'软语商量'，而称（按原文作"赏"）其'柳昏花暝'，固知不免项羽学兵法之恨。"[1]然"柳昏花暝"[2]自是欧、秦辈吐属。吾从白石，不能附和黄公矣。

[1] 出自贺裳《皱水轩词诠》（《词话丛编》）。

[2] 出自史达祖《双双燕·咏燕》："过春社了，度帘幕中间，去年尘冷。差池欲住，试入旧巢相并。还相雕梁藻井，又软语商量不定。飘然快拂花梢，翠尾分开红影。　芳径，芹泥雨润。爱贴地争飞，竞夸轻俊。红楼归晚，看足柳昏花暝。应自栖香正稳，便忘了、天涯芳信。愁损翠黛双蛾，日日画栏独凭。"（唐圭璋等编《唐宋词鉴赏辞典》）

此则讨论史达祖《双双燕·咏燕》，这是史达祖的名篇，但到底好在哪里呢？姜夔和贺裳的意见不一样，王国维同意姜夔，不赞同贺裳。姜夔对史词的称赞，见黄昇《中兴以来绝妙词选》："尧章极称其'柳昏花暝'之句。"贺裳认为"软语商量"更好，觉得姜夔称赞"柳昏花暝"，就像是项羽学兵法。据《史记·项羽本纪》："项籍少时，学书不成，去学剑，又不成。项梁怒之。籍曰：'书足以记名姓而已。剑一人敌，不足学，学万人敌。'于是项梁乃教籍兵法，籍大喜，略知其意，又不肯竟学。"贺裳的意思大致是说姜夔有点像项羽一样好大喜功，却不肯学一些最基本的东西。

这是一首咏物词。上阕写春分前后，春社刚了，燕子从南方归来。美丽而又轻盈的身姿，成双成对在空中飞来飞去，打算重新入住去年的旧窝。但是主意又没有完全打定，不免轻声呢喃，相互商量。之后在花丛中，张开剪刀一样的翠尾，开始忙碌起来。下阕写花园中的芳径被细雨沾湿，燕子们享受着春天的快乐时光，贴地争飞，比赛谁更轻盈谁更漂亮。白天尽情地嬉戏，直到傍晚昏黑，柳树鲜花都看不清了，才心满意足地回到红楼。很快进入了甜美的梦乡，却早已忘记，要给远在天涯的人捎信的正事。结句写女主人公愁损翠眉，每天都在画栏前等待心上人的音讯。此词之妙，一在体物之工，比如描写燕子的轻俊，贴地争飞。"软语商量不定"，也正是写出了春燕活泼可爱的情态。但这只是属于描摹工整，并没有什么特别的寄托。二在结句从写景转到抒怀，转得很跌宕，又很自然。属于愁绝人才能想得出来的话语。"柳昏花暝"既是描写夜景，也写出了女主人公灰暗的心情。这种写法，是欧阳修、秦观经常喜欢使用的，所以王国维在此处赞同姜夔，觉得"柳昏花暝"比"软语商量"更好，因为读者可以从这几句景物描写中，感受到一种生命的沉痛。前面都是在写乐景，结句转为写哀，两相对照，效果加倍，更让人觉得这首词的精彩。

第七十五则（38）

咏物之词，自以东坡《水龙吟》咏杨花为最工，邦卿《双双燕》次之。白石《暗香》《疏影》[1]格调虽高，然无片语道着。视古人"江边一树垂垂发"[2]、"竹外一枝斜更好"[3]、"疏影横斜水清浅"[4]等句作何如耶？（按："格调虽高"后，有已删之"而境界极浅，情味索然。而古今均视为名作，自玉田推为绝唱[5]，后世遂无敢议之者，不可解也。试读林君复、梅圣（原误作"舜"）俞春草诸词，工拙何如耶？"）

[1] 姜夔《暗香》《疏影》，题作："辛亥之冬，予载雪诣石湖。止既月，授简索句，且征新声，作此两曲。石湖把玩不已，使工妓隶习之，音节谐婉，乃名之曰《暗香》《疏影》。"《暗香·仙吕宫》："旧时月色，算几番照我，梅边吹笛？唤起玉人，不管清寒与攀摘。何逊而今渐老，都忘却、春风词笔。但怪得、竹外疏花，香冷入瑶席。　　江国，正寂寂。叹寄与路遥，夜雪初积。翠尊易泣，红萼无言耿相忆。长记曾携手处，千树压、西湖寒碧。又片片吹尽也，几时见得？"

《疏影》："苔枝缀玉，有翠禽小小，枝上同宿。客里相逢，篱角黄昏，无言自倚修竹。昭君不惯胡沙远，但暗忆江南江北。想佩环、月夜归来，化作此花幽独。　　犹记深宫旧事，那人正睡里，飞近蛾绿。莫似春风，不管盈盈，早与安排金屋。还教一片随波去，又却怨、玉龙哀曲。

等怎时、重觅幽香，已入小窗横幅。"（唐圭璋等编《唐宋词鉴赏辞典》）

［2］杜甫《和裴迪登蜀州东亭送客逢早梅相忆见寄》："东阁官梅动诗兴，还
　　　如何逊在扬州。此时对雪遥相忆，送客逢春可自由。幸不折来伤岁
　　　暮，若为看去乱乡愁。江边一树垂垂发，朝夕催人自白头。"（仇兆鳌
　　　《杜诗详注》）

［3］苏轼《和秦太虚梅花》："西湖处士骨应槁，只有此诗君压倒。东坡先生
　　　心已灰，为爱君诗被花恼。多情立马待黄昏，残雪消迟月出早。江头
　　　千树春欲暗，竹外一枝斜更好。孤山山下醉眠处，点缀裙腰纷不扫。
　　　万里春随逐客来，十年花送佳人老。去年花开我已病，今年对花还草
　　　草。不知风雨卷春归，收拾余香还畀昊。"（缪钺等编《宋诗鉴赏辞典》）

［4］林逋《山园小梅》："众芳摇落独暄妍，占尽风情向小园。疏影横斜水清
　　　浅，暗香浮动月黄昏。霜禽欲下先偷眼，粉蝶如知合断魂。幸有微吟
　　　可相狎，不须檀板共金樽。"（缪钺等编《宋诗鉴赏辞典》）

［5］张炎《词源》卷下："诗之赋梅，惟和靖一联而已。世非无诗，不能与之
　　　齐驱耳。词之赋梅，惟姜白石《暗香》《疏影》二曲，前无古人，后无来
　　　者，自立新意，真为绝唱。太白云：'眼前有景道不得，崔颢题诗在上
　　　头。'诚哉是言也。"

　　　此则论咏物词，认为苏轼《水龙吟》咏杨花为最工，史达祖《双双
燕》次之；而姜夔的《暗香》《疏影》，虽然张炎《词源》中评价极高，认为
是咏梅词中的绝唱，王国维也承认格调很高，但还是觉得作为咏物
词，是"无片语道着"，也就是说并不工整。并与古人"江边一树垂垂
发""竹外一枝斜更好""疏影横斜水清浅"等句作比较，通行本中无"竹
外一枝斜更好""疏影横斜水清浅"，说明重点在杜甫的"江边一树垂
垂发"。原稿中还与林逋、梅尧臣的咏草词作比较，认为姜夔咏梅词

"境界极浅，情味索然"，后来出版时此句删掉了，可能是自觉有点过于苛刻。但这也提示我们王国维对姜夔咏物词之所以评价不高，还是觉得他不能做到形神兼备，而且缺少境界与情味。对此，不少研究者是不同意的。

姜夔《暗香》《疏影》作于光宗绍熙二年（1191）冬，作者在雪天应邀去退休隐居在苏州石湖的范成大别墅处作客。这两首词是一个整体，姜夔精通音律，所以能够自度新曲。《暗香》侧重于抒发个人情怀，《疏影》则隐隐有家国之忧在里面，这两种题材在姜夔词中都是比较常见的，合并在一起就是"骚雅"。即既注重艺术性，但在思想性方面，也不失其正。《暗香》一词，夏承焘先生认为，也有可能是在怀合肥女子（《姜白石词编年笺注》）。上阕先用月色、吹笛来烘托氛围，"旧时"两字，把读者带到了过去的回忆场景。作者与自己心爱之人，一起在月下，不顾清寒攀摘梅花。如今诗人已老，再写不出当年那些优美的词句。只是感到竹外梅花，虽然稀疏，但是清香从寒风中飘来，不免让人诗兴又起。下阕借梅花写相忆之情，情绪转入消沉。诗人感慨江天寂寥，寄与路遥。夜雪之中，翠绿的酒杯都好像在流泪，赤红的花萼伤感无言，都沉浸在相思之中。又想起当年在西湖边，两人曾经携手，共赏千树梅花，多么壮丽。回忆是那么美好，如今却只能眼看着花瓣片片在风中吹落，也不知何时能够再次相见。

《疏影》用了很多与女性相关的典故，用她们来映衬梅花，赋予梅花以人的品格。分别是：赵师雄罗浮山遇仙女，与之对酌，早上醒来，是一棵大梅花树；杜甫《佳人》诗"绝代有佳人，幽居在空谷。自云良家子，零落依草木。……摘花不插发，采柏动盈掬。天寒翠袖薄，日暮倚修竹"；王昭君的典故，主要是参照杜甫《咏怀古迹》五首之三；寿阳公主"梅花妆"事以及汉武帝"金屋藏娇"事。郑文焯校《白石道人歌曲》中认为："此盖伤心二帝蒙尘，诸后妃相从北辕，沦落胡地，故以昭君托验，发言哀断。"杜甫的"江边一树垂垂发"主要是好在饱含真情，但姜夔的咏梅词也自有一种言外之韵致，王国维一笔抹杀还是失之过偏。

第七十六则(39)

白石写景之作，如"二十四桥仍在，波心荡、冷月无声"[1]、"数峰清苦，商略黄昏雨"[2]、"高树晚蝉，说西风消息"[3]，虽格韵高绝，然如雾里看花，终隔一层。梅溪、梦窗诸家写景之病，皆在一"隔"字。北宋风流，渡江遂绝。抑真有运会存乎其间耶？

[1] 姜夔《扬州慢·中吕宫》(淳熙丙申至日，予过维扬。夜雪初霁，荠麦弥望。入其城，则四顾萧条，寒水自碧。暮色渐起，戍角悲吟。予怀怆然，感慨今昔，因自度此曲。千岩老人以为有黍离之悲也。)："淮左名都，竹西佳处，解鞍少驻初程。过春风十里，尽荠麦青青。自胡马、窥江去后，废池乔木，犹厌言兵。渐黄昏清角，吹寒都在空城。杜郎俊赏，算而今、重到须惊。纵豆蔻词工，青楼梦好，难赋深情。二十四桥仍在，波心荡、冷月无声。念桥边红药，年年知为谁生？"(唐圭璋等编《唐宋词鉴赏辞典》)

[2] 姜夔《点绛唇》(丁未冬过吴松作)："燕雁无心，太湖西畔随云去。数峰清苦，商略黄昏雨。　第四桥边，拟共天随住。今何许？凭栏怀古，残

柳参差舞。"（唐圭璋等编《唐宋词鉴赏辞典》）

[3]姜夔《惜红衣》，参第二十则注3。

此则论姜夔词写景之作，"虽格韵高绝，然如雾里看花，终隔一层"。又认为史达祖、吴文英写景的缺点都是在"隔"，认为南宋词不如北宋，与南渡以后的气数也就是政治有关。但其实姜夔的《扬州慢》《点绛唇》都堪称名作，王国维所谓的"隔"，在一些学者眼里，正是南宋词的妙处所在。以一种固定的眼光去衡量所有作品，不肯作丝毫的妥协，在后代学者眼里，比较缺少说服力。

《扬州慢》作于姜夔青年时代，宋孝宗淳熙三年（1176）冬至。作者在小序里，描写了雪霁之后，战后残破扬州的萧杀景象。千岩老人萧德藻认为有"黍离之悲"，《黍离》出自《诗经·王风》，写"周大夫行役，至于宗周，过故宗庙宫室，尽为禾黍。"（《毛诗序》）感慨周室颠覆，心中感到难过，抒发的是一种故国之思。上阕写昔日的名都，作者偶然路过，一片战后的残破景象。清角吹寒，使用了通感的手法，好像号声让人感到更加寒冷一样。下阕用"杜郎俊赏"来衬托昔日的繁华景象。"二十四桥仍在，波心荡、冷月无声"，唐圭璋先生认为："极写扬州乱后凄凉境界，令人感伤，何尝有隔？"（《评〈人间词话〉》）结句又回到眼前，悬想明年芍药花开，如此空城，物是人非，又有谁能够欣赏？增加了情感的强度，但也许这样的表达，在王国维看来过于克制，不过瘾，所以仍然觉得隔。

《点绛唇》作于淳熙十四年（1187）冬天，姜夔往返于湖州、苏州之间时，吴松即今苏州市吴江区。上阕"燕雁无心"，既点明季节，同时大雁也是姜夔最心仪的晚唐吴松隐逸诗人陆龟蒙所喜欢使用的意象。而姜夔江湖漂泊，身世也与燕雁相同，但并不消沉，而是能够淡然处之。"太湖西畔随云去"，境界阔大淡远。"数峰清苦，商略黄昏雨"，唐圭璋先生认为："写云山幽静，万籁俱寂境界。'清苦''商略'，皆从山容云意体会出来，极细极妙，亦不能谓之为隔。"下阕"天随"是陆龟蒙自号，有随顺天然之意。结句自问自答，在苍茫的大地上，诗人何为？凭栏吊古，看残柳随风乱舞，人生的意义尽在此中。这是姜夔最具代表性的传神之作，王国维的批评难以服众。

第七十七则（40）

问"隔"与"不隔"之别，曰：渊明之诗不隔，韦、柳[1]则稍隔矣。东坡之诗不隔，山谷则稍隔矣。"池塘生春草"[2]、"空梁落燕泥"[3]等句，妙处唯在不隔。词亦如是。即以一人一词论，如欧阳公《少年游》咏春草上半阕"阑干十二独凭春，晴碧远连云。二月三月，千里万里，行色苦愁人"，语语都在目前，便是不隔；至云"谢家池上，江淹浦畔"则隔矣。白石《翠楼吟》"此地。宜有词仙，拥素云黄鹤，与君游戏。玉梯凝望久，叹芳草、萋萋千里"[4]便是不隔；至"酒祓清愁，花消英气"则隔矣。然南宋词虽不隔处，比之前人自有深浅厚薄之别。

[1] 柳：柳宗元（773—819），字子厚，祖籍河东解（今山西运城西）人。
[2] 谢灵运《登池上楼》："潜虬媚幽姿，飞鸿响远音。薄霄愧云浮，栖川怍渊沉。进德智所拙，退耕力不任。徇禄反穷海，卧痾对空林。衾枕昧

节候，褰开暂窥临。倾耳聆波澜，举目眺岖嵚。初景革绪风，新阳改故阴。池塘生春草，园柳变鸣禽。祁祁伤豳歌，萋萋感楚吟。索居易永久，离群难处心。持操岂独古，无闷征在今。"（《文选》）

［3］薛道衡《昔昔盐》："垂柳覆金堤，蘼芜叶复齐。水溢芙蓉沼，花飞桃李蹊。采桑秦氏女，织锦窦家妻。关山别荡子，风月守空闺。恒敛千金笑，长垂双玉啼。盘龙随镜隐，彩凤逐帷低。飞魂同夜鹊，倦寝忆晨鸡。暗牖悬蛛网，空梁落燕泥。前年过代北，今岁往辽西。一去无消息，那能惜马蹄。"（逯钦立辑校《先秦汉魏晋南北朝诗》）

［4］姜夔《翠楼吟》（淳熙丙午冬，武昌安远楼成，与刘去非诸友落之，度曲见志。予去武昌十年，故人有泊舟鹦鹉洲者，闻小姬歌此词，问之，颇能道其事，还吴为予言之；兴怀昔游，且伤今之离索也。）："月冷龙沙，尘清虎落，今年汉酺初赐。新翻胡部曲，听毡幕、元戎歌吹。层楼高峙。看槛曲萦红，檐牙飞翠。人姝丽。粉香吹下，夜寒风细。　　此地。宜有词仙，拥素云黄鹤，与君游戏。玉梯凝望久，叹芳草、萋萋千里。天涯情味。仗酒祓清愁，花销英气。西山外。晚来还卷，一帘秋霁。"（唐圭璋等编《唐宋词鉴赏辞典》）

此则通行本文字略有出入。"渊明之诗不隔，韦、柳则稍隔矣"，通行本作"陶、谢之诗不隔，延年则稍隔矣"。又，原稿眉端尚有已删之："以一人之词论，如白石咏蟋蟀'露湿铜铺，苔侵石井，都是曾听伊处'，便是不隔。"可能在发表时，觉得说韦、柳隔有点不妥，所以改成了颜延年。《南史·颜延之传》："延之尝问鲍照己与灵运优劣。照曰：'谢五言如初发芙蓉，自然可爱。君诗若铺锦列绣，亦雕缋满眼。'"颜延之诗因为过于雕琢，所以陈金错彩，但缺少自然之致。东坡不隔，山谷隔，因为黄庭坚"江西诗派"讲求"点铁成金""夺胎换骨"。惠洪《冷斋夜话》卷一："山谷云：诗意无穷，而人之才有限；以有限之才，追无穷之意，虽渊明、少陵，不得工也。然不易其意而造其语，谓之换骨法；窥入其意而形容之，谓之夺胎法。"总之，都是在古人的作品里讨生活，甚至要"无一字无来处"（黄庭坚《答洪驹父书》）。这样写出来的诗句当然都很有书卷气，但有时不免白日见鬼，明明眼前是青山绿水，跳出来的却都是些与古人相关的文字或典故。

　　谢灵运《登池上楼》写出了他被贬为永嘉太守时的矛盾心情。既不能如飞鸿冲天，建功立业；又不能如潜虬安稳，退耕林园。独处海隅，卧病不起。开窗临眺，才发现节气已经转移。波涛之声入耳，远山也映入眼帘。春风拂面，冬气消散。诗人的心情也随之好转起来。看青草生于池塘，柳树上的鸣禽也已经变了模样。但想到自己目前的境况，禁不住又要消沉起来。最后用《周易》中的"遁世无闷"来作自我宽慰之语。薛道衡《昔昔盐》是一首闺怨题材的乐府诗，"空梁落燕泥"写出了门庭的冷落，以及思妇凄凉悲苦的内心世界。这些诗句因为情感真挚，富有生机，描摹入神，体物入微，所以王国维认为都是不隔的。

　　至于欧阳修的《少年游》写春草，上半阕因为形象鲜明，富于画面感，用"二月三月，千里万里"写出了春草与离愁的连绵不断，所以不隔。下半阕因为用典，"谢家池上，江淹浦畔"，不能给人以直观的触动，所以隔。"语语都在目前"，原稿最初作"语语可以直观"，从中可以看出王国维的思考过程。姜夔《翠楼吟》写自己十年前在武昌作的一首曲，十年后朋友告诉他仍然有歌女在那里传唱，引发了他对于自己离索的感伤。上半阕回忆当时建楼的背景与盛况，下半阕写身世飘零，"玉梯凝望久，叹芳草、萋萋千里"，因为能够用形象来说话，所以不隔。"酒袚清愁，花消英气"，因为又转入抽象，其实也是好诗句，但王国维就认为隔。饶宗颐先生认为："予谓'美人如花隔云端'，不特未损其美，反益彰其美，故'隔'不足为词之病。"欣赏异量之美，可谓见仁见智。

第七十八则(29)

少游词境最为凄婉。至"可堪孤馆闭春寒，杜鹃声里斜阳暮"，则变而凄厉矣。东坡赏其后二语[1]，犹为皮相。

[1] 胡仔《苕溪渔隐丛话》引惠洪《冷斋夜话》："少游到郴州，作长短句云（下引《踏莎行》全文）。东坡绝爱其尾两句，自书于扇，曰：'少游已矣，虽万人何赎！'"

此则讨论秦观《踏莎行》的评价问题。这首词作于秦观贬谪时期，此前由于新旧党争，他已经先后被贬杭州通判，监处州酒税，这次贬徙郴州，则被削去所有官爵与俸禄，心情之悲苦可想而知。"雾失楼台，月迷津渡，桃源望断无寻处"，正反映出了看不到前途的迷惘心情。"可堪孤馆闭春寒，杜鹃声里斜阳暮"，写出了自己在春寒料峭的傍晚，独处旅舍，夕阳西下，杜鹃鸟一声声地在叫着"不如归去"，思乡之情油然而生，让人难以为怀。王国维欣赏这两句，认为不仅凄婉，甚至可以说是凄厉了。

"驿寄梅花，鱼传尺素，砌成此恨无重数"，下阕写与友人书信往还，却益增思乡怀旧之情。结句"郴江幸自绕郴山，为谁流下潇湘去"，正是苏轼最欣赏的。这两句字面看似简单，但含义却颇为曲折。郴江绕郴山，暗喻诗人对于朝廷的忠诚，一片爱国用世之心；但是他不能为人理解，甚至被卷入政治斗争的漩涡之中。就像眼前的郴江一样，虽然想环绕郴山，最后却不得不向下游流去。这种非常曲折委婉的哀怨，正是秦观作为一个优秀词人的词心所在。而王国维说苏轼是皮相之见，看法未免有些偏执。

第七十九则(9)

　　严沧浪[1]《诗话》曰："盛唐诸公，唯在兴趣。羚羊挂角，无迹可求。故其妙处，透澈（当作'彻'）玲珑，不可凑拍（当作'泊'）。如空中之音、相中之色、水中之影（当作'月'）、镜中之象，言有尽而意无穷。"[2]余谓：北宋以前之词，亦复如是。然沧浪所谓"兴趣"，阮亭所谓"神韵"，犹不过道其面目，不若鄙人拈出"境界"二字，为探其本也。

[1]　严羽，字丹丘，一字仪卿，自号沧浪逋客，世称严沧浪。邵武（今属福建）人。

[2]　严羽《沧浪诗话·诗辨》："夫诗有别材，非关书也；诗有别趣，非关理也。然非多读书、多穷理，则不能极其至。所谓不涉理路、不落言筌者，上也。诗者，吟咏情性也。盛唐诸人，惟在兴趣。羚羊挂角，无迹可求。故其妙处，透彻玲珑，不可凑泊。如空中之音、相中之色、水中之月、镜中之象，言有尽而意无穷。"

此则讨论严羽《沧浪诗话》，并认为他的"兴趣"说，王士禛的"神韵"说，都比不上自己提出的"境界"说。《沧浪诗话·诗辨》中说，作诗需要特别的才能，不是光靠多读书就能达到的；需要特别的趣味，不是光靠说理能够解决的。但是读书、穷理也是十分重要的，不读书、穷理，诗就不能写到极致。最好的诗歌需要不涉理路，不落言筌，即超越于语言与逻辑思考之上。诗歌，首先是用来吟咏性情的。盛唐诗的好处，主要在于注重兴趣，即兴象与趣味。一首好的诗，需要像羚羊晚上睡觉时，把角挂在树上一样，别的动物无法发现它们的踪迹；作诗也是这样，要找不到用力的痕迹。所以到了最妙处，透彻玲珑，不可凑近止泊，用心去思考求索它是什么。就好像空中的声音，相中的颜色，水里的月亮，镜中的景象，好的诗歌应该言有尽而意无穷。王国维认为，北宋以前的词，好在哪里，也可以用这些论述去理解。也就是注重兴象趣味，不是专靠书卷、说理，而是更多发抒内心的情性，像水晶一样玲珑剔透，无迹可求。还要给人无穷的回味。如果用西方古典音乐来形容，那么莫扎特的那些充满童真、欢乐与哀伤的钢琴协奏曲，也许可以庶几近之。

王士禛的"神韵"说，集中体现在他晚年所编的《唐贤三昧集》中。他在《〈唐贤三昧集〉序》里，除了引述严羽"盛唐诸公"那段话以外，还加上了"司空表圣论诗亦云：'妙在酸咸之外。'"说明神韵说与司空图、严羽的诗学有着极大的联系。在《香祖笔记》中，王士禛说："表圣论诗，有二十四品，予最喜'不着一字，尽得风流'八字；又云'采采流水，蓬蓬远春'，二语形容诗境亦绝妙，正与戴容州'蓝田日暖，良玉生烟'八字同旨。"以上大致可以看出王士禛的论诗宗旨。那么"境界"说到底比"兴趣"说、"神韵"说要高明在哪里呢？主要还是在于能够兼顾到主体与客体，而且涉及生命美学。"兴趣"说和"神韵"说并不是毫无价值，只是"境界"说在吸收前两种理论的基础上又有所发展。

第八十则(41)

"生年不满百，常怀千岁忧。昼短苦夜长，何不秉烛游?"[1]"服食求神仙，多为药所误。不如饮美酒，被服纨与素。"[2]写情如此，方为不隔。"采菊东篱下，悠然见南山。山气日夕佳，飞鸟相与还。""天似穹庐，笼盖四野。天苍苍，野茫茫，风吹草低见牛羊。"[3]写景如此，方为不隔。

[1]《古诗十九首》第十五："生年不满百，常怀千岁忧。昼短苦夜长，何不秉烛游。为乐当及时，何能待来兹。愚者爱惜费，但为后世嗤。仙人王子乔，难可与等期。"(《文选》)

[2]《古诗十九首》第十三："驱车上东门，遥望郭北墓。白杨何萧萧，松柏夹广路。下有陈死人，杳杳即长暮。潜寐黄泉下，千载永不寤。浩浩阴阳移，年命如朝露。人生忽如寄，寿无金石固。万岁更相送，圣贤莫能度。服食求神仙，多为药所误。不如饮美酒，被服纨与素。"(《文选》)

[3]斛律金《敕勒歌》："敕勒川，阴山下。天似穹庐，笼盖四野。天苍苍。野茫茫。风吹草低见牛羊。"(逯钦立辑校《先秦汉魏晋南北朝诗》)

本则引《古诗十九首》来说明写情的不隔，又引陶渊明诗与《敕勒歌》，来说明写景的不隔。《古诗十九首》出于《文选》，一般认为是东汉末年下层文人所作。第十五首写的是人生苦短，需要及时行乐。想得太多没有必要，最好能把晚上的时间也利用起来游乐。有的人生活节俭吝啬，作者觉得这会遭人耻笑。有的人想要求仙不死，也是痴心妄想。太子晋，姬姓，名晋，字子乔，生于洛邑（今河南省洛阳市），为周灵王之子。《列仙传·王子乔》："王子乔者，周灵王太子晋也。好吹笙作凤凰鸣，游伊洛间，道士浮丘公接以上嵩高山。三十余年，后求之于山上，见桓良，曰：'告我家，七月七日，待我于缑氏山巅'。至时，果乘白鹤驻山头。望之不得到，举手谢时人，数日而去。"这首诗传达的思想虽然立意不高，但情感是真实的，所以不隔。

第十三首表达的思情情感大致相同，只是情感更消极，对比更强烈。洛阳北面的邙山，是历代帝王贵胄、显赫人物趋之若鹜的葬地。作者来到城北，只见白杨萧萧，松柏夹路。想到地下埋着那么多逝者，人死就像长眠，再无醒来之日。宇宙浩渺，年命却如朝露般短暂。人只是天地间的过客，在世的时间还比不上金石。一代人送走一代人，更相迭替，就算圣贤也无法逃脱。那些服食想要长生求仙的，最终结局是死得更快。不如趁还活着的时候，穿着绫罗绸缎，多喝一些美酒吧。这首诗因为写得沉痛，抒发对于死亡的真实恐惧，所以也不隔。

陶渊明《饮酒》诗第五首，见第三十三则。景与意融，以无心出之，王国维认为写景不隔。《敕勒歌》是一首翻译文学，一般认为作者是北齐斛律金。这首歌音调激昂，具有鲜明的游牧民族色彩。敕勒川，即敕勒民族居住处，在今山西、内蒙古一带。敕勒人生活的土地，就在雄伟的大阴山旁。视野开阔，一望无际。放眼看去，天空就和蒙古包一样，笼罩在草原之上。青天苍苍，大地茫茫，风吹草低，显露出远处大片的牛羊。这首诗历代都受到好评。明胡应麟《诗薮·内编》卷三："金武人，目不知书，此歌成于信口，咸谓宿根。不知此歌之妙，正在不能文者，以无意发之，所以浑朴莽苍，暗合前古。"斛律金是武人，并不精通文墨，所以此诗之佳，正在于出语天然，无文人雕饰做作之弊病。

第八十一则（删27）

"池塘春草谢家春，万古千秋五字新。传语闭门陈正字[1]，可怜无补费精神。"此遗山[2]《论诗绝句》也。梦窗、玉田辈，当不乐闻此语。

[1] 陈师道（1053—1101），字履常，一字无己，号后山居士，徐州彭城（今江苏徐州）人，曾官秘书省正字。黄庭坚《病起荆江亭即事十首》（之八）："闭门觅字陈无己"。

[2] 元好问（1190—1257），字裕之，号遗山，秀容（今山西忻州）人。金代文学家，有《论诗三十首》，此则所引为第29首。

原稿"梦窗"前有"美成、白石"四字，后又删去，大概觉得不妥。此则讨论元好问《论诗三十首》中的第二十九首，诗中称赞谢灵运的"池塘生春草"，是历经万古千秋而不会磨灭的佳句。宋代吴可的《学诗诗》其三中，也有"春草池塘一句子，惊天动地至今传"的赞誉。（郭绍虞主编《中国历代文论选》）此句之妙，在于纯任自然，没有雕琢之功。叶梦得《石林诗话》："'池塘生春草，园柳变鸣禽'，世多不解此语为工，盖欲以奇求之耳。此语之工，正在无所用意，猝然与景相遇，借以成章，不假绳削，故非常情所能到。"（何文焕辑《历代诗话》）这样一种直观、自然的审美风尚正是王国维所欣赏的。

元诗又以陈师道作为一个反面例子。黄庭坚《病起荆江亭即事十首》（之八）原诗是这样的："闭门觅句陈无己，对客挥毫秦少游。正字不知温饱未，西风吹泪古藤州。"（钱锺书选注《宋诗选注》）陈师道作诗重苦吟，据说写诗时关上窗户，连猫儿狗儿都要撵出去（马端临《文献通考》）。所任秘书省正字，是秘书省中一个负责处理日常事务的小官，所以生活也经常面临穷困。元好问认为，这样是写不出好诗来的，只是徒然浪费精神。王国维补充说，吴文英、张炎的情况与此类似。所以此则仍然重在贬低南宋词不能纯任自然，缺少生命感发的力量。

第八十二则（64）

白仁甫《秋夜梧桐雨》剧，奇思壮采，为元曲冠冕。然其词干枯质实，但有稼轩之貌而神理索然。曲家不能为词，犹词家之不能为诗，读永叔、少游诗可悟。

"奇思壮采"，通行本作"沈雄悲壮"。"然其词干枯质实"以下，通行本作："然所作《天籁词》，粗浅之甚，不足为稼轩奴隶。岂创者易工，而因者难巧欤？抑人各有能与不能也？读者观欧、秦之诗远不如词，足透此中消息。"此则先是盛赞白朴《秋夜梧桐雨》杂剧奇思壮采，为元曲之冠。该剧写唐明皇与杨贵妃的爱情故事，题目取白居易《长恨歌》诗句："春风桃李花开夜，秋雨梧桐叶落时。"曲词优美，具有很强的抒情性。但王国维接下来话锋一转，开始批评白朴的《天籁词》，认为只是学习到辛弃疾的外貌，而内容干枯质实，神理索然。其实《天籁词》在《四库全书》中有著录，《提要》称其"清隽婉逸，意惬韵谐，可与张炎《玉田词》相匹。"所以王国维认为粗浅。

通行本中接着又说"创者易工""因者难巧"。意思是北宋词发展到南宋张炎、元代白朴，就无可奈何地必然走向衰落了。因为到了元代，已经是曲的时代，无法勉强挽回。王国维又认为诗歌发展到了北宋，欧阳修、秦观都是以词见长，而诗不如词；除了诗歌已经走向衰落，还有一种可能是每个人都有自己的长项，不可能全部都擅长。比如秦观曾作有一首《春日》诗："一夕轻雷落万丝，霁光浮瓦碧参差。有情芍药含春泪，无力蔷薇卧晓枝。"写出了春天夜间雷雨过后，早起花园里草木的姿态。此诗后两句状物生动，但微嫌纤弱，所以金代的元好问在《论诗绝句》中称这是"女郎诗"："'一夕轻雷落万丝，霁光浮瓦碧参差'。拈出退之《山石》句，始知渠是女郎诗。"认为《春日》诗如果和韩愈的七古《山石》相比的话，力量差得太远。这里反映出来一个问题，即传统观念中，诗是比词更加高级的文体。词中可以用诗的技法，比如苏轼"以诗为词"是破体；但诗如果写得像词，那就是第二流的作品了。至于欧阳修的诗歌是不是一定写得不如词呢？其实他的诗歌写得还是很有特色的。就算他的诗歌比词稍微差一点，但是像苏东坡、黄庭坚的诗词都写得很好，似乎不能一概称"词家之不能为诗"。

第八十三则（删 28）

朱子[1]《清邃阁论诗》[2]谓："古人有句，今人诗更无句，只是一直说将去。这般一日作百首也得。"余谓北宋之词有句，南宋以后便无句，如玉田、草窗之词，所谓"一日作百首也得"者也。

[1] 朱熹（1130—1200），字元晦，号晦庵，晚称晦翁，徽州婺源（今属江西）人，南宋理学家。

[2]《清邃阁论诗》：载《朱子语录》卷一百四十。

此则讨论朱熹的《清邃阁论诗》，清邃阁是朱熹的书斋名。朱熹原文与王国维的引文略有出入，"古人"后有"诗中"二字，"这般"后有"诗"字。朱熹在王国维引用的话后，还有一段："如陈简斋诗：'乱云交翠壁，细雨湿青松'；'暖日薰杨柳，浓阴醉海棠'，他是什么句法！"朱熹称赞陈与义的诗句法好。"乱云交翠壁"出自《岸帻》，全诗如下："岸帻立清晓，山头生薄阴。乱云交翠壁，细雨湿青林。时改客心动，鸟鸣春意深。穷乡百不理，时得一闲吟。"（《全宋诗》）"暖日薰杨柳"出自《放慵》，全诗如下："暖日薰杨柳，浓春醉海棠。放慵真有味，应俗苦相妨。宦拙从人笑，交疏得自藏。云移稳扶杖，燕坐独焚香。""岸帻"就是推起头巾，露出前额。形容态度洒脱，或衣着简率不拘。"乱云交翠壁，细雨湿青松"写出了诗人虽身处穷乡，但闲吟自若的潇洒之情。"放慵"是疏懒的意思，"暖日薰杨柳，浓阴醉海棠"写出了初春诗人醉心

于大好春光，懒于结交权贵，诗书自适的不俗情怀。这些句子都能够
为全诗增彩，提升了作品的境界。既可以认为是一种秀句，也可以认
为是点睛之笔。王国维借题发挥，认为北宋词有句，南宋词无句，尤
其是张炎、周密词，这其实并不客观。南宋词好句也有很多，包括张
炎、周密词。

第八十四则（删 29）

　　朱子谓："梅圣俞诗不是平淡，而是枯槁。"[1]余谓草窗、
玉田之词亦然。

［1］《朱子语类》卷一百三十九。

　　此则继续就《朱子语类》，讨论梅尧臣诗与南宋词。《朱子语类》原
文是这样的："欧公大段推许梅圣俞所注《孙子》，看得来如何得似杜
牧注底好？以此见欧公有不公处。或曰：'圣俞长於诗。'曰：'诗亦不
得谓之好。'或曰：'其诗亦平淡。'曰：'他不是平淡，乃是枯槁。'"梅尧
臣是欧阳修的好朋友，所以欧阳修对他总是赞赏有加。这里谈的是
赞赏他注的《孙子》，当然更多是赞扬梅尧臣的诗歌。比如欧阳修《六
一诗话》中，称赞苏舜钦与梅尧臣："子美笔力豪隽，以超迈横绝为奇；
圣俞覃思精微，以深远闲淡为意，各极其长。"宋诗注重平淡美，梅尧
臣是开创者。梅诗的好处，即使朱熹也是承认的。如《朱子语类》卷一
百四十："本朝杨大年虽巧。然巧之中犹有混成底意思，便巧得来不
觉。及至欧公，早渐渐要说出来。然欧公诗自好，所以他喜梅圣俞诗，

盖枯淡中有意思。"可见梅诗是淡而有味，并不是完全地枯槁。

《朱子语类》中批评梅尧臣诗，也有给出具体的例子的。如卷一百四十："择之云：'欧公好梅圣俞诗，然圣俞诗也多有未成就处。'曰："圣俞诗不好底多。如《河豚诗》，当时诸公说道恁地好，据某看来，只似个上门骂人底诗；只似脱了衣裳，上人门骂人父一般，初无深远底意思。'"《河豚诗》的全名叫《范饶州坐中客语食河豚鱼》，这是一首五古，前四句是这样的："春洲生荻芽，春岸飞杨花。河豚当是时，贵不数鱼虾。"此诗《六一诗话》评价极高："河豚常出于春暮，群游水上，食絮而肥。南人多与荻芽为羹，云最美。故知诗者谓只破题两句，已道尽河豚好处。圣俞平生苦于吟咏，以闲远古淡为意，故其构思极艰。此诗作于樽俎之间，笔力雄赡，顷刻而成，遂为绝唱。"第五句到结束因为都是在写河豚之丑、之毒，南方人的拼死吃河豚，怪怪奇奇，属于以丑为美的宋诗开创写法，所以朱熹觉得无法接受。此则的重点是被王国维拿来批评周密、张炎，南宋词与北宋词本来就属于两种不同的审美范型，正如宋诗之于唐诗。

第八十五则（删 30）

"自怜诗酒瘦，难应接、许多春色"[1]，"能几番游，看花又是明年"[2]，此等语亦算警句耶？乃值如许费力！

[1] 史达祖《喜迁莺》："月波疑滴。望玉壶天近，了无尘隔。翠眼圈花，冰丝织练，黄道宝光相直。自怜诗酒瘦，难应接、许多春色。最无赖，是随香趁烛，曾伴狂客。　　踪迹。漫记忆。老了杜郎，忍听东风笛。柳

院灯疏,梅厅雪在,谁与细倾春碧。旧情拘未定,犹自学、当年游历。
怕万一,误玉人、夜寒帘隙。"(《梅溪词》)

[2] 张炎《高阳台·西湖春感》:"接叶巢莺,平波卷絮,断桥斜日归船。能
几番游,看花又是明年。东风且伴蔷薇住,到蔷薇、春已堪怜。更凄
然。万绿西泠,一抹荒烟。　　　当年燕子知何处,但苔深韦曲,草暗斜
川。见说新愁,如今也到鸥边。无心再续笙歌梦,掩重门、浅醉闲眠。
莫开帘,怕见飞花,怕听啼鹃。"(唐圭璋等编《唐宋词鉴赏辞典》)

　　此则仍然是讨论史达祖、张炎词的评价问题。元代陆辅之《词
旨》中,有《警句九十二则》,其中包含了史达祖《喜迁莺》中的"自怜诗
酒瘦,难应接、许多春色";以及《乐笑翁警句凡十三则》,其中包含了张
炎《高阳台·西湖春感》中的"见说新愁,如今也到鸥边"(《词话丛
编》)。王国维认为这些词句都写得很费力,不够自然,称不上警句。
所以此则仍然是在批评南宋词。

　　《喜迁莺》写的是元宵节怀人。上阕写月轮清澈,各种花灯琳琅
满目,灯光与月光交相辉映。如果大好美景,诗人却在感伤自己形单
影只。岁月催人老,再美的景光好像都已经与自己无关了。只能作
诗饮酒遣怀,日渐消瘦。回忆自己青春时节的美好时光,那时的元宵
节,呼朋唤友,随香趁烛,有美人相伴,是多么快活。下阕继续回忆年
轻时的风流往事,情绪更加低落。想起柳园梅厅,听笛品酒。结尾强
打精神,想要重拾旧欢。更加反衬出心情的落寞与凄凉。

　　《高阳台·西湖春感》写的是张炎在南宋灭亡后重游西湖,所以
充满了亡国之痛。上阕写春天的美丽景色。黄莺筑巢,碧浪卷絮。面
对如此的良辰美景,作者想到的却是:一切都已经结束了,再次与春
天相遇只有等待明年了。心情陡然跌落。只有蔷薇花儿还在那里开

放，预示着春天即将结束。向远方看去，但见西泠桥边，一抹荒烟。下阕继续写故国之思，用燕子来过渡。韦曲本指长安城南的世家大族居住的地方，斜川这里指西湖边文人雅士的聚集之地。如今都长满了青草和深苔。甚至连湖面的白鸥，也生出了新愁。旧日的承平生活已经一去不复返，不如闭起重门，饮酒闲眠。帘外的景色不忍直视，飞花也好，啼鹃也好，都只会勾起诗人伤心的往事来。平心而论，这两首词在艺术上都还是很有特色的。

第八十六则（删31）

　　文文山[1]词，风骨甚高，亦有境界，远在圣与[2]、叔夏、公谨诸公之上。亦如明初诚意伯[3]词，非季迪[4]、孟载[5]诸人所敢望也。

[1] 文天祥（1236—1283），原名云孙，字宋瑞，一字履善，号文山，吉水（今江西吉安）人。抗元名臣，民族英雄。

[2] 王沂孙，字圣与，号碧山，又号中仙，南宋会稽（今浙江绍兴）人。

[3] 刘基（1311—1375），字伯温，封诚意伯，青田（今属浙江）人。明初开国功臣。

[4] 高启（1336—1374），字季迪，自号青丘子，长洲（今江苏苏州）人。明代诗人。

[5] 杨基（1326—1378），字孟载，号眉庵，原籍嘉州（今四川乐山）人，生于吴县（今属江苏苏州）。明代文学家。

此则论南宋名臣文天祥词,认为其风骨、境界都甚高,在王沂孙、张炎、周密之上。又论明代刘基词,认为在高启、杨基之上。文天祥是抗元名臣,民族英雄。《全宋词》中收他作品一共才十余首。这些词都写得慷慨激昂,正气凛然。忠君爱国的思想,千载之下,犹能给后人以激励。这种生命境界,当然是一般舞文弄墨、寻章摘句的词人无法相比的。此则又提出"风骨"的概念,来自《文心雕龙·风骨》篇:"是以怊怅述情,必始乎风;沉吟铺辞,莫先于骨。故辞之待骨,如体之树骸;情之含风,犹形之包气。"关于"风骨"的确切内涵,学界有很多争议。郭绍虞《中国文学批评史》中说:"骨在说得精,风在说得畅。""风"更多是一种感动人的力量,偏重于思想情感;"骨"更多是语言表达的质朴劲健。王国维对于豪杰之士所创作的文学有一种偏爱,应该是受到了他们的人格与生命的感染。刘熙载《艺概·词曲概》云:"文文山词,有'风雨如晦,鸡鸣不已'之意,不知者以为变声,其实乃变之正也。故词当合其人之境地以观之。"对于文天祥词持肯定态度的,晚清除了刘熙载外,还有陈廷焯等。但是否一定就要排到王沂孙等人的前面,至少在后来众多文学史的写作上,其实并没有体现出来。

此则还对明词有所讨论,对于刘基的《写情集》评价较高。叶蕃在序言中这样评他的词:"或愤其言之不听,或郁乎志之弗舒,感四时景物,托风月情怀,皆所以写其忧世拯民之心,故名之曰《写情集》。釐为四卷。其辞藻绚烂,慷慨激烈,盎然而春温,肃然而秋清,靡不得其情怀之正焉。"把他和高启、杨基比较,主要是用来衬托文天祥词高于王、张、周等人。

第八十七则（删32）

和凝[1]《长命女》词："天欲晓。宫漏穿花声缭绕。窗里星光少。　冷霞寒侵帐额，残月光沉树杪。梦断锦闱空悄悄。强起愁眉小。"此词前半，不减夏英公《喜迁莺》[2]也。此词见《乐府雅词》[3]，《历代诗余》[4]选之。（此条原已删去，"《乐府雅词》"原稿误作"《乐府解词》"。）

[1] 和凝(898—955)，字成绩，郓州须昌（今山东东平西北）人。五代十国时期宰相、文学家。

[2] 夏竦《喜迁莺》见第三则注[5]。

[3] 《乐府雅词》：南宋曾慥编，实为南渡诸家词的最早选本。

[4] 《历代诗余》：一名《钦定历代诗余》，乃康熙四十六年(1707)命侍读学士沈辰垣等编定。

此则讨论和凝《长命女》词，王国维认为前半可与夏竦《喜迁莺》相提并论。和凝是五代时候的词人，历仕后梁、后唐、后晋、后汉、后周五朝，在后晋时担任过六年宰相（中书侍郎、同平章事），长于短歌艳曲，其词作被王国维辑为《红叶稿》。《长命女》收于其中，题名为《薄命女》。这首词比较别致的地方在于抓住了清晨天欲拂晓时候的宫内场景。上阕主要是写景，拂晓时分，女主人公已经醒来，听到宫漏之声穿花缭绕，天还没有放亮，只有很少的星光透窗而入。孤寂的情怀可以让人感触得到。下阕情景交融。冷雾带着寒气爬上了帐额，残

月的光芒也即将消散。梦中醒来的女主人公，感慨自己形单影只，无
人陪伴。强打精神起床，发现因为过度忧虑，眉头紧蹙，连自己的眉
毛都看上去变小了。作为一首宫体题材的五代词作，这首词写得还
是很有特色的，开创出一种过渡时期的风格。王国维尤其欣赏上阕，
可能是因为写景境界的阔大。

　　夏竦在北宋朝也曾经位极人臣，做到宰相。虽然他因为排挤范
仲淹等直臣，人品有争议，但王国维这里主要注重的还是他作词方面
的才能。《喜迁莺》是一首写宫内生活的应制词。秋天的一个晚上，真
宗在宫廷内宴乐，兴致勃勃，忽然宣召夏竦填词。这首词更多是描写
夜晚景色和宫中场面，颇能体现皇家气派。上阕交代时间、地点，晚
霞已经散去，纤月西沉，宫中的未央楼内却仍是一片歌舞升平景象。
夜凉如水，星汉灿烂，好一派清秋景象。下阕描写宫内景象。欢宴通
宵达旦，曙光微露，金盘承露。宫殿内香雾萦绕。大宋天子在三千珠
翠的簇拥之下，正在建于水上的宫殿内，唱《凉州曲》。虽然是应制之
词，写得颇有气势。

第八十八则（删33）

　　宋《李希声诗话》曰：“唐人作诗，正以风调高古为主。
虽意远语疏，皆为佳作。后人有切近的当、气格凡下者，终
使人可憎。”[1]余谓北宋词亦不妨疏远。若梅溪以降，正所谓
“切近的当、气格凡下”者也。

［1］李錞,字希声,豫章(今江西南昌)人。此段见于宋魏庆之《诗人玉屑》
卷十,又见于郭绍虞《宋诗话辑佚》卷下,"唐人"应为"古人"。

　　此则引《李希声诗话》,以古人与今人诗的优劣,来比照北宋词与
南宋词的高下。李錞官至秘书丞,与米芾为友,与徐俯、潘邠老同时,
生活时代大约在北宋末至南宋初。他是江西诗派人物,论诗注重"不
俗"。这里强调的是作诗要风调高古,那样即便意远语疏,仍然是佳
作。也就是说,作诗不要把精力都放在对语言的雕琢上,而要注重立
意高古,气格道上。而近代那些诗人,有的写景、咏物虽然切近的当,
但因为气格凡下,终究令人觉得生厌,没有生气。所谓气格,指的是
作诗者的胸襟与格调,也就是王国维经常提到的人生境界。北宋词
与南宋词的差别也可从此悟入。作诗文先要学习做人。北宋词因为
作家大多既是诗人,又是词家,还能作文,在政治出处上也都可圈可
点,所以哪怕有些作品在立意或造语上略嫌疏远,也不害为佳作。史
达祖以后的那些词人,虽然作词新巧,但因为在人生境界上首先输了
一等,依草附木,随人作计,缺乏独立的精神与人格,王国维认为面目
可憎。

第八十九则

　　《提要》[1]:"王明清《挥麈录》[2]载曾布[3]所作《冯燕歌》,
已成套数,与词律殊途。"毛西河[4]《词话》谓:赵德麟令畤[5]
作《商调鼓子词》谱《西厢》传奇,为杂剧之祖。然《乐府雅

词》卷首所载秦少游、晁补之、郑彦能（名仅）[6]《调笑转踏》，
首有致语[7]，末有放队[8]，每调之前有口号诗，甚似曲本体
例。无名氏《九张机》[9]亦然。至董颖[10]《道宫薄媚》大曲咏
西子事，凡十只曲，皆平仄通押，则竟是套曲。此可与《弦索
西厢》[11]同为曲家之筚路[12]。曾氏置诸《雅词》卷首，所以别
之于词也。颖字仲达，绍兴[13]初人，从汪彦章[14]、徐师川[15]
游，彦章为作《字说》。见《书录解题》[16]。（此则原已删去）

[1] 这里指《四库全书总目提要·钦定曲谱》。

[2] 王明清，字仲言，颍州汝阴（今安徽阜阳）人。南宋学者，著有《挥
　　麈录》。

[3] 曾布（1036—1107），字子宣，曾巩之弟，北宋中期宰相。

[4] 毛奇龄（1623—1713），字大可，号初晴，以郡望西河，称西河先生。萧
　　山（今属浙江）人。清代经学家、文学家。

[5] 赵令畤，初字景贶，苏轼为之改字德麟，自号聊复翁。著有《侯鲭录》
　　等。北宋词人。所作商调《蝶恋花》十二首载《全宋词》。

[6] 郑仅（1047—1113），字彦能，彭城（今江苏徐州）人。

[7] 致语：开场语，多为四六文。

[8] 放队：舞队结束时所用的韵文。

[9] 无名氏《九张机》：醉留客者，乐府之旧名；《九张机》者，才子之新调。
　　凭夐玉之清歌，写掷梭之春怨。章章寄恨，句句言情。恭对华筵，敢陈
　　口号。
　　　　一掷梭心一缕丝。连连织就九张机。从来巧思知多少，苦恨春风
　　久不归。
　　　　一张机。织梭光景去如飞。兰房夜永愁无寐。呕呕轧轧，织成春

恨，留著待郎归。

两张机。月明人静漏声稀。千丝万缕相萦系。织成一段，回纹锦字，将去寄呈伊。

三张机。中心有朵耍花儿。娇红嫩绿春明媚。君需早折，一枝浓艳，莫待过芳菲。

四张机。鸳鸯织就欲双飞。可怜未老头先白。春波碧草，晓寒深处，相对浴红衣。

五张机。芳心密与巧心期。合欢树上枝连理。双头花下，两同心处，一对化生儿。

六张机。雕花铺锦半离披。兰房别有留春计。炉添小篆，日长一线，相对绣工迟。

七张机。春蚕吐尽一生丝。莫教容易裁罗绮。无端剪破，仙鸾彩凤，分作两般衣。

八张机。纤纤玉手住无时。蜀江濯尽春波媚。香遗囊麝，花房绣被，归去意迟迟。

九张机。一心长在百花枝。百花共作红堆被。都将春色，藏头裹面，不怕睡多时。

轻丝。象床玉手出新奇。千花万草光凝碧。裁缝衣着，春天歌舞，飞蝶语黄鹂。

春衣。素丝染就已堪悲。晨昏汗污无颜色。应同秋扇，从兹永弃，无复奉君时。

歌声飞落画梁尘。舞罢香风卷绣茵。更欲缕成机上恨，尊前忽有断肠人。

敛袂而归，相将好去。

同前

一张机。采桑陌上试春衣。风晴日暖墉无力。桃花枝上，啼莺言语，不肯放人归。

　　两张机。行人立马意迟迟。深心未忍轻分付。回头一笑，花间归去，只恐被花知。

　　三张机。吴蚕已老燕雏飞。东风宴罢长洲苑。轻绡催趁，馆娃宫女，要换舞时衣。

　　四张机。咿哑声里暗颦眉。回梭织朵垂莲子。盘花易绾，愁心难整，脉脉乱如丝。

　　五张机。横纹织就沈郎诗。中心一句无人会。不言愁恨，不言憔悴，只凭寄相思。

　　六张机。行行都是耍花儿。花间更有双蝴蝶。停梭一晌，闲窗影里，独自看多时。

　　七张机。鸳鸯织就又迟疑。只恐被人轻裁剪。分飞两处，一场离恨，何计再相随。

　　八张机。回纹知是阿谁诗。织成一片凄凉意。行行读遍，恹恹无语，不忍更寻思。

　　九张机。双花双叶又双枝。薄情自古多离别。从头到底，将心萦系，穿过一条丝。（据南宋曾慥编《乐府雅词》）

［10］董颖，字仲达，德兴（今属江西）人。南宋初年词人。其所作《道宫薄媚》大曲，收于《乐府雅词》，叙述西施事迹，是词正在蜕变为曲的极少数例子之一。

［11］《弦索西厢》：即《西厢记诸宫调》，金代董解元作。

［12］筚路：柴车。《左传·宣公十二年》："筚路蓝缕，以启山林。"意思是说驾着柴车，穿着破衣服去开辟山林。形容开创的艰难。

［13］绍兴（1131—1162），南宋高宗赵构年号。

［14］汪藻（1079—1154），北宋末、南宋初文学家。字彦章，饶州德兴（今属江西）人。

［15］徐俯（1075—1141），字师川，江西诗派诗人之一。自号东湖居士，洪州
　　　分宁（今江西修水）人。

［16］《书录解题》：即南宋陈振孙著《直斋书录解题》。

　　此则内容较为丰富，主要是讨论曲的起源问题中，词所发生的
演变。后来之所以删掉，有可能是因为王国维又写了《戏曲考原》
《宋元戏曲考》等书，对此有了专门论述。但是此则对于我们了解王
国维的词、曲嬗变思想，仍然很有参考价值。《四库全书总目提要·
钦定曲谱》认为曾布的《冯燕水调歌头》，排遍七章，为宋时之大曲，
已开了曲的先声。后面接着写道：“沿及金、元，此风渐盛。其初被
以弦索，其后遂象以衣冠。其初不过四折，其后乃动至数十出。大
旨亦主于叙述善恶，指陈法戒，使妇人孺子皆足以观感而奋兴，于世
教实多所裨益。”告诉了我们元曲其实就是在宋词的基础上一步步
发展来的。

　　王国维又引毛奇龄《西河词话》，认为宋代赵令畤所作《商调鼓子
词》谱《西厢》传奇，是杂剧之祖。毛奇龄原文是这样的：“宋末有安定
郡王赵令畤者，始作商调鼓子词，谱《西厢》传奇，则纯以事实谱词曲
间，然犹无演白也。至金章宗朝董解元，不知何人，实作《西厢挡弹
词》，则有白有曲，专以一人挡弹并念唱之。”王国维接着又引南宋曾
慥编《乐府雅词》中，称卷首所载晁补之《调笑》、郑仅的《调笑转踏》（秦
观是误记），这些词开头、结尾都有四六或诗句，每调之前有口号诗
（口号诗其实并未出现），已经与曲的体例非常接近。又称无名氏的
《九张机》也是如此，即前有致语，末有放队。《乐府雅词》把《九张机》
置于“转踏”类，即诗词相间组合起来的叙事歌曲，内容主要是写男女
悲欢之情，是歌舞表演的一种形式。《九张机》具有浓郁的乐府民歌

特色，陈廷焯《白雨斋词话》评价极高，认为"词至此，已臻绝顶，虽美成、白石亦不能为"。

王国维最后又讨论了《乐府雅词》中，董颖所作的大曲《道宫薄媚》，共十节，咏唱西施故事。因为平仄通押，所以已经可以看作是套曲了。与金代董解元的《西厢记诸宫调》，可以同看作元曲的开山之作。《乐府雅词》把这些"转踏""大曲"放在了卷首，说明意识到了它们与一般雅词的不同。最后补充介绍董颖其人，与汪藻、徐俯都是好朋友，陈振孙《直斋书录解题》中有记载。原文是这样的："德兴董颖仲达撰，绍兴初人，从汪彦章、徐师川游，彦章为作序。"（《霜杰集》三十卷）

第九十则

宋人遇节令、朝贺、宴会、落成等事，有"致语"一种。宋子京、欧阳永叔、苏子瞻、陈后山、文宋瑞集中皆有之。《啸余谱》列之于词曲之间。其式：先"教坊致语"（四六文），次"口号"（诗），次"勾合曲"（四六文），次"勾小儿队"（四六文），次"队名"（诗二句），次"问小儿"、"小儿致语"，次"勾杂剧"（皆四六文），次"放队"（或诗或四六文）。若有女弟子队，则勾女弟子队如前。其所歌之词曲与所演之剧，则自伶人定之。少游、补之之《调笑》乃并为之作词。元人杂剧乃以曲代之，曲中楔子、科白、上下场诗，犹是致语、口号、勾队[1]、放队之遗也。此程明善[2]《啸余谱》所以列"致语"于词曲之间者也。

［1］勾队：勾者，勾出之也，即歌舞表演中的众人出场。

［2］程明善，字若水，歙县（今属安徽黄山）人，明天启中监生。所著《啸余谱》，总载词曲之式。以歌之源出於啸，故名曰《啸余》。

此则谈"致语"，并引明程明善《啸余谱》，来说明这是一种介于词和曲之间的过渡文体。王国维先说宋代人遇到节令、朝贺、宴会、落成，都会作致语。这在宋祁、欧阳修、苏轼、陈师道、文天祥的集子里都能找到。《啸余谱》把这一类文体放在词曲之间。然后开始介绍"致语"的大概程式，所谓致语，即开场白，多为四六。后面的内容，我们可以清代王文诰辑注《苏轼诗集》卷四十六《帖子词口号》来加以说明。在这卷的按语里，王文诰介绍道："致语口号者，乃排场之始，叙此日之乐也。口号既毕，而后勾合曲。勾者，勾出之也。既奏勾合曲，而后教坊合乐，乐毕，勾小儿队。小儿入队，而后演其队名，且问其入队之来意，故小儿又致语。盖因问以陈此日之颂辞与前之致语，合成章法也。既讫事，始勾杂剧，杂剧出而无所不有，科诨戏谑，寓讽寓谏，皆教坊主之。及终，则放小儿队，谓放之使还而乐终也。如或勾女童队，则又再起，合两部为一部也。"大致可以明白《啸余谱》所说的程式。

王国维接着又说晁补之曾为伶人们作《调笑》，见前则《乐府雅词》，秦观当是误记。而元杂剧中的楔子、科白、上下场诗，其实就是致语、口号、勾队、放队发展来的。元杂剧中"楔子"一般位于剧首，交代故事情节之背景、缘由，类似于今日戏剧中之"序幕"。这些讨论戏曲起源的内容都很重要而有价值，但因为后来在《戏曲考原》中都有深入论述，所以在词话中又都删除了。从中我们可以看出王国维关于词与曲关系的思考，其实在写作《人间词话》时就已经成形。此外，关于《啸余谱》这本书,《四库全书总目提要》卷二百认为:"考古诗皆可以入乐,唐代教坊伶人所歌,即当时文士之词。五代以后,诗流为词;金元以后,词又流为曲。故曲者,词之变;词者,诗之余。源流虽远,本末相生。诗不本于啸,词曲安得本于啸?命名已为不确。首列啸旨,殊为附会。"说明词、曲之间确实是有承继关系,但是并不起源于啸。

第九十一则(删34)

　　自竹垞痛贬《草堂诗余》[1]而推《绝妙好词》[2],后人群附和之。不知《草堂》虽有亵诨之作,然佳词恒得十之六七,《绝妙好词》则除张、范、辛、刘[3]诸家外,十之八九皆极无聊赖之词。甚矣,人之贵耳贱目也!(另有已删之"古人云'小好小惭,大好大惭'[4],洵非虚语"。)

[1]《草堂诗余》:一部南宋何士信编辑的词选,其中词作以宋词为主,兼收
　　一小部分唐五代词。前集分春景、夏景、秋景、冬景四类,后集分节序、
　　天文、地理、人物、人事、饮馔器用、花禽七类。

[2]《绝妙好词》:词总集。南宋周密编选。选词范围限于南宋,始自张孝
　　祥,终于仇远,是一部断代词选,内容偏重于雅词。

[3]张、范、辛、刘:张孝祥、范成大、辛弃疾、刘过。

[4]韩愈《与冯宿论文书》:"时时应事作俗下文字,下笔令人惭。及示人,
　　则人以为好矣。小惭者,亦蒙谓之小好;大惭者,即必以为大好矣。"
　　(阎琦校注《韩昌黎文集注释》)

　　此则论《草堂诗余》与《绝妙好词》的优劣，王国维不同意当时主流的以浙派朱彝尊为代表的观点，认为《草堂诗余》虽看似通俗，但其实要优于南宋周密编选的《绝妙好词》。朱彝尊对《草堂诗余》的批评，见于其《曝书亭集》卷四十三："词人之作，自《草堂诗余》盛行，屏去激楚、阳阿，而巴人之唱齐进矣。周公谨《绝妙好词》选本虽未全醇，然中多俊语，方诸《草堂》所录，雅俗殊分。"（《书〈绝妙好词〉后》）《草堂诗余》因为里面有不少"亵诨之作"，所以比较通俗，但王国维认为里面的作品大部分还是好的。其实，《四库全书总目提要》对《草堂诗余》也有很多正面的评价："朱彝尊作《词综》，称《草堂》选词可谓无目，其诟之甚至。今观所录，虽未免杂而不纯，不及《花间》诸集之精善，然利钝互陈，瑕瑜不掩，名章俊句亦错出其间。一概诋排，亦未为公论。"《草堂诗余》在明代的影响力也很大，因为其间多北宋言情之作，王国维在这里又翻清人的案，可以说并非毫无道理，体现了他对北宋词的尊崇。

　　王国维又认为，《绝妙好词》中，除了张孝祥、范成大、辛弃疾、刘过诸家外，大部分都是无聊之作。这个评断有点过于绝对。即使是《四库全书总目提要》，对于《绝妙好词》也是予以充分肯定的，认为这本书"去取谨严，犹在曾慥《乐府雅词》、黄昇《花庵词选》之上。又宋人词集，今多不传，并作者姓名亦不尽见于世。零玑碎玉，皆赖此以存。于词选中最为善本"。但是王国维并不这么认为，最后他引韩愈的文章，来说明世俗的文字越是别人叫好的作者自己越觉得惭愧。因为大部分人其实并没有赏鉴的眼光，就好像清代那些跟着朱彝尊后面抬高《绝妙好词》贬低《草堂诗余》的人们一样。

第九十二则

　　明顾梧芳刻《尊前集》[1]二卷，自为之引。并云：明嘉禾顾梧芳编次。毛子晋刻《词苑英华》疑为梧芳所辑。朱竹垞跋称：吴下得吴宽手钞本，取顾本勘之，靡有不同，因定为宋初人编辑。《提要》两存其说。案《古今词话》[2]云："赵崇祚《花间集》载温飞卿《菩萨蛮》甚多，合之吕鹏《尊前集》不下二十阕。"今考顾刻所载飞卿《菩萨蛮》五首，除"咏泪"一首外，皆《花间》所有，知顾刻虽非自编，亦非复吕鹏所编之旧矣。《提要》又云："张炎《乐府指迷》虽云唐人有《尊前》《花间集》，然《乐府指迷》真出张炎与否，盖未可定。陈振孙《书录解题》'歌词类'以《花间集》为首，注曰：此近世倚声填词之祖，而无《尊前集》之名。不应张炎见之而陈振孙不见。"然《书录解题》"阳春集"条下引高邮崔公度语曰："《尊前》、《花间》往往谬其姓氏。"公度元（原误作"公"）祐间人，《宋史》有传。北宋固有，则此书不过直斋未见耳。

　　又案：黄昇《花庵词选》李白《清平乐》下注云"翰林应制"。又云"案：唐吕鹏《遏云集》载应制词四首，以后二首无清逸气韵，疑非太白所作"云云。今《尊前集》所载太白《清平乐》有五首，岂《尊前集》一名《遏云集》，而四首五首之不同，乃花庵所见之本略异欤？又，欧阳炯《花间集序》谓："明皇朝有李太白应制《清平乐》四首。"则唐末时只有四首,岂末一首为梧芳所羼入,非吕鹏之旧欤?(此条原已删去。)

[1]《尊前集》:北宋初人所编,共录唐、五代作家三十六人,词作二百八十九首。

[2]《古今词话》:清代沈雄编,参见第九十三则。

此则考订《尊前集》的传刻经过,因为比较繁复,另外王国维同时又撰有《词录》,里面已有相关内容,所以通行本中未收。对于《尊前集》的编者,《四库全书总目提要》是这么写的:"《尊前集》二卷,原本不著撰人名氏。前有万历间嘉兴顾梧芳序云:'余爱《花间集》,欲播传之,而余斯编第有类焉。'似即梧芳所辑。故毛晋亦谓梧芳采录名篇,厘为二卷。而朱彝尊跋,则谓于吴下得吴宽手抄本,取顾本勘之,词人之先后,乐章之次第,靡有不同,因定为宋初人编辑。考宋张炎《乐府指迷》曰:'粤自隋唐以来,声诗间为长短句,至唐人则有《尊前》《花间》集。'似乎此书与《花间集》皆为五代旧本。然陈振孙《书录解题》'歌词类'以《花间集》为首。注曰:'此近世倚声填词之祖。'而无《尊前集》之名,不应张炎见之而陈振孙不见。彝尊定为宋本,亦未可尽凭。疑以传疑,无庸强指。且就词而论,原不失为《花间》之骖乘。玩其情采,足资沾溉,亦不必定求其人以实之也。"王国维认为《提要》两存其说,也就是没有下定论。一种可能是明代嘉兴顾梧芳编的,毛晋也是持这种观点。但是朱彝尊认为,他曾在吴下得吴宽手抄本,与顾本对勘,词人先后,乐章次第,都没有什么不同,所以有可能是宋初人编的。吴为成化、弘治间人,在顾氏之前。

《四库提要》接着引用张炎《乐府指迷》,其中把《尊前》《花间》并称，所以也有可能是五代时人编的。但是南宋陈振孙《直斋书录解题》中，把《花间集》放在最前面，而没有《尊前集》。为什么同一本书，张炎看到了，陈振孙却没看到？四库馆臣最后没下定论，只是说也有可能不是宋代的书。但不管如何，这是一本好书，可以作为《花间集》的骖乘，即辅助读物。王国维引《历代诗余》卷一百十二《唐词话二》，里面的《古今词话》提到了唐代吕鹏《尊前集》。有没有可能《尊前集》沿袭了吕鹏的《遏云集》呢？通过比对温庭筠《菩萨蛮》的数量，可以知道吕鹏的《尊前集》与顾刻是不一样的。《四库总目》又对《乐府指迷》是不是张炎写的表示怀疑，因为《乐府指迷》其实是沈义父写的，其实这段话出自张炎《词源》卷下的开首语。并对张炎写的话与陈振孙不一致表示疑惑。王国维认为，《直斋书录解题》中《阳春集》下，有引用高邮崔公度的话，里面提到了《尊前》《花间》。所以北宋是有这个书的，只不过陈振孙未见而已。

此则内容详可参王国维《庚辛之间读书记》，内容与上面大致相同。

第九十三则

《提要》载："《古今词话》六卷，国朝沈雄纂。雄字偶僧，吴江人。是编所述上起于唐，下迄康熙中年。"然维见明嘉靖前白口本《笺注草堂诗余》林外《洞仙歌》[1]下引《古今词话》云："此词乃近时林外题于吴江垂虹亭。"（明刻《类编草堂诗余》亦同）案：升庵[2]《词品》云："林外字岂尘，有《洞仙歌》书于垂虹亭畔。作道装，不告姓名，饮醉而去。人疑为吕洞宾[3]。传入宫中。孝宗笑曰：'"云崖洞天无锁"，"锁"与"老"叶均，则"锁"音"扫"，乃闽音也。'侦问之，果闽人林外也。"（《齐东野语》所载亦略同）则《古今词话》宋时固有此书。岂雄窃此书而复益以近代事欤？ 又，《季沧苇书目》[4]载《古今词话》十卷，而沈雄所纂只六卷，益证其非一书矣。

[1] 林外《洞仙歌》："飞梁压水，虹影澄清晓。橘里渔村半烟草。今来古往，物是人非，天地里，唯有江山不老。 雨巾风帽。四海谁知我。一剑横空几番过。按玉龙、嘶未断，月冷波寒，归去也、林屋洞天无锁。认云屏烟障是吾庐，任满地苍苔，年年不扫。"（唐圭璋编《全宋词》）

[2] 杨慎（1488—1559），字用修，号升庵，新都（今属四川成都）人，著有《词品》。

[3] 吕洞宾：民间传说中的八仙之一。名岩，号纯阳子。

[4] 季振宜，字诜兮，号沧苇，明末清初藏书家，江苏泰兴人。

此则讨论《古今词话》的作者问题。"此词乃近时林外题于吴江垂虹亭"句后，原有"林久何时人虽不可考，要为宋人之词"。"岂雄窃此书而复益以近代事欤"句后，原有"记之以广异闻。顷读明俞仲茅（彦）《爰园词话》、竹垞《词综》，亦多引《古今词话》云云。按，仲茅明万历辛丑进士，益知《历代诗余·词话》与《笺注草堂诗余》所引，决非沈雄之书矣"。在《庚辛之间读书记》"尊前集"条中，王国维已经对《历代诗余》所引《古今词话》的作者提出了疑问："按：《古今词话》，一为宋杨湜撰，一为国朝沈雄撰。杨书已佚，颇散见宋人书中。此系不知杨书或沈书,然当有所本。"说明在写作《人间词话》时,他已基本确定《历代诗余》中引的《古今词话》不是沈雄的版本。

《四库提要》中的沈雄《古今词话》是六卷,除了前面所引,后面是这样写的:"杂引旧文,参以近人之论,亦间附己说。分词评、词辨、词品三门,征引颇为寒俭。又多不著出典。所引近人之说,尤多标榜,不为定论。"王国维在这则中提出,他所读到的明代《草堂诗余》里,林外《洞仙歌》下面已经征引《古今词话》。又引明代杨慎《词品》中的记载,以及宋代周密《齐东野语》里的记载,认为宋代已经有《古今词话》一书。这些都是大致可以成立的,《齐东野语》卷十三中确实有关于林外的记载,《词品》卷三中也有。又引《季沧苇藏书目》中,《古今词话》是十卷,所以王国维认为沈雄的书中有抄袭。杨湜的《古今词话》原书已佚,今人有赵万里辑本。至于说沈雄抄袭杨湜,其实是没有什么根据的。

第九十四则(53)

陆放翁跋《花间集》谓:"唐季五代,诗愈卑,而倚声者辄简古可爱。能此不能彼,未易以理推也。"[1]《提要》驳之,谓:"犹能举七十斤者,举百斤则蹶,举五十斤则运掉自如。"[2]其言甚辨。然谓词格必卑于诗,余未敢信。善乎陈卧子之言曰:"宋人不知诗而强作诗,故终宋之世无诗。然其欢愉愁苦之致,动于中而不能抑者,类发于诗余,故其所造独工。"[3]唐季五代之词独胜,亦由此也。

［1］陆游《花间集》跋共有两条。其一云："《花间集》,皆唐末五代时人作。
方斯时,天下岌岌,生民救死不暇,士大夫乃流宕如此,可叹也哉！或者
亦出于无聊故耶？"(马亚中、涂小马《渭南文集校注》卷三十)其二云：
"唐自大中后,诗家日趣浅薄。其间杰出者,亦不复有前辈闳妙浑厚之
作,久而自厌；然梏于俗尚,不能拔出。会有倚声作词者,本欲酒间易
晓,颇摆落故态,适与六朝跌宕意气差近。此集所载是也。故历唐季
五代,诗愈卑而倚声者辄简古可爱。盖天宝以后,诗人常恨文不迨,大
中以后,诗衰而倚声作。使诸人以其所长,格力施于所短,则后世孰得
而议？笔墨驰骋则一,能此不能彼,未易以理推也。开禧元年十二月
乙卯,务观东篱书。"

［2］《四库全书总目提要·花间集》云："后有陆游二跋。……其二称：'唐
季五代,诗愈卑,而倚声者辄简古可爱。能此不能彼,未易以理推也'。
不知文之体格有高卑,人之学力有强弱。学力不足副其体格,则举之
不足。学力足以副其体格,则举之有余。律诗降于古诗,故中晚唐古
诗多不工,而律诗则时有佳作。词又降于律诗,故五季人诗不及唐,词
乃独胜。此犹能举七十斤者,举百斤则蹶,举五十斤则运掉自如,有何
不可理推乎？"

［3］陈子龙《王介人诗余序》："宋人不知诗而强作诗。其为诗也,言理而不
言情,故终宋之世无诗焉。然宋人亦不可免于有情也。故凡其欢愉愁
怨之致,动于中而不能抑者,类发于诗余。故其所造独工,非后世可
及。盖以沉至之思而出之必浅近,使读之者骤遇如在耳目之表,久诵
而得沉永之趣,则用意难也。以儇利之词,而制之实工炼,使篇无累
句,句无累字,圆润明密,言如贯珠,则铸词(原作调)难也。其为体也
纤弱,所谓明珠翠羽,尚嫌其重,何况龙鸾？必有鲜妍之姿,而不藉粉
泽,则设色难也。其为境也婉媚,虽以警露取妍,实贵含蓄,有余不尽,
时在低回唱叹之际,则命篇难也。惟宋人专力事之,篇什既多,触景皆

会。天机所启，若出自然。虽高谈大雅，而亦觉其不可废。何则？物
有独至，小道可观也。"（陈子龙《安雅堂稿》卷三）

　　此则当是读《四库全书总目提要·花间集》条后，有感于其中对
陆游二跋的批驳，又引而申之。陆游的第一条跋，主要是讲唐末五
代，民生疾苦，士大夫却流连于花前月下，是不是因为太无聊了？这
是比较功利的文学观。第二条跋是讲诗歌到了晚唐大中（唐宣宗年
号）以后，日益浅薄，不能深入，令人生厌。一些作词者摆落故态，开始
作一些酒席间易晓的，其妙处与六朝诗相通，这就是《花间集》的由
来。结果导致唐末五代以来，诗歌越写越差，词却越来越简古可爱。
这些人没有把写词的才能用到写诗上去。同样是写作，为什么词就
能写得好，诗却写不好，令人百思不得其解。陆游提出了一个好问
题，留下了一个大大的问号，但并没有给出明确的答案。

　　四库馆臣是从文体的高卑来理解这个问题的。他们认为，文体
有高卑，就像人的学力有强弱，这是不能勉强的。律诗体格低于古
诗，所以到了中晚唐，古诗已经不行了，但律诗则时有佳作。词的体
格低于律诗，所以五代人的诗又不如唐，但词却独胜。王国维认为，
这样的譬喻很形象，但他不同意词的体格低于诗这样的提法。"词格
必卑于诗"，通行本作"词必易于诗"。说明王国维真正想说的是，要把
词写好，其实也是很不容易的，词不见得比诗好写。这就打破了四库
馆臣的传统偏见，赋予词以独立的价值和地位。

　　王国维更加欣赏陈子龙的观点。陈的词学观是这样的：宋代人
其实并不懂诗，总是喜欢在诗中讲道理，用典故，却没有多少真情，所
以宋代没有好诗。但是宋代人还是需要表达感情的。各种喜怒哀
乐，动于中而不能抑制者，都通过词来表达。因为他们的感情都发抒

在词里，所以这方面的造诣很深，非后人所及。陈子龙接着罗列了一大堆作词的难处：沉至之思，却要出之浅近，用意难；流利之词，却需要加以锤炼，让人读后感觉圆润明密，铸调难；文体纤弱，需要有鲜艳之姿，又不能过度着色，设色难；词境媚婉，实贵含蓄，有余不尽，命篇难。宋代人因为倾全力于此，积累了丰富的经验，所以才能写得那么自然。所以词并不可以小道观之。

王国维最后补充到，唐末五代词之所以可以独绝，也是因为这个原因。这里隐隐已经逗弄出"一代有一代之文学"。诗到唐末，精华已尽，难以超越，所以才杰之士，转而开辟新的战场。其实宋诗里面也不乏佳作，但这属于另外一个问题，王国维这里主要是表达了自己的文学进化论观念。

第九十五则（删37）

"君王枉把平陈业，换得雷塘数亩田"[1]，政治家之言也。"长陵亦是闲丘陇，异日谁知与仲多"[2]，诗人之言也。政治家之眼，域于一人一事。诗人之眼，则通古今而观之。词人观物，须用诗人之眼，不可用政治家之眼。故感事、怀古等作，当与寿词同为词家所禁也。

[1] 罗隐《炀帝陵》："入郭登桥出郭船，红楼日日柳年年。君王忍把平陈业，只博（一作"换"）雷塘数亩田。"（《甲乙集》）《隋书·炀帝传》里面，写他一上台大业元年（605），"八月壬寅，上御龙舟，幸江都。以左武卫

大将军郭衍为前军,右武卫大将军李景为后军。文武官五品已上给楼船,九品已上给黄薆。舳舻相接,二百余里。"

[2] 唐彦谦《仲山》(高祖兄仲隐居之所):"千载遗踪寄薜萝,沛中乡里旧山河。长陵亦是闲丘陇,异日谁知与仲多。"(《全唐诗》)《史记·高祖本纪》:"未央宫成。高祖大朝诸侯群臣,置酒未央前殿。高祖奉玉卮,起为太上皇寿,曰:'始大人常以臣无赖,不能治产业,不如仲力。今某之业所就孰与仲多?'殿上群臣皆呼万岁,大笑为乐。"

此则论词人观物,当用诗人之眼,不可用政治家之眼。政治家之言,以罗隐《炀帝陵》诗为例。罗隐是晚唐五代诗人,《炀帝陵》写的是隋炀帝晚年穷奢极欲,数次下江都。开运河,造龙舟,所到之处,船队长达二百余里。隋炀帝在五十岁的时候,被宇文化及兵变缢死,死后葬在吴公台下。唐朝平定江南后,以帝礼改葬于雷塘。回顾隋炀帝的一生,年轻时协助文帝灭陈。登基以后,大兴土木,对外曾经三次进攻高句丽都没有成功。在文教方面,也并非一无是处,有论者认为科举可能开始于隋朝。如何评价隋炀帝是一篇大文章,但诗人认为他的一生,总的来说是失败的,甚至可以说是一个昏君。因为他不爱惜民力,过于挥霍,所以最后只好做了一个短命皇帝。在位十二年,隋朝也在他手中结束,成了后面那个更加伟大的唐朝的衬托。死后葬于雷塘,无非几亩田而已。这个话题过于沉重,需要历史学家、政治家的眼光与穿透力。

唐彦谦《仲山》写的是汉高祖刘邦哥哥的故事。首二句写的是,刘喜曾经住过的仲山,长满了薜萝野草,虽然刘邦当了皇帝,可这位二哥仍然把岁月当作当年沛中乡里一样在过。

这里所说的仲山,指咸阳泾阳县口镇的北仲山,据说刘邦的哥哥刘仲曾经在此居住。唐彦谦这里要表达的是，刘邦年少时不事生产，曾经被父亲批评不如二哥刘喜踏实肯干。后来刘邦当了皇帝，成为人上人，还拿这件事情在群臣面前调侃自己的老父亲，让父亲感到很尴尬。刘喜被封为代王。后匈奴攻打代国，刘喜逃到洛阳，降封合阳侯。可是千载之后，高祖也长眠于长陵之下，与仲山看不出有什么区别。

王国维接着说，前一首诗，是政治家之眼，写的是一人一事；后一首诗，是诗人之眼，写的是古今通观。前一首，评的是隋炀帝一生的得失，普通人很难有机会体验这样的生活；后一首，写的是隐者之超然与帝王之富贵，在时间面前都化为乌有。这种直指生命的哲理，才是诗人、词人应该花大力气去写的。从这个意义上来说，感事、怀古之词，与作寿之词一样，都应该尽量少写。比如清代的王渔洋，每到一处名胜古迹，就喜欢作咏古诗，被人讥为"不真"。平心而论，感事、怀古诗并非全无佳作，如杜甫《北征》；文学表现政治，历代也都有伟大的作品，如托尔斯泰的《战争与和平》。王国维这里强调的是，词是一种唯美的文体，更多应该用来写超越于政治与历史之上的情感与哲学。这样的一种观点，结合他提出的境界说，虽道出了艺术审美的一些本质，但也有一定的狭隘性。

第九十六则（删38）

宋人小说，多不足信。如《雪舟脞语》谓：台州知府唐仲友眷官妓严蕊奴，朱晦庵系治之。及晦庵移去，提刑岳霖行部至台,蕊乞自便。岳问曰:去将安归? 蕊赋《卜算子》词云:"住也如何住"云云。[1]案:此词系仲友戚高宣教作,使蕊歌以侑觞者,见朱子《纠唐仲友奏牍》[2]。则《齐东野语》所纪朱、唐公案[3],恐亦未可信也。

[1] 宋末邵桂子《雪舟脞语》:"唐悦斋仲友字与正,知台州。朱晦庵为浙东提举,数不相得,至于互申。寿皇问宰执二人曲直。对曰:'秀才争闲气耳。'悦斋眷官妓严蕊奴,晦庵捕送囹圄。提刑岳商卿霖行部疏决,蕊奴乞自便。宪使问:'去将安归?'蕊奴赋《卜算子》,末云:'住也如何住,去又终须去。若得山花插满头,莫问奴归处。'宪笑而释之。"(陶宗仪《说郛》)

　　　严蕊《卜算子》:"不是爱风尘,似被前身误。花落花开自有时,总赖东君主。　去也终须去,住也如何住。若得山花插满头,莫问奴归处。"(唐圭璋编《全宋词》)

[2] 朱熹《按唐仲友第四状》:"每遇仲友筵会,严蕊进入宅堂,因此密熟,出入无间,上下合干人并无阻节。今年二月二十六日宴会。夜深,仲友因与严蕊逾滥,欲行落籍,遣归婺州永康县亲戚家。说与严蕊:'如在彼处不好,却来投奔我。'至五月十六日筵会,仲友亲戚高宣教撰曲一首,名《卜算子》。后一段云:'去又如何去。住又如何住。但得山花插满头,休问奴归处。'"(《晦庵集》卷十九)

[3] 周密《齐东野语》卷十七"朱唐交奏本末":"朱晦庵按唐仲友事,或云吕伯恭尝与仲友同书会,有隙,朱主吕故抑唐,是不然也。盖唐平时恃才轻晦庵,而陈同父颇为朱所进,与唐每不相下。同父游台,尝狎籍妓,嘱唐为脱籍,许之。偶郡集,唐语妓云:'汝果欲从陈官人邪?'妓谢。唐云:'汝须能忍饥受冻乃可。'妓闻,大恚。自是陈至妓家,无复前之

奉承矣。陈知为唐所卖，亟往见朱。朱问：‘近日小唐云何？’答曰：‘唐谓公尚不识字，如何作监司？’朱衔之，遂以部内有冤狱，乞再巡按。既至台，适唐出迎少稽，朱益以陈言为信。立索郡印，付以次官。乃摭唐罪具奏，而唐亦作奏驰上。时唐乡相王淮当轴。既进呈，上问王。王奏：‘此秀才争闲气耳。’遂两平其事。”

此则讨论宋人小说与宋词之关系，王国维认为小说之语多不可信。这里的小说，和我们现代意义上的西方小说并不完全是一回事。谭帆《“小说”考》中认为：“在宋代公私书目中，‘小说家’的主体主要指志怪、传奇、杂记等叙事类作品，这无疑也是《汉志》‘小说家’之遗响。”（《中国古代小说文体文法术语考释》）浦江清《论小说》中说：“广义的小说包括一切说话体的虚构的人物故事书，以及含有人物故事的说唱的本子，甚至于戏曲文学都包括在内，所以不限于散文文学。有一个观念，从纪元前后起一直到19世纪，差不多两千年来不曾改变的是：小说者，乃是对于正经的大著作而称，是不正经的浅陋的通俗读物。”（《浦江清文录》）王国维这则所引的，更多属于文人创作的文言笔记小说。

王国维更多是采信了朱熹的观点，而认为《雪舟脞语》《齐东野语》是小说家言，不足为凭。《齐东野语》除了卷十七外，卷二十“台妓严蕊”有更详尽的描述，凌蒙初《二刻拍案惊奇》卷十二中的“硬勘案大儒争闲气，甘受弄侠女著芳名”情节与之大体相同。据《齐东野语》卷二十“台妓严蕊”：“其后朱晦庵以使节行部至台，欲摭与正之罪，遂指其尝与蕊为滥。系狱月余，蕊虽备受棰楚，而一语不及唐，然犹不免受杖。移籍绍兴，且复就越置狱，鞫之，久不得其情。狱吏因好言诱之曰：‘汝何不早认，亦不过杖罪。况已经断，罪不重科，何为受此辛苦邪?'蕊答云:'身为贱妓,纵是与太守有滥,科亦不至死罪。然是非真伪,岂可妄言以污士大夫?虽死不可诬也。'其辞既坚,于是再痛杖之,仍系于狱。两月之间,一再受杖,委顿几死,然声价愈腾,至彻阜陵之听。未几,朱公改除,而岳霖商卿为宪,因贺朔之际,怜其病瘁,命之作词自陈。蕊略不构思,即口占《卜算子》云:'不是爱风尘,似被前缘误。花落花开自有时,总赖东君主。　去也终须去,住也如何住?若得山花插满头,莫问奴归处。'即日判令从良。"一代大儒朱熹,为难一个小女子,非要屈打成招,在这个故事里其实扮演了一个不是很光彩的角色。王国维认为小说不可信,但这个故事流传很广,词本身也写得不亢不卑,表现出了一位风尘女子的风骨。

第九十七则(删40)

唐五代之词,有句而无篇。南宋名家之词,有篇而无句。有篇有句,唯李后主降宋后之作,及永叔、子瞻、少游、美成、稼轩数人而已。

此则谈论词的篇与句的关系问题,这里所说的"有篇""有句",更多带有精彩,或者王国维所说的境界的意味。王国维认为,唐五代词有句而无篇,也就是说,有的句子写得很好,甚至有境界,但全篇就不一定了。这里主要应该是指《花间集》里的词人们。《花间集》里的不少词擅长写男女闺情,工于造语,流丽自然。王国维认为有句无篇,可能是觉得在整体境界上还差一点。

又论南宋名家词，有篇而无句，因为并没有开列具体名字，我们只能揣测是姜夔、吴文英、史达祖这些人。王国维认为他们的词重于谋篇布局，但通篇读罢，并无特别精彩、有境界的秀句。

最后王国维提出，能够局部和整体兼顾，有篇有句有境界的词人，五代只有蒙难降宋后的李煜，北宋则包括欧阳修、苏轼、秦观、周邦彦，南宋则只有辛弃疾一人而已。这里列出了一张王国维心目中一流词人的名单。这里面没有了一直被他称颂的五代冯延巳，北宋没有晏几道，没有女词人李清照；南宋只有辛弃疾一人倒是在意料之中。其实晚唐五代词也有全篇皆美者，南宋词也有秀句挺出者，但这是王国维一贯的论词风格，我们只要了解他的论词主旨就可以了。

第九十八则（删41）

唐五代北宋之词家，倡优也。南宋后之词家，俗子也。二者其失相等。然词人之词，宁失之倡优不失之俗子。以俗子之可厌，较倡优为甚故也。

此则以"倡优"比拟唐五代北宋词家，以"俗子"比拟南宋后词家。"倡优"前原有"侏儒"，"俗子"前原有"鄙夫"，"子"原作"吏"，第一个"夫"原作"儒"。说明论唐五代北宋词，王国维注重的是娱乐性，如侏儒倡优；而论南宋后词，如鄙儒俗吏，注重的是社会性。这两者在王国维看来，都是不全面的。但相较之下，倡优要强过俗子。因为娱乐性的词，写的多是男欢女爱，有时还会有一些真情。而鄙儒俗吏，心口不一，面目可憎，语言无味，只会讲些套话，离词的本质更远。

倡优虽非正业，但对于生活还有一些热情与真诚。如果一个人毫无生活理想，只是随俗，追求功名利禄，最后只好去做一个俗吏或陋儒。王国维认为南宋词就是属于这种情况。话说得比较极端，今天的读者领会其意即可。

第九十九则(45)

读东坡、稼轩词，须观其雅量高致[1]，有伯夷、柳下惠之风[2]。白石虽似蝉蜕尘埃，然如韦、柳之视陶公，非徒有上下床之别。

[1] 王灼《碧鸡漫志》："东坡先生非心醉于音律者，偶尔作歌，指出向上一路，新天下耳目，弄笔者始知自振。"（唐圭璋编《词话丛编》）
[2] 《孟子·尽心下》："孟子曰：'圣人，百世之师也，伯夷、柳下惠是也。故闻伯夷之风者，顽夫廉，懦夫有立志；闻柳下惠之风者，薄夫敦，鄙夫宽。奋乎百世之上，百世之下，闻者莫不兴起也。非圣人而能若是乎？而况于亲炙之者乎？'"（朱熹《四书章句集注》）

"然如韦柳"句，通行本作："然终不免局促辕下"。此则称赞苏轼、辛弃疾词的雅量高致，认为可以比拟伯夷、柳下惠。伯夷、柳下惠在《孟子》中被称为圣人，据《史记·伯夷列传》："伯夷、叔齐，孤竹君之二子也。父欲立叔齐。及父卒，叔齐让伯夷。伯夷曰：'父命也。'遂逃去。叔齐亦不肯立而逃之。国人立其中子。"后来两人欲劝阻武王伐纣未果，义不食周粟，采薇而食，饿死在首阳山上。并作歌："登彼西山兮，采其薇矣。以暴易暴兮，不知其非矣。"他们认为周朝替代商朝，属于以暴易暴的行为，虽然在我们今天看来，可能有一点迂腐；但在封建社会，他们被视作最有节操的人，也是中国最早的遗民，即旧朝灭亡仍然保持忠诚的人。柳下惠是春秋时期鲁国的贤人，性格耿直，不事逢迎，直道事人，还有坐怀不乱的故事。《论语·微子》："柳下惠为士师，三黜。人曰：'子未可以去乎？'曰：'直道而事人，焉往而不三黜？枉道而事人，何必去父母之邦？'"柳下惠因为直道事人，曾经三次被黜免。有人劝他离开鲁国，他说只要直道事人，去哪都一样。如果枉道事人，即放弃原则，那么我又何必离开故国呢？意思是在哪里都可以混得开。孔子认为伯夷是贤人，那样的结局是"求仁得仁，又何怨"（《论语·述而》）。这都是一些道德高尚的人。王国维认为，文学要有境界，首先人生要有境界，苏轼、辛弃疾都是一些在人格上没有瑕疵的人，有伯夷、柳下惠的风范。

　　而姜夔虽然看上去超凡脱俗，但因为长期过着一种依附权贵的清客生活，王国维认为影响到了他的词的品格。所以比起苏、辛，就好像韦应物、柳宗元比陶渊明。正式发表时，大概觉得此比略有不妥，毕竟韦、柳五古的成就很高，所以改成了"局促辕下"，总之都是不如的意思。"非徒"句，原作"其高下固殊矣"。"上下床"，用了《三国志·魏志·陈登传》的典故。陈登，字元龙，与许汜都是东汉末名士，许向刘备抱怨"遭乱过下邳，见元龙。元龙无客主之意，久不相与语，自上大床卧，使客卧下床"。认为陈登对他没有礼貌，客人来了，自己睡大床，让客人睡下床。刘备说："君有国士之名，今天下大乱，帝主失所，望君忧国忘家，有救世之意，而君求田问舍，言无可采，是元龙所讳也。何缘当与君语？如小人，欲卧百尺楼上，卧君于地，何但上下床之间邪?"意思是许汜不能把忧国救世放在第一位，整天只知道求田问舍，积累私财，言语无味，让他睡下床还是客气的了。如果是遇到刘备，要让他睡在地上，自己睡到百尺高楼上去。王国维认为，姜夔比苏、辛，人生境界相差得不是一点点。

第一百则（46）

　　东坡、稼轩，词中之狂；白石，词中之狷也[1]。梦窗、玉田、西麓、草窗之词，则乡愿而已[2]。

[1]《论语·子路》："子曰：'不得中行而与之，必也狂狷乎！狂者进取，狷者有所不为也。'"（朱熹《四书章句集注》）

[2]《论语·阳货》："子曰：'乡原，德之贼也。'"（朱熹《四书章句集注》）

　　此则用《论语》中孔子的用语，来评价北宋与南宋词人，这样的情况，前面已经出现了好几次。通行本文字略有不同："苏辛，词中之狂。白石，犹不失为狷。若梦窗、梅溪、玉田、草窗、西麓辈，面目不同，同归于乡愿而已。"说到底，都是在称赞苏、辛，贬低南宋的吴文英、张炎、陈允平、周密与史达祖，而对姜夔也持一定程度的肯定。孔子原话的意思是，如果不能行中道（那是最理想的），那么至少也要成为狂、狷的人。狂者富有进取之心，如果不能成为狂者，那至少也要成为有所不为、洁身自好的狷者。王国维认为，苏轼、辛弃疾是词中的狂者，姜夔是词中的狷者。

又以"乡愿"来评价南宋诸词人。孔子认为,乡愿就是那种看似有道德、其实却无是无非的老好人,所以是"德之贼"。朱熹注:"乡者,鄙俗之意。原,与愿同。……乡原,乡人之愿者也。盖其同流合污以媚于世,故在乡人之中,独以愿称。夫子以其似德非德,而反乱乎德,故以为德之贼而深恶之。详见《孟子》末篇。"王国维以乡愿来比拟南宋词,显然贬之过甚。完全是以人品来定词品。

第一百零一则(删 42)

《蝶恋花》"独倚危楼"一阕,见《六一词》,亦见《乐章集》。余谓屯田轻薄子,只能道"奶奶兰心蕙性"[1]耳。"衣带渐宽终不悔,为伊消得人憔悴",此等语固非欧公不能道也。

[1] 柳永《玉女摇仙珮·佳人》:"飞琼伴侣,偶别珠宫,未返神仙行缀。取次梳妆,寻常言语,有得几多姝丽。拟把名花比。恐旁人笑我,谈何容易。细思算、奇葩艳卉,惟是深红浅白而已。争如这多情,占得人间,千娇百媚。 须信画堂绣阁,皓月清风,忍把光阴轻弃。自古及今,佳人才子,少得当年双美。且恁相偎倚。未消得、怜我多才多艺。愿奶奶、兰心蕙性,枕前言下,表余深意。为盟誓。今生断不孤鸳被。"(唐圭璋编《全宋词》)

此则论《蝶恋花》"独倚危楼"的作者,王国维认为是欧阳修,不可能是柳永。这个问题在手稿本第二则中已经出现,现代学者一般认为是柳永作。王国维的论据主要是认为柳永是一个浪子,只能写写儿女之情，写不出"衣带渐宽终不悔，为伊消得人憔悴"那样深挚的词句来，这当然还是比较主观的。

王国维所举的"奶奶兰心蕙性"，出自柳永的《玉女摇仙珮·佳人》，这首词写得比较俗白，应该是写给一位妓女的。上阕把佳人比作仙女下凡，又称对方比深红浅白的名花还要来得多情娇媚。下阕称自己多才多艺，正好与对方是才子佳人，天造地设的一对。"奶奶"这里有"姐姐"的意思，最后还发誓，永不分离。这是一首比较轻佻之作，但也并非一无可取，比如才子配佳人，表达了一种比较进步的爱情观。这种观念在后世的通俗文学如戏曲、小说中多有表现。

第一百零二则（删 43）

读《会真记》[1]者，恶张生之薄幸而恕其奸非。读《水浒传》者，恕宋江之横暴而责其深险。此人人之所同也。故艳词可作，惟万不可作俣薄语。龚定庵[2]诗云："偶赋凌云偶倦飞，偶然闲慕遂初衣。偶逢锦瑟佳人问，便说寻春为汝归。"[3]其人之凉薄无行，跃然纸墨间。余辈读耆卿、伯可[4]词，亦有此感[5]。视永叔、希文小词如何耶？

[1]《会真记》：又名《莺莺传》，唐元稹著，传奇名作。讲述张生与崔莺莺的爱情故事，董解元《西厢记诸宫调》和王实甫《西厢记》均取材于此。

[2] 龚自珍（1792—1841），字璱人，号定庵，浙江仁和（今杭州）人。清代思想家，文学家。

［3］出自龚自珍《己亥杂诗三百十五首》第一百三十五首。（刘逸生、周锡　　韨校注《龚自珍诗集编年校注》）

［4］康与之，字伯可，洛阳人，南宋词人。

［5］张炎《词源》："词欲雅而正，志之所之，一为情所役，则失其雅正之音。　　耆卿、伯可不必论，虽美成亦有所不免。"

　　此则论词中可以有艳语，但不可作轻浮语。就好像唐代元稹写的《莺莺传》里面，张生对崔莺莺始乱终弃，薄情令人厌恶；但对于他在追求爱情过程中的那些离经叛道，却很少有人去指责，因为毕竟是真诚的。又比如《水浒传》中的宋江，虽然有时杀人不眨眼，但毕竟是在替天行道，杀的多是贪官污吏；但有时处心积虑，非要逼一些好人入伙，就有点做得过分了。王国维接着举龚自珍《己亥杂诗三百十五首》第一百三十五首为例，来说明龚的凉薄无行。《己亥杂诗》作于道光十九年（1839），龚自珍因为揭露时弊，在京不断遭到权贵的排斥和打击，决计辞官南归。在这些诗里，他表达了对于国家的前途和命运的高度关切，也抒发了自己怀才不遇的愤懑。比如第一百三十五首，连用了四个"偶"字，看似轻浮，其实表达了自己悲剧命运的必然性。首句写自己也有凌云之志，虽然经过六次会试才中进士，但始终关心国事，但因为其实并无人欣赏自己，朝中都是一些因循守旧、妒贤嫉能之人当道，所以现在终于觉得累了。次句写自己打算告老回乡，终遂初愿。其实表面的潇洒之下，却有着许多不得已。第三、四句写如果有佳人问起，自己为什么南归，我就回答是为了她的缘故。这当然是一种托辞，王国维觉得无法接受。王国维接着说，读柳永、康与之的词，也存在这样的问题，如果和欧阳修、范仲淹一比较，则高下立判。

第一百零三则（删44）

词人之忠实，不独对人事宜然。即对一草一木，亦须有忠实之意，否则所谓游词[1]也。

[1] 游词：金应珪《词选后序》："规模物类，依托歌舞。哀乐不衷其性，虑欢无与乎情。连章累篇，义不出乎花鸟。感物指事，理不外乎酬应。虽既雅而不艳，斯有句而无章。是谓游词。"

此则谈词人需忠实，不仅对人事是这样，对于大自然中的一草一木，也是如此，否则就是游词。金应珪在张惠言《词选后序》中，批评了当时词坛的三蔽。一是淫词，二是鄙词，三是游词。所谓游词，即没有真实的感情，喜欢写一些歌舞、花鸟的题材，只是用来应酬，有句而无章。《中庸》中说："诚者，自成也；而道，自道也。诚者，物之终始，不诚无物。是故君子诚之为贵。"从儒家的世界观而言，我们不仅对自己，对亲人，对师长，对他人，对世界，对万物，甚至对宇宙，都要有一种赤诚之心，保持敬畏。这是做人的基本道理，也是诗人的最低要求。杜甫《岳麓山道林二寺行》中有诗云："一重一掩吾肺腑，山鸟山花吾友于。"（钱谦益笺注《钱注杜诗》）如果能够具有仁爱之心，则不仅仅四海之内皆如兄弟，就连一花一草都觉得可以相亲，就像兄弟姐妹一样。而这一切的基础是要有诚意，要有忠实之意。

第一百零四则（14）

温飞卿之词，句秀也。韦端己之词，骨秀也。李重光之词，神秀也。

此则谈温庭筠、韦庄、李煜词的境界差异，以李煜为最高。因为没有举例子，所以比较抽象。刘勰《文心雕龙·隐秀》篇云："是以文之英蕤，有秀有隐。隐也者，文外之重旨者也；秀也者，篇中之独拔者也。隐以复意为工，秀以卓绝为巧。斯乃旧章之懿绩，才情之嘉会也。""秀"，就是诗文中独拔、卓绝的成分。

王国维认为，温庭筠的词，秀拔的只是一些句子。韦庄的词，其秀在骨。李煜的词，是神秀。句子只是一些表面的东西，而"骨"，则更多涉及篇章的结构和表现力，以及内在的风格。至于"神"，更多与王士禛的神韵说有相通之处。杜甫讲："读书破万卷，下笔如有神"（《奉赠韦左丞丈二十二韵》），有熟能生巧、如有神明护佑的意思，只有通过艰苦的阅读与积累，写作才能到达随心所欲的自由境界。又云："书贵瘦硬方通神"（《李潮八分小篆歌》），强调字要有骨力和硬度，才会有神韵。苏轼云："却对酒杯浑是梦，试拈诗笔已如神。此灾何必深追咎，窃禄从来岂有因"（《十二月二十八日蒙恩责授检校水部员外郎黄州团练副使复用前韵二首其一》），此诗写于苏轼"乌台诗案"出狱之后，表达了在经过生与死的考验后，诗人的生命与诗艺都更上一层楼的喜悦。李煜的词，因为包含了家国之痛，是用血和泪写出来的，而不是一般的佐欢或遣怀之作，所以王国维认为"神秀"。

第一百零五则(15)

　　词至李后主而眼界始大,感慨遂深,遂变伶工之词而为士大夫之词。周介存置诸温、韦之下,可为颠倒黑白矣。[1]"自是人生长恨水长东"[2]、"流水落花春去也,天上人间"[3],《金荃》[4]、《浣花》[5]能有此种气象耶?

[1]周济《介存斋论词杂著》:"李后主词,如生马驹,不受控捉。毛嫱、西施,天下美妇人也。严妆佳,淡妆亦佳,粗服乱头,不掩国色。飞卿,严妆也;端己,淡妆也;后主,则粗服乱头矣。"(唐圭璋编《词话丛编》)

[2]李煜《相见欢》:"林花谢了春红。太匆匆。无奈朝来寒雨晚来风。胭脂泪。留人醉。几时重。自是人生长恨水长东。"(唐圭璋等编《唐宋词鉴赏辞典》)

[3]李煜《浪淘沙令》:"帘外雨潺潺。春意阑珊。罗衾不耐五更寒。梦里不知身是客,一晌贪欢。　独自莫凭栏,无限江山。别时容易见时难。流水落花春去也,天上人间。"(唐圭璋等编《唐宋词鉴赏辞典》)

[4]《金荃集》,温庭筠词集,佚。近人刘毓盘辑本名《金荃词》。

[5]《浣花词》,韦庄词集,刘毓盘辑本。

　　此则论李煜词眼界大,感慨深,将词从歌伎们的佐欢之作,变成了士大夫发抒怀抱的严肃文学,提升了词的品格。认为周济将李煜词置于温庭筠、韦庄之下,是颠倒黑白。并举了两首李煜词为例。《相见欢》明白如话,不事雕琢。虽然写的是常见题材伤春,但是作者把它上升到了哲学的高度。"自是人生长恨水长东"，写出了无尽的亡国之痛，充满了对于过去生活的悔恨之情。而且这样的令词，看上去既不用典，流丽也如脱口而出。其实功力都在暗处，是一种文学的最高境界。所以王国维认为用"粗服乱头"来形容李煜词不事雕饰是不公平的。

第二首《浪淘沙令》写的仍然是春恨，而语气更加沉痛，有可能是作于去世前不久。据蔡絛《西清诗话》："南唐李后主归朝后，每怀江国，且念嫔妾散落，郁郁不自聊，尝作长短句云：'帘外雨潺潺……'含思凄惋，未几下世。"（阮阅《诗话总龟》）上阕写自己在春寒中夜半醒来，形单影只，只有在梦中，才能忘记自己其实已经做了阶下囚。下阕写江山依旧，凭栏却倍添凄楚。人世间一切最美好的东西，都已经一去不复返，就好像那落花、流水、春色一样。其实周济论李煜词"粗服乱头"，并不完全是贬义，只是认为他不如温词是严妆，韦词是淡妆而已。但王国维认为温、韦词若论人生境界，其实都没有后主词的气象。

第一百零六则（16）

词人者，不失其赤子之心者也。[1]故生于深宫之中，长于妇人之手，[2]是后主为人君所短处，亦即为词人所长处。故后主之词，天真之词也。他人，人工之词也。（"故后主之词……人工之词也"原已删去，通行本中无。）

［1］《孟子·离娄下》：“大人者，不失其赤子之心者也。”（朱熹《四书章句
　　　集注》）

［2］《荀子·哀公篇》：“生于深宫之中，长于妇人之手，寡人未尝知哀也，未
　　　尝知忧也，未尝知劳也，未尝知惧也，未尝知危也。”（王先谦《荀子
　　　集解》）

　　此则论李后主词之纯任天然，非人工可及，是因为他能持有赤子
之心。孟子中所说的赤子之心，是指具有仁爱之心的君子，待人接物
能够像孩子一样天真无邪，没有机心和伪饰。李煜从小在深宫中长
大，接触的多是一些妇人，不谙世事，缺少历练。这对于一个君主来
说是很不利的，但对于一个词人来说，却正是他的长处。因为他心地
单纯，就像一个孩子一样，用情专而深，所以写出来词，不是那些寻章
摘句者所可以比拟。

　　作者是不是一定要不谙世事才能写出好作品呢？至少对王国维
来说，词是这样的。明末李贽也曾经提出过“童心说”：“夫童心者，绝
假纯真，最初一念之本心也。若失却童心，便失却真心；失却真心，便
失却真人。人而非真，全不复有初矣。”（《焚书·童心说》）真诚是写作
的第一要义，如果言不由衷，就算写得再好，也是没有生命力的假文
学。清代的袁枚也说过：“诗人者，不失其赤子之心者也。”（《随园诗
话》卷三）强调的是诗人保持赤子之心，诗歌才会有性灵和童趣。王
国维《叔本华与尼采》引叔本华《世界是意志和表象》云：“天才者，不失
其赤子之心者也。……故赤子能感也，能思也，能教也。其爱知识也，
较成人为深；而其受知识也，亦视成人为易。一言以蔽之曰：彼之知
力盛于意志而已。即彼之知力之作用，远过于意志之所需要而已。”
（《静庵文集》）古今中外贤哲论文，如出一辙。

第一百零七则(17)

客观之诗人，不可不阅世。阅世愈深，则材料愈丰富，愈变化，《水浒传》《红楼梦》之作者是也。主观之诗人，不必多阅世。阅世愈浅，则性情愈真，李后主是也。

"不可不阅世"，通行本作"不可不多阅世"。此则将诗人分作客观的与主观的两类。认为客观的诗人，阅世越深，积累的素材越丰富，写出来的文章也越能够穷尽各种变化之妙，如《水浒传》《红楼梦》的作者就是这样。主观的诗人，不一定要多阅世，阅世越浅，有可能性情越真，比如像李后主就是这样的例子。此则等于是为上一则又作了一些补充说明，承认阅世深也是可以写出好作品的，但是偏于叙事类作品；而抒情文学，更加重要的是保持一颗词心，并不能够完全以是否涉世来作为评判标准。

《水浒传》《红楼梦》都是中国古典小说中的经典之作。《水浒传》的作者一般认为是元末明初的施耐庵，王国维在这里没有给出具体姓名。《水浒传》主要描写了北宋末年，梁山好汉反抗压迫，替天行道，后来被朝廷招安，最后起义走向失败的故事。塑造了林冲、武松、鲁智深、阮氏三兄弟、李逵、宋江等个性各异的人物群像，在中国古代白话章回小说中，首屈一指。《红楼梦》的作者一般认为是曹雪芹，王国维在这里也没有给出姓名。《红楼梦》以贾宝玉、林黛玉、薛宝钗三人的爱情悲剧为主线，写出了贾、史、王、薛四大家族的兴衰。其中包罗中国古代社会的人情百态，这样的文学，都必须要社会阅历丰富才能写得出来。

第一百零八则(18)

尼采谓："一切文学，余爱以血书者。"[1]后主之词，真所谓以血书者也。宋道君皇帝[2]《燕山亭》[3]词亦略似之。然道君不过自道身世之戚，后主则俨有释迦[4]、基督[5]担荷人类罪恶之意，其大小固不同矣。

[１]尼采(1844—1900)，德国哲学家。他在《苏鲁支语录》中说："凡一切已经写下的，我只爱其人用其血写下的。用血写：然后你将体会到，血便是精义。"（徐梵澄译本）

[２]宋道君皇帝：宋徽宗赵佶(1082—1135)，在位二十五年，内禅皇太子赵桓（即钦宗），被尊为教主道君太上皇帝。

[３]赵佶《燕山亭·北行见杏花》："裁翦冰绡，轻叠数重，淡著燕脂匀注。新样靓妆，艳溢香融，羞杀蕊珠宫女。易得凋零，更多少无情风雨。愁苦。闲院落凄凉，几番春暮。　凭寄离恨重重，这双燕何曾，会人言语。天遥地远，万水千山，知他故宫何处？怎不思量，除梦里有时曾去。无据。和梦也、新来不做。"（唐圭璋等编《唐宋词鉴赏辞典》）

[４]释迦：释迦牟尼的简称，印度佛教的创始人。

[５]基督：耶稣基督，基督教始祖。救世主之意。

此则引尼采《查拉斯图拉如是说》中语，楚图南译本此语在第一部七《读书与著作》中："在一切著作中,我只爱作者以他的心血写成的著作。以心血著作,并且你可以觉到心血就是一种精神。"王国维认为,李后主的词就是尼采所说的用血写就的那种,宋徽宗的《燕山亭》也比较近似,但两人又有所不同。因为宋徽宗更多仍然是在自道身世之悲戚,而李煜则好比释迦牟尼、耶稣基督一样,能够担荷起全人类的罪恶,所以词的立意与境界要更加高远。

宋徽宗的《燕山亭》作于靖康二年(1127)与其子钦宗赵桓被金兵掳往北方的途中。这位精通书画的帝王,在东京之战失利后,与儿子一起成了阶下囚。各种珍宝、图书,连同后宫、宗室,都被金人抢掳一空,史称"靖康之变"。《燕山亭》写北行途中见到杏花,诗人虽然内心痛苦,但仍然沉浸在艺术的审美世界中。上阕写杏花之美,犹如一幅工笔画。突然笔锋一转,想到风雨无情,如美人般的杏花,难逃凋零的结局。写暮春时节,院落凄凉,杏花的愁苦,其实也真是诗人内心的愁苦。下阕继续抒发愁怀。写南来的双燕,也无法理解自己心中的千言万语。故国辽远,已相隔千山万水,唯有在梦中,才能一慰相思。更加凄惨的是,近来连梦都没有了。整首词因为不同于李煜惯用的小令,所以更多采用了铺叙的手法。徽宗一路北上,诗作不断。他可能不是一个好皇帝,但绝对是一个合格的艺术家。

至于把李煜比作释迦、基督是否合适,只好仁者见仁、智者见智了。客观地说,李煜也不是一个好皇帝。信仰佛教,却不能听信忠臣的劝谏,落得国破家亡。不管怎么说,他在词学方面的成就,肯定比宋徽宗要来得更高。

第一百零九则

　　楚辞之体，非屈子[1]之所创也。《沧浪》[2]、《凤兮》[3]之歌已与《三百篇》异，然至屈子而最工。五七律始于齐、梁而盛于唐。词源于唐而大成于北宋。故最工之文学，非徒善创，亦且善因。（此条原已删去）

　[1] 屈子：屈原，芈姓，屈氏，名平，字原，又名正则，字灵均，战国时期楚国诗人、政治家。

　[2] 《沧浪》歌见《孟子·离娄上》："沧浪之水清兮，可以濯我缨；沧浪之水浊兮，可以濯我足。"（朱熹《四书章句集注》）

　[3] 《凤兮》歌见《论语·微子》："凤兮！凤兮！何德之衰？往者不可谏，来者犹可追。已而！已而！今之从政者殆而！"（朱熹《四书章句集注》）

　　此则论楚辞并非屈原所创，《孟子》中已有《沧浪》歌，《论语》中已有《凤兮》歌，都与《诗三百》体制不同，但是写得最好的是屈原。五七言律诗在唐代最为兴盛，但其实在齐、梁时就已经开始出现了。词在北宋达到了最高峰，但其实源头是在唐代。所以，文学要达到最高境界，不仅仅是靠创新，也要善于在前人开创的基础上，去做进一步的发展和完善。

　　楚辞，泛指楚地的歌辞，发展到了屈原手里，才成为一种成熟的文体，创作出了《离骚》《九歌》等篇章。《沧浪》歌的原意是孺子所歌，讲的是沧浪之水如果清澈，就用来洗我的冠带；沧浪之水如果混浊，就用来洗我的脚。孔子听后说："小子听之！清斯濯缨，浊斯濯足矣，自取之也。"也就是说，不管社会环境是清是浊，作为个人，总能够找到自己立身处世的立场。《凤兮》歌是楚狂接舆过孔子而歌的，希望孔子能够早日悔悟，有道则现，无道则隐。孔子听后，追上去想和他说几句，但这位狂人早已经跑开了。

王国维在这里想要说的意思，颇和历史上朝代的发展有相似之处。开创汉、唐这样的王朝固然不易，但是汉武帝、唐太宗都不是第一位皇帝。文学的发展也有一个逐步的过程。齐梁文学，不管是宫体，还是边塞，都为唐诗的繁荣做了充分的铺垫。敦煌曲子词、《花间集》也为北宋词的大成做足了准备。作为一个好的文学家，需要清醒地意识到，自己的特长到底是在于开拓新的领域，还是可以在前人尚未充分耕耘的土地上，继续精耕细作，争取做到极致。

第一百十则(30)

"风雨如晦，鸡鸣不已"[1]，"山峻高以蔽日兮，下幽晦以多雨。霰雪纷其无垠兮，云霏霏而承宇"[2]，"树树皆秋色，山山尽落晖"[3]，"可堪孤馆闭春寒，杜鹃声里斜阳暮"，气象皆相似。

[1]《诗经·郑风·风雨》："风雨凄凄，鸡鸣喈喈。既见君子，云胡不夷。 风雨潇潇，鸡鸣胶胶。既见君子，云胡不瘳。 风雨如晦，鸡鸣不已。既见君子，云胡不喜。"（程俊英、蒋见元《诗经注析》）

[2] 屈原《九章·涉江》中句，文繁不录。

[3] 王绩《野望》："东皋薄暮望，徙倚欲何依。树树皆秋色，山山唯落晖。牧人驱犊返，猎马带禽归。相顾无相识，长歌怀采薇。"（俞平伯等编《唐诗鉴赏辞典》）

　　此则以《诗经》《楚辞》、唐诗中的诗句为例，来证明它们与秦观词在境界、气象上的相通之处。《风雨》写的是女子在昏暗的风雨之夜，内心忐忑，终于等来了自己的爱人，心情也随之转为狂喜。越是刻画自然环境的恶劣，越是为后来恋人相见的突如其来作铺垫。《毛诗序》认为："《风雨》，思君子也。乱世则思君子不改其度焉。"虽然提升了此诗的主题，但也有可能加入了过度的阐释。《郑笺》更是认为："喻君子虽居乱世，不变改其节度。……鸡不为如晦而止不鸣。"这个解释对后世的影响很大，后人一般都认为此诗表达了身处乱世，君子也不改变其节操。则每章开篇的前二句景物描写，其实正表达了有德君子的意志坚定。

　　《涉江》写的是屈原在流放途中所感受到的理想与现实的冲突。山高蔽日，幽晦多雨；霰雪无边，乱云堆宇。既是极写阴郁的自然景物，也是暗喻自己所处的政治环境。《野望》则更多表达了王绩弃官归隐，因为对现实不满，所表现出的消极与愤懑。"树树皆秋色，山山唯落晖。牧人驱犊返，猎马带禽归"，真是一幅田园牧歌图。但是诗人感受到的却是孤独无依，只好吟唱《采薇》之诗以寄意。以上这些诗篇，都与秦观《踏莎行》在气象上有着异曲同工之妙。

第一百十一则(删39)

　　《沧浪》《凤兮》二歌，已开楚辞体格。然楚辞之最工者，推屈原、宋玉[1]，而后此之王褒[2]、刘向[3]之词不与焉。五古之最工者，实推阮嗣宗[4]、左太冲[5]、郭景纯[6]、陶渊明，而前此曹[7]、刘[8]，后此陈子昂[9]、李太白不与焉。词之最工者，实推后主、正中、永叔、少游、美成，而前此温、韦，后此姜、吴，皆不与焉。（此条原已删去）

[1] 宋玉：战国后期楚国辞赋家。

[2] 王褒：字子渊，蜀资中（今四川资阳）人，西汉辞赋家。

[3] 刘向：本名更生，字子政，西汉学者、文学家。

[4] 阮籍（210—263），字嗣宗，陈留尉氏（今属河南）人，三国魏诗人。

[5] 左思，字太冲，临淄（今山东淄博东北）人，西晋文学家。

[6] 郭璞（276—324），字景纯，河东闻喜（今属山西）人，晋代文学家。

[7] 曹植（192—232），字子建，三国魏诗人。

[8] 刘桢，字公干，"建安七子"之一，汉末文学家。

[9] 陈子昂，字伯玉，梓州射洪（今属四川）人，唐代文学家。

　　此则论每一种文体，都有它的一个顶峰；而这个顶峰的出现，一般来说既不是在滥觞之时，也不是在这个顶峰过后。比如楚辞，写得最好的就是屈原和宋玉，虽然春秋战国时已有开楚辞体格的《沧浪》《凤兮》二歌，屈、宋之后又有王褒、刘向，但都与楚辞之最工者无涉。王国维又认为，五古最工的是阮籍、左思、郭璞、陶渊明，而不是先于他们的曹植、刘桢，也不是唐代的陈子昂、李白。词写得最工的是李煜、冯延巳、欧阳修、秦观、周邦彦，而不是先于他们的温庭筠、韦庄，也不是后于他们的姜夔、吴文英。

　　这种文学批评思想背后，其实就是王国维的"一代有一代之文学"，即认为任何一种文体，都有一个产生、发展、走向巅峰又逐渐衰弱的过程。比如楚辞的巅峰是屈、宋，到了汉代，虽然仍有作者继起，但成就都已有不如。这个是基本符合文学史的实际情况的。五言诗推崇阮、左、郭、陶也基本属于正常，钟嵘《诗品》是一部专论五言诗的论著，其中上品诗人包括曹植、刘桢、阮籍、陆机、左思、谢灵运等。不管怎么说，认为曹植不是五古之最工者，并不公平。认为陈子昂、李白的诗已经过了五古的最黄金时节，也是属于过于严苛之论，就算王士祯的《古诗选》都要比他来得宽容。至于推崇北宋词，遂认为晚唐五代、南宋词均不能厕身最工，都是属于王国维年轻时代比较偏激的观点。

第一百十二则(删 45)

　　读《花间》《尊前》集，令人回想徐陵[1]《玉台新咏》[2]。读《草堂诗余》，令人回想韦縠《才调集》[3]。读朱竹垞《词综》，张皋文、董晋卿[4]《词选》，令人回想沈德潜[5]《三朝诗别裁集》[6]。

[1] 徐陵（507—583），字孝穆，东海郯（今山东郯城）人。南朝梁、陈间诗人。

[2]《玉台新咏》：东周至南朝梁代的诗歌总集，徐陵编选，编纂的宗旨是"选录艳歌"，即主要收男女闺情之作。

[3] 韦縠，五代后蜀文学家，所编《才调集》十卷，采录唐诗一千首，选诗标准为韵高词丽，风格秾艳。

［4］董晋卿：当作"董子远"，即董毅，字子远，张惠言外孙。继张惠言《词选》后，编成《续词选》。

［5］沈德潜（1673—1769），字确士，号归愚，长洲（今江苏苏州）人。清代文学家。

［6］《三朝诗别裁集》：即《唐诗别裁集》《明诗别裁集》和《清诗别裁集》。沈德潜编选，以温柔敦厚的诗教为选录标准。

此则讨论词集选本与诗集选本之相似与互通。《花间集》与《尊前集》，因为其中多吟咏男欢女爱的题材，让人回想起徐陵的《玉台新咏》。《草堂诗余》是南宋坊间所刻歌词总集，为说唱艺术的脚本，内容俗艳，与韦縠《才调集》相仿佛。朱彝尊编选的《词综》，是一部历代词总集。其中朱彝尊编选二十六卷，汪森增补十卷。选辑唐、五代、宋、金、元词六百余家，二千二百五十多首。朱、汪为清代浙派词的创始人，录词标准，"以醇雅为宗"。张惠言《词选》选录唐、五代、宋词四十四家，词一百一十六首。张氏为清代常州词派的创始人，论词重比兴。继张惠言、张琦兄弟《词选》后，董毅复编《续词选》三卷，续选五十二家，词一百二十二首。王国维认为《词综》《词选》这两部清代影响最大的词集选本，正如乾隆朝沈德潜编选的《唐诗别裁集》《明诗别裁集》和《清诗别裁集》。因为立论都很正大。王国维这里也有可能对朱、张略有不满，因为诗歌可以讲温柔敦厚，词如果过分讲求雅正、比兴，则不免真意不足，容易流为道德说教，远离了词的本旨。

第一百十三则（删 46）

明季国初诸老[1]之论词，大似袁简斋[2]之论诗，其失也

纤小而轻薄。竹垞以降之论词者，大似沈归愚，其失也枯槁
而庸陋。（"陋"原作"俗"。）

[１] 主要是以陈子龙为代表的云间派，包括宋徵璧、宋徵舆、李雯等人。
[２] 袁枚（1716—1797），字子才，号简斋、随园老人，钱塘（今浙江杭州）人，
　　　清代诗人。

　　此则论明季清初诸老论词，似袁枚论诗，纤小轻薄，不能得其大
体。这里说的主要是以陈子龙为代表的松江云间派。陈子龙论词，
崇尚《花间》诸家，风流婉丽，蕴藉极深，享明词"第一"之誉。王士禛
《花草蒙拾》："陈大樽诗首尾温丽，《湘真词》亦然。然不善学者，镂金
雕琼，如土木被文绣耳。"王国维认为陈论词之失在于失去风雅之旨，
即不能得其厚而重者。又认为朱彝尊以降之浙派、常州词派论词，其
失大抵如沈德潜，过于强调雅正、比兴，注重思想性，使得词作枯槁庸
陋，缺少真情。清代词学号称中兴，其中最有成就者，浙派、常州词派
三分天下有其二。到了王国维这里，几乎是被一笔抹杀，这当然是比
较偏颇的。谭献《箧中词》二："锡鬯（朱彝尊字）、其年（陈维崧字）出，
而本朝词派始成""锡鬯情深，其年笔重，固后人所难到"。因为王国维
最欣赏的是北宋词，所以对于清代词学的成就，总体评价是不高的，
这并不公平。

第一百十四则（44）

　　东坡之词旷，稼轩之词豪。[１]无二人之胸襟而学其词，犹

东施之效捧心[2]也。（此句手稿原作："白石之旷在文字而不在胸襟。"）

[1] 刘熙载《艺概·词曲概》："东坡词具神仙出世之姿。""稼轩词龙腾虎掷，任古书中理语、廋语，一经运用，便得风流，天姿是何复异！"

[2] 即东施效颦，《庄子·天运》："西施病心而颦其里，其里之丑人见而美之，归亦捧心而颦其里。其里之富人见之，坚闭门而不出；贫人见之，挈妻子而去之走。彼知颦美，而不知颦之所以美。"

此则论东坡之词风旷达，稼轩之词风豪迈。如果没有两人的胸襟与生命境界，而只是从字句上去学习两人之词，那就和东施效颦一样，只是益增其丑而已。这里的潜台词是批评姜夔，因为原稿删去了"白石之旷在文字而不在胸襟"这一句，可见正是针对白石而言。苏轼的一生，因为反对王安石变法，关心民瘼，不断遭到打击与贬谪，从黄州、惠州到儋州，但他始终乐观坚定，把人生的苦难当作一次官费旅行。这样的胸襟一般的人确实是学不来的。辛弃疾一生以恢复中原为志，曾经率五十人，入五万金兵营中抓走叛徒，这样的豪情，非一般书生可以比拟。但是朝廷对北伐态度冷淡，他的"归正人"身份也阻碍了他仕途上的进一步发展，所以辛词中总是有一种郁郁不平之气。相比较而言，东坡儒、释、道兼通，是更善于从窄处往宽处想的人。所以苏、辛同为豪放派，但苏是达，而辛是豪。陈廷焯《白雨斋词话》："苏、辛并称，然两人绝不相似。魄力之大，苏不如辛。气体之高，辛不逮苏远矣。东坡词寓意高远，运笔空灵，措语忠厚，其独至处，美成、白石亦不能到。"又云："辛稼轩，词中之龙也，气魄极雄大，意境却极沉郁。不善学之，流入叫嚣一派，论者遂集矢于稼轩，稼轩不受也。"刘熙载、陈廷焯，对于王国维论词，应该说都产生了比较大的影响。

第一百十五则（删47）

　　东坡之旷在神，白石之旷在貌。白石如王衍，口不言阿堵物[1]，而暗中为营三窟之计，此其所以可鄙也。

[1] 刘义庆《世说新语·规箴》：“王夷甫雅尚玄远，常嫉其妇贪浊，口未尝言‘钱’字。妇欲试之，令婢以钱绕床，不得行。夷甫晨起，见钱阂行，呼婢曰：‘举却阿堵物！’”

　　此则论东坡的旷达在神，而白石的旷达在貌。认为姜夔就像《世说新语》中的王衍一样，是个喜欢故作姿态的人。他为了表现自己的玄远，嫌弃自己的妻子贪浊，平时从来不提“钱”字。妻子为了考验他，让婢女用钱把他的床围了起来，不得外出。王衍早上醒来，见到钱把路挡住了，就叫婢女：“给我把这些东西拿走。”“阿堵物”，意思就是这个东西，后来成了钱的代名词。王国维认为姜夔的旷达只是表面的，其实他是一个很善于为自己经营的人，就好像狡兔三窟的故事一样，所以很可鄙。

　　据《战国策·齐策》，孟尝君门客冯谖为了报效主子，为他营造了狡兔三窟，以为政治上的万全之计。先是取消了薛地人民的所有债务，以收买人心。当孟尝君至薛地，百姓夹道欢迎时，冯谖说：“狡兔有三窟，仅得免其死耳；今君有一窟，未得高枕而卧也。请为君复凿二窟。”于时又到梁国游说，说动梁惠王派使者请孟尝君去当宰相。齐王听到以后，十分害怕，马上重新任命孟尝君为相。冯谖又让孟尝君请求齐王同意在薛建立宗庙。庙成，冯对孟尝君说："三窟已就，君姑高枕为乐矣。"姜夔作为一个清客词人，在生命境界上与东坡是有差异的。但用狡兔三窟来形容他，不得不说有点过分。

第一百十六则（27）

　　永叔"人间（当作"生"）自是有情痴，此恨不关风与月"、"直须看尽洛城花，始与（当作"共"）东（当作"春"）风容易别"[1]，于豪放之中有沈著之致，所以尤高。

[1] 欧阳修《玉楼春》："尊前拟把归期说，未语春容先惨咽。人生自是有情痴，此恨不关风与月。　离歌且莫翻新阕，一曲能教肠寸结。直须看尽洛城花，始共春风容易别。"（唐圭璋等编《唐宋词鉴赏辞典》）

　　此则论欧阳修《玉楼春》词，于豪放中有沉着之致，所以尤高。这是一首抒写离愁的词。上阕写分手的时刻就要到来，主人公还没来得及开口，对方善感的心灵已经觉察；良辰美景，对酒当歌，但是因为心情沉重，美丽的脸庞却愁云密布。因为双方都是珍惜感情的人，这样的离愁别恨无关风月，一切都是命运的安排。下阕进一步写悲。离别的歌声催人断肠，还是多唱旧曲吧，免得新声又让人产生更多的挂念。结句突然转入豪放。天下没有不散的宴席，就像这美好的春光一样，终有逝去的一天。且让我们抓住这眼前的短暂的美好，一起在洛阳城里赏花吧。看似是宽慰语，而让人觉得更加沉痛。这就是王国维说的"于豪放之中有沈著之致"。这首小词在艺术上取得了极高的成就。写出了人类在那些逝去的美好事物面前的执着与从容。《世说新语·伤逝》篇云："圣人忘情，最下不及情，情之所钟，正在我辈。"这种能够把感情的因素放在第一位的作品，又能够从情感中升华出人生的理趣，正是王国维认为特别高明的。

第一百十七则（60）

诗人对自然人生，须入乎其内，又须出乎其外。入乎其内，故能写之。出乎其外，故能观之。入乎其内，故有生气。出乎其外，故有高致。[1]美成能入而不出。白石以降，于此二事皆未梦见。

［1］周济《宋四家词选目录序论》："夫词，非寄托不入，专寄托不出，一物一事，引而伸之，触类多通。驱心若游丝之罥飞英，含毫如郢斤之斫蝇翼，以无厚入有间。既习已，意感偶生，假类毕达，阅载千百，馨欬弗违，斯入矣。赋情独深，逐境必寤，酝酿日久，冥发妄中。虽铺叙平淡，摹绩浅近，而万感横集，五中无主。读其篇者，临渊窥鱼，意为鲂鲤，中宵惊电，罔识东西。赤子随母笑啼，乡人缘剧喜怒，抑可谓能出矣。问涂碧山，历梦窗、稼轩，以还清真之浑化。余所望于世之为词人者，盖如此。"（郭绍虞编《中国历代文论选》）

"自然人生"，通行本作"宇宙人生"。此则论诗人对于自然人生，首先要能进得去，即能够沉入生活的当中去。其次又要能够出得来，即不能完全沉浸在生活的喜怒哀乐当中，要能够出离得出来。进得去，才能了解人生百态，写出有感情的作品来；出得来，才能把感性的认识上升到哲学的高度，而产生出悲天悯人的情怀来。只有热爱生活的人，才能够进得去，写出富有生气与生命力的作品来。只有具有出离心的人，才能与现实保持一定距离，产生高远的意趣。周邦彦经常喜欢流连于灯红酒绿的场所，所以他能够写好那些香艳的题材；但是他的出离心不够，无法达到更高的境界。至于像姜夔那些人，强调清空、骚雅，他们连生活是什么都感受不全，更不要说出离了。

常州词派周济《宋四家词选目录序论》中认为，作词需要有寄托。完全没有寄托，就会进不去，连入门都难；只知道寄托也不好，因为那样有时会过于牵强附会，缺少潇洒自如之致。好的文学家需要出入自由，游戏三昧。既忠实于自然人生，又能够超越之。文学，既是对现实在某种层面的反映，又是一种再创造。总的来说，王国维认为，南宋词不管是在情感的强烈程度，还是对于人生的哲理观照方面，都不如北宋词。

第一百十八则（25）

"我瞻四方，蹙蹙靡所骋"[1]，诗人之忧生也。"昨夜西风凋碧树。独上高楼，望尽天涯路"似之。"终日驰车走，不见所问津"[2]，诗人之忧世也。"百草千花寒食路，香车系在谁家树"[3]似之。

［1］《诗经·小雅·节南山》："驾彼四牡，四牡项领。我瞻四方，蹙蹙靡所骋。"（程俊英、蒋见元《诗经注析》）

［2］陶潜《饮酒二十首》（之二十）："羲农去我久，举世少复真。汲汲鲁中叟，弥缝使其淳。凤鸟虽不至，礼乐暂得新。洙泗辍微响，漂流逮狂秦。诗书复何罪？一朝成灰尘。区区诸老翁，为事诚殷勤。如何绝世下，六籍无一亲。终日驰车走，不见所问津。若复不快饮，空负头上巾。但恨多谬误，君当恕醉人。"（龚斌《陶渊明集校笺》）

［3］冯延巳《鹊踏枝》："几日行云何处去？忘却归来，不道春将暮。百草千花寒食路，香车系在谁家树？　泪眼倚楼频独语。双燕来时，陌上相逢否？撩乱春愁如柳絮，悠悠梦里无寻处。"（唐圭璋等编《唐宋词鉴赏辞典》）

　　此则论诗人之忧生与诗人之忧世，与词家相似。诗人之忧生，引用《诗经·小雅·节南山》，这首诗一般认为是周大夫家父斥责执政者尹氏的诗。王国维这里引的是第七章，前六章主要写了师尹之地位显赫，作威作福，民生凋敝，百姓敢怒而不敢言。尹氏还有很多的裙带关系，诗人感到忧心如焚。诗人驾着四匹马组成的马车，但是马车却逡巡不前，因为马的脖子肥大生病了。诗人瞻顾四方，内心感慨自己不得重用，想要退遁，却又无处可以驰骋。这首诗中所表达的忧生之叹，王国维认为和晏殊词《鹊踏枝》里主人公"昨夜西风凋碧树。独上高楼，望尽天涯路"的栖栖遑遑是相类似的。

　　诗人之忧世，这里举了陶潜《饮酒二十首》（之二十）为例。这首诗主要写了孔子晚年周游列国，不遗余力推行仁道。但是秦国实现统一后，推行焚书坑儒的愚民政策。汉代诸儒努力振兴儒学，可是到了魏晋，士大夫好谈玄学，世道沦丧，儒学再度面临危机。虽然大街上车水马龙，却没有了问津儒学与仁爱之人。诗人觉得与其整日忧心忡忡，不如饮酒寻乐。就算话说错了也没有关系，因为自己已是一个醉人。王国维觉得这种忧世之心，和冯延巳《鹊踏枝》相似。这首词写的是一位痴情的女子对于冶游不归男子的思恋。上阕写春天即将逝去，又到了百草千花的寒食季节，可是自己所爱的人却不知道去哪里寻欢作乐了？下阕写主人公只好以泪洗面，甚至无聊之至，去问双飞的燕子有没有遇到自己所爱的人？一腔愁绪，就像那漫天飞舞的柳絮，但是思念的人，就算在梦里也无处找寻。这位女子的绝望，与饮酒避世的陶潜，有过之而无不及。因为陶潜追求一个理想的社会，最后却只好去酒精里麻醉自己；而这位女子，同样也是在追求自己的理想，不管对方如何的薄幸与冷血，却无怨无悔。因此诗和词、诗人和词人，在文学与人生的境界上，都是可以相通的。

第一百十九则（删 48）

　　"纷吾既有此内美兮，又重之以修能。"文学之事，于此二者，均不可缺一。然词乃抒情之作，故尤重内美。无内美而但有修能，则白石耳。

　　"文学之事"，通行本作"文字之事"。此则引用屈原《离骚》中的诗句，来说明文学之事，既需要有内美，又需要具修能。而词属于抒情之作，所以内美尤其显得重要。有的人具备写作才能，但是却没有内美之质，比如姜夔就是属于这种情况。这里所谓的内美，包含诗人的生命境界。王国维《文学小言》云："三代以下之诗人，无过于屈子、渊明、子美、子瞻者。此四子若无文学之天才，其人格亦自足千古。故无高尚伟大之人格，而有高尚伟大之文学者，殆未之有也。"姜夔具有一个好的词人所需要的全部技巧，但这在王国维看来仍然是不够的。文学首先是一门人学，像屈原、陶渊明、杜甫、苏轼这些人，都能够用自己的生命来谱写最壮烈的诗篇。如果不具备高尚的人格，就算文字写得再漂亮，也都只是徒具形式而已，称不上第一流的文学。所谓"鹦鹉能言，不离飞鸟；猩猩能言，不离禽兽"（《礼记·曲礼》），文学并不只是简单地码字，王国维崇尚的，是用血和火来书写的、具有崇高悲剧意味的人生。

第一百二十则(61)

诗人必有轻视外物之意，故能以奴仆命风月。又必有重视外物之意，故能与花鸟同忧乐。

"故能以奴仆命风月"，手稿原作"清风明月役之如奴仆"。此则论诗人的两种能力，一种是驱遣万物的能力。曹丕《典论·论文》中说："盖文章，经国之大业，不朽之盛事。年寿有时而尽，荣乐止乎其身，二者必至之常期，未若文章之无穷。是以古之作者，寄身于翰墨，见意于篇籍，不假良史之辞，不托飞驰之势，而声名自传于后。"作为一个作家，他可以没有万贯家财，可以没有显赫的社会地位，但他掌握的其实是一种驱遣万物的权力。尤其是大自然的风月，正如李白《襄阳歌》中所唱："清风朗月不用一钱买，玉山自倒非人推。"诗人吟风弄月，看似无关宏旨，但其实大自然的秘密与心声，正要通过诗人的喉舌来表达。

　　诗人又必须重视外物，这样才能与花鸟同忧乐。钟嵘《诗品序》云："若乃春风春鸟，秋月秋蝉，夏云暑雨，冬月祁寒，斯四候之感诸诗者也。嘉会寄诗以亲，离群讬诗以怨。至於楚臣去境，汉妾辞宫。或骨横朔野，魂逐飞蓬。或负戈外戍，杀气雄边。塞客衣单，孀闺泪尽。或士有解佩出朝，一去忘返。女有扬蛾入宠，再盼倾国。凡斯种种，感荡心灵，非陈诗何以展其义？非长歌何以骋其情？"诗人的心灵是最敏感的，他又必须与万物为友，感受它们的悲欢。感受春夏秋冬，人世间的各种悲欢离合。这是一种共情的能力。

第一百二十一则（删 49）

　　诗人视一切外物，皆游戏之材料也。然其游戏，则以热心为之。故诙谐与严重二性质，亦不可缺一也。

　　此则论文学的本质是游戏。在诗人眼里，一切外物，都是用来游戏的材料。但是这种游戏，与游戏人生不同，需要付出热忱。所以从事文学创作，既要明白其游戏性的一面，写出诙谐来；又要投入真诚的情感，必须要有严肃的创作态度。

　　王国维《文学小言》中云："文学者，游戏的事业也。人之势力，用于生存竞争而有余，于是发而为游戏。婉娈之儿，有父母以衣食之，以卵翼之，无所谓争存之事也。其势力无所发泄，于是作种种之游戏。逮争存之事亟，而游戏之道息矣。唯精神上之势力独优，而又不必以生事为急者，然后终身得保其游戏之性质。而成人以后，又不能以小儿之游戏为满足，于是对其自己之情感及所观察之事物而摹写之，咏叹之，以发泄所储蓄之势力。故民族文化之发达，非达一定之程度，则不能有文学；而个人之汲汲于争存者，决无文学家之资格也。"可以用来与此则对读。

王国维认为，文学是游戏的事业。这种游戏，是生存竞争的能力有余，而生成的产物。儿童时期，因为衣食之需有父母卵翼，所以无所谓生存竞争。生命的势能无所发泄，只好用在各种游戏上。随着年龄一天天长大，各种生存竞争越来越激烈，而游戏的精神也变得越来越稀薄。只有那些在精神上强大的人，才能够不被生存的压力压垮，而把这种游戏的精神保持终生。在长大成人以后，孩童时期的游戏已经不能令人满足，于是开始摹写、咏叹自己的情感，以及所观察到的世界上的事物，来发泄内心所储蓄的势能。所以一个民族文化要发达，必须要积累到一定的程度，才会产生文学；而一个过分热衷于生存竞争的个人，也不可能产生出文学家的资格。总之，对于残酷的社会，必须要产生出一种超越的力量来，以游戏的精神视之。这才是一个人生命力丰富的表现。不得不说，王国维这里有点受到了尼采超人学说的影响。

第一百二十二则

金朗甫作《词选后序》，分词为"淫词""鄙词""游词"三种。[1]词之弊尽是矣。五代北宋之词，其失也淫。辛、刘之

词，其失也鄙。姜、张之词，其失也游。（此条原已删去）

［1］金应珪《词选后序》云："近世为词，厥有三蔽：义非宋玉，而独赋蓬发，谏谢淳于，而惟陈履舄，揣摩床第，污秽中冓，是谓淫词，其蔽一也。猛起奋末，分言析字，诙嘲则俳优之末流，叫啸则市侩之盛气，此犹巴人振喉以和阳春，电蚓怒嗌以调疏越，是谓鄙词，其蔽二也。规模物类，依托歌舞，哀乐不衷其性，虑叹无与乎情，连章累篇，义不出乎花鸟，感物指事，理不外乎酬应，虽既雅而不艳，斯有句而无章，是谓游词，其蔽三也。"

此则论金应珪所作《词选后序》，王国维手稿中写成了金朗甫，也是常州词派成员，属于误记。金把近代词的缺失，划为三类：一类是喜欢写床第之事，污言秽语，叫作淫词，王国维认为五代北宋词的缺点在此；第二类是油腔滑调如俳优，干嚎叫啸如市侩，叫作鄙词，王国维认为辛弃疾、刘过一派的词，有这种缺点；第三类是游词，言不由衷，有句无章，把文学当成应酬，连篇累牍，写一些花草虫鱼，王国维认为姜夔、张炎的词似之。

金认为，人们最容易犯的是第三类错误。因为写淫词、鄙词，都是《风》《雅》罪人，一般人都还知道止步。但是第三类游词，假托南宋，自命风雅，正中浙派词那些学习姜、张之人的痛处。所以陈廷焯《白雨斋词话》卷六："此论深中世病，学人必破此三蔽，而后可以为词。"王国维虽然反对常州词派，但从此则可以看出，王对于他们的一些词论其实还是有所采纳的。

第一百二十三则(62)

"昔为倡家女,今为荡子妇。荡子行不归,空床难独守",[1]"何不策高足,先据要路津。无为久贫贱,轗轲长苦辛",[2]可为淫鄙之尤。然无视为淫词、鄙词者,以其真也。五代北宋之大词人亦然。非无淫词,读者但觉其沈挚动人。非无鄙词,然但觉其精力弥满。可知淫词与鄙词之病,非淫与鄙之为病,而游之为病也。"岂不尔思,室是远而",而子曰:"未之思也,夫何远之有?"恶其游也。

[1]《古诗十九首》之二:"青青河畔草,郁郁园中柳。盈盈楼上女,皎皎当窗牖。娥娥红粉妆,纤纤出素手。昔为倡家女,今为荡子妇。荡子行不归,空床难独守。"(《文选》)

[2]《古诗十九首》之四:"今日良宴会,欢乐难具陈。弹筝奋逸响,新声妙入神。令德唱高言,识曲听其真。齐心同所愿,含意俱未申。人生寄一世,奄忽若飙尘。何不策高足,先据要路津。无为守穷贱,轗轲长苦辛。"(《文选》)

此则以《古诗十九首》为例,来说明文学创作最重要的是真诚。淫词、鄙词只要抒写的是真情,照样可以流传为杰作。比如《古诗十九首》之二,写思春的少妇正值妙年,当窗理云鬟,对镜贴花黄。突然想到自己所爱的人,不知去了何方。大好青春年华,就这样在空虚无聊中度过。终于忍不住发出"昔为倡家女，今为荡子妇。荡子行不归，空床难独守"的心声。

又比如《古诗十九首》之四，写好朋友们欢聚一堂，弹筝高唱，新曲中有些什么高论呢？其实每个人都想得很粗鄙。人生苦短，一辈子就好像飞尘一样渺小。大家要抓紧时间去结交那些权贵，谋取到富贵荣华。否则长期处于穷贱，那样生活实在太累太辛苦。这些淫词、鄙词，不但流传至今，而且都成了五言诗中的杰作。因为写出了当时一些底层文人的消极没落与看不到希望。五代北宋词也属于这种情况。尽管写男女之情有淫荡之处，却让人觉得沉挚动人。发抒人生感慨虽不无粗鄙叫嚣，却让人觉得精力弥满。可见文学作品的大忌不是淫与鄙，而是游词。即那些言不由衷，缺乏感染力的文字。所以孔子在《论语》中才会对佚诗中的"岂不尔思，室是远而"发出批评，觉得"未之思也，夫何远之有"，认为这样的文学是游词。

第一百二十四则（52）

纳兰容若以自然之眼观物，以自然之笔写情。此由初入中原，未染汉人风气，故能真切如此。同时朱、陈、王、顾[1]诸家，便有文胜则史[2]之弊。

[1] 顾贞观（1637—1714），字华峰，号梁汾，无锡（今属江苏）人，清代词人。

[2]《论语·雍也》："子曰：'质胜文则野，文胜质则史。文质彬彬，然后君子。'"（朱熹《四书章句集注》）

"以自然之笔写情"，通行本作"以自然之舌言情"；"同时朱、陈、王、顾诸家，便有文胜则史之弊"，通行本作"北宋以来，一人而已"。此则论纳兰性德能够以自然之眼来观物，以自然之笔来写情，保持了一种诗人的赤子之心。王国维认为只因他是满族人，初入中原，还没有沾染上靡缛之气，所以才能写得如此真切。相比那些清代的汉族著名词人，如朱彝尊、陈维崧、王士禛、顾贞观，后者显得文过于质，而诚意不足。通行本作"北宋以来，一人而已"，评价更高，有点超出一般文学史的常识。顾贞观《通志堂词序》："容若天资超逸，翛然尘外。所为乐府小令，婉丽凄清，使读者哀乐不知所主，如听中宵梵呗，先凄惋而后喜悦。定其前身，此岂寻常文人所得到者？"谭献《复堂词话》："以成容若之贵，项莲生之富，而填词皆幽艳哀断，异曲同工，所谓别有怀抱者也。"同时代诸人都对纳兰性德词评价甚高，但都没有超过王国维的，王国维对纳兰词可谓情有独钟，大概觉得他的词可以补浙派词、常州词派空洞、虚假之失。

第一百二十五则(54)

四言敝而有楚辞，楚辞敝而有五言，五言敝而有七言，古诗敝而有律绝，律绝敝而有词。盖文体通行既久，染指遂多，自成陈套。豪杰之士，亦难于中自出新意，故往往遁而作他体，以发表其思想感情。一切文体所以始盛终衰者，皆由于此。故谓文学今不如古，余未敢信。但就一体论，则此说固无以易也。

"陈套"，通行本作"习套"；"以发表其思想感情"，通行本作"以自解脱"；"今不如古"，通行本作"后不如前"。此为手稿最后一则，讨论文体的推陈出新问题。四言这里主要指《诗经》，代表了北方文学。《诗经》中较少南方文学，楚国的文学以屈原写作的楚辞为代表，与《诗经》一起构成了中国古代诗歌的两座高峰。进入汉代，五言又渐渐兴起，逐渐成为诗歌的正宗，钟嵘《诗品》就是一部讨论五言诗的专著。五言又渐渐发展成为七言。随着音律的不断讲求，古诗慢慢被近体诗所取代。近体诗律绝在唐代达到高峰，晚唐五代词又兴起。

王国维认为一种文体兴起之后，写的人越来越多，慢慢就变成了俗套。豪杰之士，觉得在这种旧的文体中，难于再写出新的东西来，所以就转向新的文体，来发抒自己的思想情感。这就是文体兴衰的背后的秘密。所以认为文学今不如古，王国维认为是不可能的。但是如果仅就某种文体而言，这是成立的。这背后仍然是王国维的"一代有一代之文学"的观念。四言的顶峰就是《诗经》，楚辞的顶峰就是屈原。五言的顶峰就是《文选》的时代，唐人五言写得再好也难以超越，更不用说宋、元、明、清了。近体的顶峰就是唐诗，宋诗、明诗、清诗中当然也有好的，所以这样的论调其实还是相当偏颇的。词的顶峰就是五代、北宋，南宋、明、清也都被一笔抹杀。元、明、清的代表文学是曲、小说等，虽然清代的骈文和词都号称中兴。对于王国维的文学观的得失，我们今天的读者，可以用更加理性的态度来对待。